【별을 읽는 마녀】

메리 하비

칠현인 중 한 명이자 밤하늘의 별을 읽고 미래를 점치는
마녀. 점성술의 정밀함이 뛰어나서 국왕의 신뢰가 두텁다.
잠정 최고령 칠현인으로 칠현인 회의도 그녀가 주도적으로
이끌 때가 많다. 하지만 정확한 나이는 비공개.

사일런트
위치 III

침묵의 마녀의 비밀

Secrets of the Silent Witch

〈무언의 에버렛〉은 진정한 천재다.

이쯤 되니 드디어 모두가 깨달았다.

이건 모니카가 사용한 마술인 거다.

그것도 무영창으로.

모니카는 후드를 쓰고
달려 있는 귀를 쭉쭉 당겼다.
앞이 조금 뾰족하고 가는 다란 갈색 귀는
토끼 귀보다는 조금 짧다.

（말의 귀인가?）

사일런트 위치

III

침묵의 마녀의 비밀

Secrets of the Silent Witch

이소라 마츠리

Illust

후지미 난나

Contents

Secrets of the Silent Witch

003 【 프롤로그 】 버니 존스와 무언의 에버렛

024 【 1 장 】 이유 같은 건 필요 없어

048 【 2 장 】 승격

092 【 3 장 】 논 플래그 트라이앵글 ~삼각관계의 양식미~

126 【 4 장 】 나의 친구

157 【 5 장 】 숨어든 악의

187 【 6 장 】 이 이름을 역사에 새기기 위해

207 【 7 장 】 '별을 읽는 마녀' 메리 하비의 두근두근 별점☆

229 【 8 장 】 모니카, 불량아가 되다

252 【 9 장 】 다정한 유령

278 【 10 장 】 하늘을 나는 아기 다람쥐, 밤하늘에서 춤추다

307 【 11 장 】 책의 가치

342 【 에필로그 】 아기 고양이에게 리본을 달아 주듯이

367 【 시크릿 에피소드 】 북쪽 땅에서

381 지금까지의 등장인물

387 후기

프롤로그 버니 존스와 무언의 에버렛

버니 존스는 리디르 왕국에서도 명가인 앰버드 백작가의 차남이다.

귀족 사회에서 장남을 뺀 나머지 아이는 맏이의 예비 취급을 받는다. 아무리 무능해도 가문을 잇는 건 장남이다.

하지만 그렇다고 토라져서 공부를 내팽개칠 버니가 아니었다.

차남이 가문을 잇지 못한다면, 자신은 다른 방법으로 출세하면 된다.

그렇게 버니는 맹렬히 공부해서 열 살이 되는 해에 마술사 양성기관의 최고봉인 미네르바에 입학했다.

그의 목표는 그저 상급 마술사가 아니었다. 목표는 리디르 왕국 최고봉의 마술사, 칠현인이다.

칠현인이 되면 백작위에 상당하는 마법백 작위가 주어진다. 마법백은 국왕의 상담역이라고도 불리는 매우 높은 지위이다. 그러니 마법백이 된다면 차남인 버니라도 형에게 한 방 먹일 수 있다.

맹렬하게 공부한 보람이 있어서 버니는 입학하자마자 반

년 만에 학년 1위의 성적을 거뒀다.

(나는 형과 달라. 재능이 있다고.)

설령 차남이라도 출세할 길은 있다. 길은 스스로 개척해 나가는 것이다. 이때 버니는 믿어 의심치 않았다.

버니가 열세 살일 때의 일이다.

선택 수업에서 돌아온 버니는 남학생 몇 명이 교실 구석에서 누군가를 둘러싼 걸 알아챘다.

남학생에게 둘러싸인 건 최근에 막 편입한 조그만 여학생이다.

이름은 모니카 에버렛—— 통칭 '무언의 에버렛'.

언제나 어두운 표정으로 고개를 수그린 수수하고 시원찮은 이 소녀는 남들 앞에서 말을 거의 하지 않고, 수업 중에 교사가 지명해도 꿍얼꿍얼 입만 움직이며 아무런 대답도 안 하는 낙오자였다.

아무래도 남학생들은 누가 모니카를 말하게 만드는지 게임을 하는 모양이었다.

남학생 한 명이 창가에 있던 거미를 집어서 모니카의 얼굴에 가져갔다.

"야, 누가 이 녀석 입 좀 열어봐! 그 입안에 이걸 넣을 거야! 그럼 역시 비명 정도는 지르겠지!"

남학생 한 명이 모니카의 입을 억지로 열고, 다른 한 명이 모니카의 입에 거미를 가져갔다.

보다 못한 버니가 남학생들을 손가락으로 가리키며 짧게 영창했다.

그가 영창한 것은 작은 불을 일으키는 마법이다. 손톱 크기의 작은 불이 모니카를 둘러싼 남학생들의 교복 소매를 태웠다.

"끄악, 뜨거워!"

"뭐야 이거?! 누구 짓이야!"

"당신들, 뭐 하는 건가요?"

당황하는 남학생들에게 차갑게 외치자, 그들은 노골적으로 혀를 차면서 버니를 노려봤다.

"한창 재미있을 때라고. 방해하지 마, 우등생."

미네르바의 재학생은 대부분 귀족 가문 사람이다. 그 남학생들도 귀족 가문 사람이었다.

한편, 괴롭힘을 당하는 모니카 에버렛은 평민이다.

이 학원에서 평민의 처지는 둘 중 하나가 된다. 귀족을 따르거나, 혹은 괴롭힘의 표적이 되는 것이다.

그러나 버니는 자신의 신념에 따라 남학생들에게 차갑게 말했다.

"약자에게 폭력을 휘두르다니 나와 같은 귀족이라고 생각하고 싶지 않아요. 정말 추하네요."

남학생들이 신랄한 말을 듣고 격분했다.

버니는 흥, 하고 콧소리를 내고는 안경테를 올리면서 단축 영창을 했다.

남학생들 주위를 빙그르르 포위하듯이 불화살이 떠올랐다.

단축 영창은 상급 마술사가 되기 위한 조건이라 불리는 고난도 기술이다. 그걸 쓰는 건 이 학년에서는 버니 단 한 명. 게다가 지팡이도 없이 사용하는 건 미네르바 학생 중에서도 손에 꼽을 정도뿐이다.

압도적인 실력 차이에 남학생들이 뒷걸음질 치자, 버니는 코웃음 쳤다.

"실기 성적 1위인 나에게 대적할 수 있을 것 같나요?"

남학생들은 반론의 말을 삼키고는 쓰린 표정으로 버니의 옆을 지나쳐 교실을 나갔다.

버니는 손가락을 튕겨서 불화살을 없애고 바닥에 주저앉은 모니카를 내려다봤다.

"일어설 수 있겠어요?"

모니카는 버니의 질문에 대답하지 않은 채, 부스스한 앞머리 틈새로 멍하니 바닥을 보고 있었다.

그 시선 너머에 있는 건 조금 전에 남학생이 내던진 거미다.

이윽고 거미가 사사사삭 창밖으로 도망치자, 모니카는 어색하게 버니를 올려다보며 꿍얼꿍얼 입을 움직였다.

"고, 마, 워요……."

어색한 말투이기는 했지만 '무언의 에버렛'도 제대로 목소리를 낼 수 있는 모양이다.

그 사실에 남몰래 놀라고 있자, 모니카가 잠자코 넘길 수 없는 말을 이었다.

"거미를, 구해, 줘서."

"잠깐 기다려요."

버니가 구한 건 거미가 아니라 모니카다. 그런데 왜 거미를 구했다는 이유로 감사 인사를 들어야 하는가.

버니는 저도 모르게 안경 속의 눈을 가늘게 뜨고 모니카를 노려봤다.

"공교롭게도 나는 벌레가 싫어요. 내가 구한 건 거미가 아니라 당신이라고요."

그러자 모니카는 천천히 눈을 깜빡이면서 고개를 살짝 갸웃했다.

그리고 할 말을 고르는 것처럼 잠시 고민하더니 천천히 말했다.

"저, 거미는, 무섭지 않, 아요."

"네?"

버니가 의문을 표하자, 모니카는 어깨를 흠칫 떨더니 고개를 숙이면서 손가락을 꼬았다.

다시금 보니 정말로 무표정한 소녀였다.

수수하고 소박한 얼굴이라 웃으면 애교가 있을 텐데, 가끔 천천히 눈을 깜빡이는 것 말고는 거의 얼굴을 움직이지 않았다.

모니카는 무표정으로 침묵하다가 이윽고 입을 거의 움직이지 않은 채 작게 말했다.

"그래도, 제 입에 들어가면, 거미가, 불쌍하니까…… 당신이, 거미를 구해줘서, 다행이라고, 생각해요."

"그건 대체 무슨 논리죠."

버니는 뺨을 긁적이면서 신경 쓰이는 점을 물었다.

"굉장히 어색한 말투네요. 이 나라 출신이 아닌가요?"

모니카는 무표정한 얼굴로 고개를 저었다. 아무래도 다른 나라 사람은 아닌 모양이다.

"죄송해요…… 말하는 연습, 했었, 는데, 요."

거기서 모니카는 말을 끊고 "스읍~ 하아~." 하고 심호흡했다.

마치 호흡하는 법을 잊은 사람이 숨 쉬는 걸 떠올린 듯한 심호흡이었다.

"남들과 말 안 한 지, 오래돼, 서…… 말이, 잘, 안 나와서."

남들과 말 안 한 지 오래됐다. 즉, 뭔가 사정이 있는 건가.

열세 살치고는 너무 마른 몸과 혈색이 안 좋은 얼굴을 보면 이 사람의 생활환경이 꽤나 가혹했다는 걸 얼추 알 수 있다.

버니는 모니카 앞에서 무릎을 굽히고 손을 내밀었다.

"일어설 수 있겠어요?"

모니카는 눈을 동그랗게 뜨고 버니의 손을 바라봤다.

그리고 놀랐는지 교복 주머니를 눌렀다.

"저기, 저, 돈은, 거의, 없……어요."

자신의 행동을 엉뚱하게 해석한 모니카의 말을 듣자, 버니는 뺨을 실룩거렸다.

"잘못 보지 말아 줄래요? 나는 긍지 높은 앰버드 백작가 사람이에요. 당신에게서 금전을 뜯어낼 리가 없잖아요."

버니가 모니카의 손을 잡고 일으켜 세울 때까지도 그녀는 인형술사가 실로 조종하는 인형처럼 어딘가 멍했다.

버니가 모니카의 교복에 묻은 먼지를 털어주자, 모니카의 눈이 살짝 동그래졌다.

정말로 미약한 표정 변화였다. 하지만 인형 같은 이 소녀의 표정에 변화를 불러일으키자 버니는 묘하게 기뻤다.

"정말이지 손이 많이 가네요."

"죄송, 합니다……."

"여기서는 고맙다고 해야겠죠?"

모니카의 입술이 조그맣게 움직였다.

웃었다고 하기에는 너무나도 작은 움직임이었지만 그녀의 입꼬리는 분명히 약간 올라갔다.

"고맙, 습니, 다……."

그 한마디가 버니의 가슴에 자그마한 만족감을 불러왔다.

* * *

"버니, 버니, 도와줘어어어."

"오늘은 무슨 일이죠."

"과제인, 왕국사의 서술형 문제, 하나도, 모르겠어……."

모니카는 그렇게 말하더니 손에 든 교본을 펼쳤다.

버니는 모니카를 도운 이후로 그녀를 돌보게 됐고, 모니카도 버니에게 의지했다.

왜냐하면 모니카는 정말로 둔해빠진 나머지 아무것도 없는데 자빠지질 않나, 머리가 부스스하지 않나, 자기 물건을 자주 잃어버리질 않나, 아무튼 손이 많이 갔다.

모니카는 마술식이나 수학에 관련된 과목은 버니에게도 안 밀릴 만큼 우수했지만 일반교양은 충격적인 성적을 받았다. 특히 역사와 어학에 무척 약했다.

버니가 "어쩔 수 없네요."라면서 자기 필기장을 열어서 설명하면, 모니카는 나지막하게 중얼거렸다.

"버니, 굉장해."

"이런 건 일반 상식이에요."

버니는 태연한 얼굴로 대답했지만, 모니카가 존경하는 눈으로 바라보는 건 썩 기분이 좋았다.

최근에 모니카는 점점 말이 유창해졌고 표정도 풍부해졌다.

곤란한 일이 생기면 반쯤 울상이 되어 버니에게 달라붙었고, 공부를 가르쳐 주면 마치 들꽃이 피어나는 것처럼 살며시 웃었다.

자신이 모니카를 바꾼 것이다. 버니에게는 그런 자부심이 있었다.

"버니, 고마워."

"천만에요."

모니카의 사소한 한마디가 언제나 버니의 자존심을 채워 주었다.

사실 어렴풋이 알고 있었다.

모니카의 머리가 부스스한 건 반 아이들이 억지로 머리를 잘라서다. 자기 물건을 자주 잃어버리는 건 누군가가 숨겼기 때문이다.

그러나 버니는 그 사실에서 눈을 돌리고 모니카를 계속 돌봤다.

버니는 분명 무의식적으로 모니카가 고립되기를 바랐다.

모니카가 고립될수록, 자신에게 의지하니까.

그러면 그녀가 의지하는 우등생일 수 있으니까.

* * *

마술사 양성기관인 미네르바는 실전 마술도 가르치지만, 입학하고 반년 동안은 마술 사용을 금지한다.

마술은 잘못 사용하면 대참사를 일으키는 강대한 힘이다. 그렇기에 최소 반년은 착실하게 기초를 배우고 나서 실기 훈련에 들어간다.

미네르바에 다니기 시작한 지 3년이 지난 버니는 이제 중급 마술은 얼추 쓸 수 있었고 상급 마술도 몇 가지는 가능했다.

무엇보다 버니는 학년에서 유일하게 단축 영창을 터득했다. 그렇기에 실기 훈련에서도 그의 적수가 없었다.

한편, 모니카는 아직 입학한 지 얼마 안 돼서 최근에야 겨우 실기 기초를 시작한 참이다.

모니카는 마술식 이해가 무척 빨라서 마력 조작만 익히면 분명 자신을 분명 따라잡을 거라고 버니는 확신했다.

그러나 첫 실기 훈련 날, 모니카는 아무것도 못 한 채 교단 앞에 우두커니 서 있었다.

실전 마술을 가르치는 노교사 맥레건이 하얀 수염을 어루만지며 고개를 갸웃했다.

"자네, 언제쯤 시작할 거야?"

"아⋯⋯ 으⋯⋯으으⋯⋯."

맥레건이 재촉했지만, 모니카는 당장에라도 졸도할 것 같은 표정으로 입술을 떨 뿐이었다.

이 수업이 시작되기 전에 버니는 모니카와 같이 예습했다.

모니카의 마술식 구성은 완벽했고, 기초적인 마력 조작도 확실히 익혔다. 이 정도의 초보적인 마술을 구사 못 할 리가 없다.

그런데도 모니카는 마술을 쓰기는커녕 영창조차 못 한 채 수업을 끝내고 말았다.

버니는 쉬는 시간이 되자 모니카에게 따졌다.

"아까 그건 어떻게 된 거예요! 이론은 완벽했잖아요!"

버니가 고함치자, 모니카는 반쯤 울상을 지으며 등을 구부리고 손가락을 꼬았다.

"그, 그게, 사람이 잔뜩 있는 곳에서, 목소리 내는 게, 무서, 워서."

버니는 그제야 떠올렸다.

모니카는 버니 앞에서는 그런대로 말할 수 있었지만, 버니 이외의 사람에게는 거의 입을 열지 않는다.

"남들 앞에서, 뭔가 말하는 거, 굉장히 무서워. 내가 뭔가 말한 순간, 모두가 이쪽을 보는 게 무서워…… 모두의 시선이 무서워……."

"그런 소리를 하면 아무리 시간이 지나도 마술을 못 쓰잖아요."

모니카는 콧물을 삼키며 고개를 숙였다.

사실 모니카도 분하겠지. 지난 반년동안 그녀가 얼마나 성실하게 공부했는지는 버니가 옆에서 봐 왔다.

어떻게든 해 주고 싶다. 그렇게 생각한 버니의 머리에 한 가지 묘안이 떠올랐다.

"그래요. 남들 앞에서 목소리를 내는 게 거북하면 영창을 줄이면 되잖아요."

"어……?"

"내가 단축 영창을 가르쳐 줄게요. 단축 영창이라면 영창 시간이 절반이니까 당신도 마음이 편하겠죠?"

버니의 제안을 듣자 모니카는 시선을 이리저리 돌리면서 손가락을 꼬았다.

"그, 그래도…… 단축 영창은, 상급자가 쓰는 거, 잖아? 나 같은 애가, 할 수 있을까."

"분명 할 수 있어요. 나는 당신이 얼마나 기초를 공부해 왔는지 알아요."

모니카는 낙오자 취급을 받고 있지만 사실은 누구보다도 마술식 이해력이 좋다. 상급 마술사의 마술식도 금방 이해할 머리가 있다.

모니카에게는, 버니의 라이벌이 될 재능이 있는 거다.

"당신이라면 분명 단축 영창도 금방 이해할 거예요."

버니가 평소보다 열띤 어조로 말하자, 모니카가 뺨을 확 붉혔다.

그리고 수줍어하며 말했다.

"응…… 나, 힘낼게. 에헤헤, 역시, 버니는 믿음직하네."

"흥, 당연하죠. 뭐니 뭐니 해도, 장래에 칠현인이 될 남자니까요."

버니가 가슴을 펴자, 모니카가 싱글벙글 웃으며 끄덕였다.

"응. 분명, 버니라면 칠현인이 될 수 있어. 왜냐하면, 버니는 굉장하니까."

모니카의 소박한 칭찬이 버니의 가슴을 간지럽혔다.

빛나는 미래로 향하는 길은 열려 있다. 버니는 그렇게 굳게 믿었다.

……그때까지는.

＊ ＊ ＊

"자, 그럼 다음 아이네. 모니카 에버렛, 시작해."

모니카에게는 두 번째 실전 마술 수업 날.

다른 학생은 저 낙오자는 또 아무것도 못 한 채 수업이 끝날 거라며 심술궂은 미소를 보냈다.

버니는 그런 이들을 가슴을 두근거리면서 지켜봤다.

분명 이 교실에 있는 모두가 놀랄 거다. 낙오자라고 불리던 소녀가 단축 영창을 쓰는 광경을 보고!

교단 앞에 선 모니카가 눈앞의 촛불을 가만히 바라봤다.

저걸 바람 마술로 끄는 것이 맨 처음 과제다. 처음에는 끄지 못하고 불만 흔들어도 괜찮다고 볼 수 있다.

모니카는 눈을 감고 손끝을 촛불로 향했다.

버니는 저 작은 입술이 단축 영창을 입에 담으려는 모습을 기대감 가득한 눈으로 지켜봤다.

그러나 모니카의 입술은 움직이지 않았다.

단축 영창도 어려울 만큼 긴장한 걸까. 설마 선 채로 기절한 건 아니겠지……. 그런 염려가 머리를 스친 그때, 휘이잉 하고 바람이 허공을 가르는 소리가 들렸다.

모니카의 손 앞에 있던 양초…… 그 끄트머리가 보이지 않는 칼날에 절단됐다.

작은 불씨는 촛대 아래로 툭 떨어졌고, 꺼지지 않은 채 깜빡이며 타들어 갔다.

무슨 일이 일어난 건지 몰라 모두가 곤혹스러워하는데, 모니카는 살짝 눈을 뜨고 촛대 아래로 떨어진 불을 가리켰다.

갑자기 양초 바로 위에 컵 한 잔 정도의 물이 생기더니 불을 감싸서 껐다. 그럼에도 물은 구체 형태를 유지하면서 공중에 떠올랐다.

모니카가 말없이 한 번 손짓하자, 물이 작은 뱀의 모습으로 바뀌었다.

여기까지 오자 모든 사람이 깨달았다. 이건 모니카가 사용한 마술이다. 그것도 무영창으로.

모두가 할 말을 잃고 눈앞의 광경을 잡아먹을 듯이 보고 있었다.

이 자리에 있는 누구도 본 적 없는 전대미문의 무영창 마술.

그걸 해낸 것이 남들 앞에선 말도 제대로 못 하는 낙오자 '무언의 에버렛'인 것이다.

무영창 마술을 쓴 모니카를 본 버니가 아연실색했다.

(몰라. 나는, 이런 마술 몰라…….)

버니가 모니카에게 가르친 건 단축 영창뿐이다. 무영창 마술이라니 본 적도 들은 적도 없다.

(나는 이런 건 가르치지 않았어!)

아무리 미약한 바람을 일으키는 초급 마술이라도 제대로 된 순서로 마술식을 계산하고, 영창해서 마력을 쌓지 않으면 발동하지 않는다.

만약 그런 복잡한 마술식의 최적해를 순식간에 도출한다면 무영창으로도 마술을 쓸 수 있겠지.

하지만 그런 건 탁상공론일 뿐이다. 그런 두뇌를 가진 마술사는 역사상 존재하지 않았다.

(그런데……그런데……)

탁상공론이, 역사에 남을 위업이, 지금 눈앞에서 재현됐다.

누군가가 나지막하게 "기적이야."라고 중얼거렸다.

그렇다, 기적이다. 그리고 그 기적을 일으킨 것은 마술을 배우기 시작한 지 반년밖에 안 된 소녀.

'무언의 에버렛' —— 모니카 에버렛은 노력만으로는 도달할 수 없는 영역에 있는 진정한 천재다.

버니는 절망과 함께 그 사실을 곱씹었다.

칭찬해 달라는 눈빛을 보내는 모니카를 보며 버니가 느낀 것은 어두운 분노와 질투심.

내가 없었으면 반에서 외톨이인 주제에!

내가 없었으면 아무것도 할 수 없었던 주제에!

버니는 심하게 배신당한 것 같은 기분이 들어서 어금니를 깨물었다.

안경 안쪽에서 질투심으로 혼탁하게 흐려진 눈으로.

* * *

무영창 마술을 선보인 그날부터 모니카의 주변 환경은 일

변했다.

모니카는 특대생 대우를 받으면서 미네르바에서 가장 권위 있는 기디온 러더포드 교수의 연구실 소속이 되었다.

러더포드 교수에게 배운 사람이 몇 명이나 칠현인에 선발된 건 유명한 이야기다.

모두가 모니카도 언젠가는 칠현인이 될 거라며 수군거렸다.

모니카는 러더포드 교수에게서 직접 지도받으면서 일반 수업에는 거의 얼굴을 비치지 않게 되었다. 당연히 버니와 얼굴을 마주할 기회도 줄었다.

모니카가 무영창 마술을 쓴 날부터, 버니는 모니카와 한 번도 대화를 나누지 않았다.

모니카 쪽에서 몇 번 말을 걸어온 적은 있었지만, 버니는 무시했다.

그때부터 버니가 그리던 완벽한 미래가 조금씩 일그러지기 시작했다.

모니카를 무시해도 그 활약상이 저절로 귀에 들어온다. 새로운 마술식을 개발했다는 둥, 정령왕 소환에 성공했다는 둥.

그중에서도 특히 화제가 된 건 모니카가 미네르바에서 가장 흉악하다고 불린 문제아를 실전 훈련에서 무영창 마술로 몇 초 만에 압도한 것이다.

그 사건을 통해 모니카가 실전에서도 압도적인 재능을 가진 게 주변에 알려졌다.

조금이라도 모니카와의 재능 차이를 메우고자 훈련에 매진하던 버니는 결국 마력 중독을 일으켜 의무실로 옮겨졌다.

버니는 몸을 침식하는 마력 때문에 버둥거리면서 모니카를 미워했다.

자신이 이렇게 괴로운 건 모니카 때문이다. 내가 이상해진 건 모니카가 있어서다. 전부, 전부 모니카 잘못이다.

(모니카만 없었어도 내 인생은 완벽했을 텐데!)

* * *

모니카와 버니가 만난 지 2년이 지났다.

버니가 열다섯 살이 된 해의 겨울, 모니카가 칠현인으로 선발되었다.

최연소 칠현인으로 선발되었다는 사실에 미네르바는 흥분의 도가니였다. 특히 칠현인 취임식전과 그 퍼레이드 날에는 학교 전체가 크게 떠들썩했다.

그러나 사람들의 환성과 모니카에게 찬사를 보내는 소리는 버니에게 귀에 거슬리는 잡음이었다.

형의 예비에 불과한 버니였지만 마술의 극치에 도달해서 칠현인이 되면 주변에서 인정받으리라 생각했다. 버니는 자신이라면 칠현인이 될 수 있다고 믿어 의심치 않았다.

그러나 칠현인으로 선발된 건 버니가 아니라 모니카였다. 버니는 면접조차 불려가지 못했다.

미네르바 여기저기에서 모니카에게 찬사를 보내는 소리가 들렸다. 그게 시끄러워서 사람이 없는 곳을 찾는데, 누군가가 뒤에서 자신의 이름을 불렀다.

"버니!"

2년 전과 변함없는 앳된 목소리. 잘못 들을 리가 없다.

이를 악물고 돌아보자, 둔해빠진 발걸음으로 달려오는 모니카가 보였다.

칠현인이 된 모니카는 이미 미네르바의 학생이 아니다.

모니카가 입은 건 칠현인만이 입을 수 있는 금실 자수가 들어간 아름다운 로브. 손에 움켜쥔 긴 장식 지팡이도 칠현인만이 들 수 있는 물건이다.

모니카는 지팡이를 가슴에 안고 머뭇거리며 손가락을 꼬았다. 그런 어린애 같은 행동, 나이에 비해 너무 마른 몸, 앳된 얼굴. 버니가 아는 모니카와 똑같았다.

그러나 그녀는 이미 '무언의 에버렛'이 아니다. 칠현인 '침묵의 마녀'다.

"버니. 있잖아, 나, 줄곧, 버니에게 고맙다는 말을 하고 싶어서……."

모니카는 얼굴을 새빨갛게 물들이며 열심히 말을 이었다.

버니는 그것을 차갑게 가로막았다.

"당신은 날 바보 취급하는 건가요?"

"어……?"

모니카의 얼굴이 얼어붙었다.

어쩜 이리도 기분이 좋을까. 저 얼굴을 좀 더 일그러뜨리고 싶다. 버니는 음침하게 웃었다.

"나한테 감사한다고? 하하, 그건 비아냥인가요? 당신은 나를 내심 깔봤잖아요?"

"왜, 왜? 아냐. 아니야. 나, 버니를, 소중한 친구라고……."

"당신 같은 건 친구도 아니야."

모니카가 크게 뜬 눈에서 슬금슬금 눈물이 번졌다.

'더 상처받아라.' 버니는 그렇게 생각했다.

모니카 같은 건 두 번 다시 일어서지 못할 만큼 갈기갈기 찢겨서 너덜너덜해지면 그만이다.

"굳이 칠현인의 정장을 입고 나를 만나러 오다니 음흉하군요. 그렇게 날 바보 취급하고 깔보니까 기분 좋았어요? 예? 가르쳐 주시죠, 칠현인님?"

모니카의 눈에서 눈물방울이 떨어졌다.

모니카는 콧잔등을 새빨갛게 물들이며 어린애처럼 울었다.

그 한심한 우는 얼굴과 울음소리가 버니의 마음을 아주 조금이나마 만족시켰다.

"아아, 칠현인이라는 게 정말 창피하네요. 도저히 칠현인 같지 않아요. 당신 같은 건 아무도 없는 산속 오두막에 틀어박히는 게 어울려."

모니카는 그 자리에 주저앉아서 양손으로 얼굴을 가리고 엉엉 울었다.

버니는 짧은 금발을 휘날리면서 그 옆을 빠르게 지나갔다.

안쓰러운 울음소리를 듣고 아주 조금이나마 울분을 가라
앉히면서.

그로부터 한동안 버니가 칠현인 '침묵의 마녀'의 활약상
을 듣는 일은 없었다.
풍문으로는 '침묵의 마녀'는 산속 오두막에서 은자(隱者)
와 같은 생활을 보낸다고 한다.
이제 두 번 다시 버니와 만날 일은 없다.
(이러면 된 거야…….)
이렇게 버니 존스는 겨우 마음의 평온을 되찾았다.

This is an unprecedented chantless magic

that no one has ever seen before.

아무도 본 적이 없는 전대미문의 무영창 마술.

The one who did it is a dropout

who can't even speak properly in public.

그것을 해낸 것은 남들 앞에서 말도 제대로 못 하는 낙오자였다.

사일런트⋅위치

III

침묵의 마녀의 비밀

Secrets of the Silent Witch

1장 이유 같은 건 필요 없어

세렌디아 학원 고등과 2학년, 라나 콜레트는 선택 수업을 들으러 가다가 친구인 모니카의 뒷모습을 발견했다.

모니카는 승마복을 입었다. 그것도 옆으로 타는 용도인 스커트가 아니라 두 다리를 벌려서 걸터앉는 것을 상정한 퀼로트다. 지금부터 승마 수업을 받으러 가는 거겠지.

모니카가 선택 수업으로 승마를 골랐다고 들었을 때는 놀랐지만 승마가 특기인 케이시와 함께 듣는다는 말에 라나도 그럼 괜찮겠지 하고 남몰래 가슴을 쓸어내렸다.

그러나 케이시가 갑자기 자퇴하고 말았다.

라나는 그쪽 사정을 다른 사람에게서 들을 수밖에 없었다. 집안 사정으로 급히 자퇴해서 고향에 돌아가야 했다나.

집안 사정으로 자퇴하는 것은 세렌디아 학원에서 종종 있는 일이다. 귀족 영애 중에는 갑자기 결혼이 결정돼서 자퇴하는 사람도 일정 비율 존재한다.

하지만 친구가 적은 모니카에게 케이시의 자퇴는 매우 충격적이었으리라.

케이시가 없어진 뒤로 모니카는 언제나 시무룩하게 고개

를 숙이고 있었고, 라나와도 묘하게 어색했다.

점심 식사 때, 라나가 클로디아와 실랑이를 벌이는 동안에도 모니카는 멍하니 있었다.

승마복을 입은 뒷모습은 지금도 힘없이 구부정했다.

라나는 터덜터덜 걷는 모니카에게 빠르게 다가가서 등을 살짝 두드렸다.

"모니카. 재킷 옷자락이 뒤집혔어."

"라나? 아, 와, 진짜다…… 고마워."

모니카는 허둥지둥 옷매무새를 고치고 눈썹을 내리며 어색하게 웃었다. 그 얼굴은 여느 때보다 딱딱했다.

이럴 때, 침울해진 친구에게 무슨 화제를 건네야 좋을까? 라나는 머리를 굴렸다.

폭넓은 화제를 끄집어내려고 해 봤지만 이럴 때마다 떠오르는 건 유행하는 물건뿐. 모니카가 그런 것에 흥미가 없는 건 라나도 알고 있었다.

(모니카도 알 만한 화제…… 학원에 관한 것, 학원제……
그래!)

여자아이들이 들뜨는 화제라면 역시 이거지 싶었던 라나는 활기찬 목소리로 모니카에게 말을 걸었다.

"있잖아. 학원제가 끝나면 있을 무도회에서 드레스 뭐 입을지 정했어?"

"엥?"

모니카는 멍하니 눈을 동그랗게 뜨고 입을 벌리며 라나를 바라봤다.

라나는 "아직 준비 못 했어." 정도의 대답을 예상했지만, 모니카의 표정에서 추측하건대 혹시…….

"모니카. 학원제 밤에 무도회가 있는 건…… 알지?"

"응. 일정에 그렇게 적혀 있던데 틀림없이 교복을 입고 참가하는 줄…….'

라나는 그제서야 모니카가 편입생인 걸 떠올렸다.

세렌디아 학원에서는 식전 때 교복을 입고 참가하는 게 기본이지만, 그 뒤에 열리는 무도회는 당연히 각자가 준비한 예복을 입는다.

특히 학원제와 졸업식 뒤에 열리는 무도회는 성대함 그 자체다. 모두가 이때라는 듯이 꾸며 입고 참가한다.

"저기, 교복을 입고 참가하면 안 될, 까?"

모니카가 손가락을 꼬며 말하자, 라나는 어이없음이 묻어나오는 눈빛을 보냈다.

"너 말이야. 명색이 학생회 임원인데 그러면 곤란하잖아."

"윽…….'

학생회 임원은 무도회장의 관리인이다. 결석은 용납되지 않을뿐더러 교복으로 참가했다간 분명히 수치를 당할 거다.

"모니카, 드레스는 있어?"

모니카는 말없이 고개를 내저었다.

라나는 아아, 하고 이마에 손을 댔다. 학원제까지 앞으로 2주일 남았다. 모니카 혼자서는 도저히 드레스를 마련하지 못 할 것 같았다.

"내가 입던 거라도 좋다면 빌려줄게. 이제 색도 디자인도 유행에서 뒤처졌지만."

"그, 그래도……."

모니카가 입을 우물거리며 고개를 수그리자, 라나가 모니카를 노려봤다.

"뭐야, 내가 입던 건 싫다는 거야?"

"아니야. 저, 나……."

모니카의 목소리는 울음을 터뜨릴 것처럼 떨렸다.

미덥지 못하게 수그린 눈썹을 찡그리고, 동그란 눈에서는 슬금슬금 눈물이 맺혔다.

"언제나, 라나한테 도움만 받고, 아무것도, 보답하지 못해서……."

모니카는 얼굴을 점점 더 아래로 숙였다. 마침내 라나는 모니카의 목덜미만 볼 수 있게 되었다.

라나는 모니카의 목덜미를 손가락으로 꾹꾹 누르면서 말했다.

"딱히 뭔가 보답하길 바라는 게 아니야."

"그래도……."

성실한 모니카는 줄곧 그걸로 끙끙 앓았던 모양이다.

라나는 모니카의 목덜미에서 손을 떼고는 흥, 하고 콧김을 내뿜었다.

"치, 친구한테 친절하게 대하는 데 이유 같은 건 필요 없잖아!"

멋지게 말하려고 했지만 쑥스러움이 앞서서 조금 말을 더듬고 말았다.

라나가 쑥스러움을 감추려고 옆머리를 손가락으로 꼬는데, 모니카가 천천히 고개를 들어서 라나를 바라봤다.

"라나, 멋있어……."

존경심으로 가득한 모니카의 중얼거림을 듣고 라나는 자랑스럽게 콧소리를 냈다.

모니카는 평소 모습대로 헤벌쭉 풀어진 얼굴로 웃었다.

"있잖아. 고마워, 라나."

"천만의 말씀. 드레스 사이즈를 조금 조정해야 하니까 나중에 내 방으로 와. 그런데 모니카, 코르셋 같은 건 있어?"

"해 본 적 없어……."

"뭐어?!"

라나는 놀란 나머지 숙녀답지 않게 큰 소리를 내고 말았다.

라나는 지금 교복 안에 경장용 코르셋을 입었다. 이 나이대 소녀라면 그 정도는 당연한 소양이다.

하지만 라나는 모니카의 몸을 빤히 바라보고 납득했다.

10대 초반이라고 해도 위화감이 없는 조그만 몸은 가녀림을 넘어서 몹시 말랐다. 몸의 곡선이 드러나기 쉬운 승마복을 입어서 더더욱 잘 알 수 있었다.

"뭐, 그렇겠지. 조일 살도 없네."

"으으으."

그래도 허리를 조여서 잘록하게 만들고, 가슴에 패드를 넣으면 조금은 여성스러운 체형으로 보이겠지.

라나는 자신이 10대 초반 때 입던 코르셋을 꺼내자고 마음속으로 다짐했다.

*　*　*

리디르 왕국 마술사의 정점에 선 칠현인 중 한 명인 '침묵의 마녀' 모니카 에버렛은 극도로 낯을 가린다.

남들 앞에 나가는 게 무척 거북해서, 심할 때는 긴장한 나머지 졸도한다. 그렇기에 모니카는 산속 오두막에 틀어박혀서 마술 연구나 숫자를 다루는 일만 하고 있었다.

그러나 동기인 '결계의 마술사' 루이스 밀러가 제2왕자 호위 임무를 떠맡겨서, 모니카는 마지못해 제2왕자가 다니는 세렌디아 학원에 편입하게 되었다.

세렌디아 학원은 귀족 자녀가 다니는 명문교. 마술과 수학에만 특화된 모니카에게 귀족 자녀가 배우는 예의범절이나 사교댄스 등은 모두 미지의 영역이었다.

그래도 친구들의 힘을 빌려서 다양한 역경을 헤쳐 온 모니카가 다음에 도전한 것은 선택 수업 중 하나인 승마였다.

"세렌디아 학원 고등과 2학년, 모니카 노튼입니다. 오늘은, 잘 부탁합니다!"

모니카가 세렌디아 학원에 온 지 벌써 한 달 반이 지났다.

버벅거리지도 않고 지금까지 한 것 중에서 가장 유창하게 자기소개를 마친 모니카는 눈앞에 있는 말을 향해 꾸벅 고개를 숙였다.

……그렇다, 말에게.

당연히 사람처럼 대답할 리가 없었기에 말은 신경 쓰지 않은 채 푸히힝 하고 울었다.

(히, 힘내, 자~.)

요즘에 완전히 침울해하던 모니카였지만 수업 전에 라나와 대화를 나눠서 조금 기운을 되찾았다.

모니카는 그 약간의 기운을 긁어모아서 말에 올라탔다. 물론 혼자서는 무리여서 교사의 손을 빌렸다.

(노, 높아. 굉장히 높아……!)

지금까지 말을 타 볼 기회가 없던 모니카는 상상 이상으로 높은 높이를 보고 몸을 굳혔다.

모니카는 딱히 고소공포증은 아니었지만 그래도 평소보다 높은 곳에 있다 보니 상쾌함보다는 떨어질 때의 공포가 강하게 느껴졌다.

모니카가 말 위에서 덜덜 떨자, 말을 다루는 데 익숙한 노교사가 부드럽게 말을 걸었다.

"우선은 천천히 주변을 걸어봅시다."

"네, 넷."

말이 천천히 걸었다. 사람이 걷는 속도와 거의 비슷한 속도……였지만.

"흐아악?!"

걷는 말에게서 전해진 미약한 진동 탓에 모니카는 말 위에서 데구르르 굴러떨어졌다.

"이봐, 저 여자애 떨어졌어."

"학생회의 모니카 노튼이잖아."

"뭘 어떻게 하면 말이 그냥 걷기만 했는데 떨어지는 거야?"

모니카는 주변의 시선과 소곤소곤 뱉는 목소리를 들으며 훌쩍 콧물을 삼켰다.

모니카는 극도로 운동 신경이 둔하다. 달리는 속도가 느리고, 균형 감각이 나빠서 아무것도 없는 곳에서도 자주 넘어진다.

그 안 좋은 균형 감각이 승마에서는 치명적으로 작용했다.

말이 걸을 때 살짝 흔들리고 모퉁이를 돌 때 미세하게 몸이 기운 것뿐인데도 딱딱하게 굳은 나머지 모니카는 말 위에서 데구르르 굴러떨어졌다.

"으으으, 아파……."

그 뒤로도 모니카는 세 차례 도전했다가 세 번 다 1분도 못 버티고 낙마했다. 지면에 부딪힌 몸도, 주변의 어이없다는 시선도 아팠다.

(왜 나는, 모두가 당연하게 하는 일을, 못 하는 걸까…….)

모니카는 마음속으로 중얼거리고 입술을 깨물었다. 사실

은 모니카도 알고 있었다.

어째서 모두가 하는 일을 모니카는 못 하는가? 그건 모니카가 '모두가 하는 일'에서 도망쳤기 때문이다.

모니카는 뿔뿔이 흩어진 기운을 긁어모아서 주먹을 쥐고 다시 말과 마주 봤다.

(승마, 하고 싶어. 말을 탈 수 있게 돼서, 그리고······.)

뇌리를 스친 건 말의 꼬리 같은 포니테일을 하고 쓸쓸하게 웃는 소녀의 얼굴이었다.

(언젠가, 케이시에게······.)

"놀랍네. 네가 승마 수업을 선택하다니."

뒤에서 귀에 익은 목소리가 들리자, 모니카는 흠칫하며 얼어붙었다.

아아, 이 사람은 왜 항상 뒤에서 갑자기 말을 거는 걸까.

그런 생각을 하며 돌아보자, 아니나 다를까 아름다운 푸른 눈과 마주쳤다.

"전, 하아······."

"'전전'이라고 했을 때보다 발전했네."

이 나라의 제2왕자이자 모니카의 호위 대상인 펠릭스 아크 리디르는 입가를 누르며 키득키득 웃었다.

설마 펠릭스의 선택 수업이 승마였을 줄이야.

놀라서 우두커니 선 모니카 앞에서 펠릭스가 가뿐하게 말에 올라탔다. 그러나 안장에는 앉지 않고, 안장 뒤쪽의 불안정한 위치에 앉았다.

그리고 펠릭스는 모니카에게 손을 뻗었다.

"이리 와."

"엥?"

"하급생을 지도하는 것은 상급생의 책무거든."

펠릭스에게 지도받으면서 쓸데없이 눈에 띄는 건 피하고 싶다. 그러나 그보다도 '숙달하고 싶다'라는 마음이 더 강했다.

모니카는 힘차게 펠릭스에게 고개를 숙였다.

"잘, 부탁, 드립늬닷!"

말을 상대할 때는 제대로 인사할 수 있었는데, 사람 앞에서는 늘 이렇다.

좀처럼 진보하지 않는 자신에게 시무룩해진 모니카는 펠릭스의 손을 잡았다.

펠릭스는 모니카를 가볍게 말 위로 올렸다. 몸은 말랐지만 힘은 강했다.

"승마에서 중요한 건 자세야. 등은 항상 곧게 펴. 가슴은 살짝 내밀고."

"넵!"

혼자 탈 때는 무서워서 저절로 허리를 앞으로 숙인 자세가 됐지만, 누가 뒤에서 받쳐주니 안심됐다.

"몸에 너무 힘을 주지 마. 다리는 자연스럽게 쭉 뻗어. 그리고 시선을 들어서 먼 곳을 바라봐…… 그래. 잘하네. 조금 걸어 볼까."

펠릭스가 말의 허리를 살짝 걷어차자, 말이 순순히 걸었다.

모니카가 고삐를 꽉 움켜쥐자, 그 손을 펠릭스가 위에서 잡았다.

"말에게 지시할 때, 너무 고삐에만 의지하는 건 좋지 않아. 고삐를 너무 강하게 당기면 말이 아파하니까."

그러고 보니 아까 낙마했을 때도 초조해져서 고삐를 당겼던 것 같다.

모니카는 말을 내려다보며 눈썹을 내렸다.

"아까, 아팠던…… 걸까? 그랬으면 미안해."

자신의 말이 전해질 거라고 생각하지 않았지만, 말이 푸릉 하고 울었다.

그 모습을 지켜보던 펠릭스가 조금 의외라는 목소리로 물었다.

"너는 말이 안 무서워?"

"예? 저기, 그게에…… 말은 무섭지 않, 아요."

모니카는 높은 곳에서 떨어지는 게 무섭지, 결코 말이 무서운 건 아니었다.

……오히려 사람이 훨씬 무섭다.

모니카의 말을 듣고 펠릭스는 "흐으응." 하고 중얼거렸다.

그대로 잠시 말없이 나아가자 전방에 커다란 돌이 보였다. 그건 장해물로 일부러 설치한 것이었다.

모니카가 즉시 고삐를 강하게 움켜쥐자, 펠릭스가 그 손을 툭툭 두드렸다.

"말에게 지시할 때는 우선 다리와 몸의 중심을 이동시켜야 한다는 걸 명심해. 고삐는 어디까지나 보조 수단이야."

그렇게 말한 펠릭스가 살짝 중심을 기울이자, 그것만으로도 말은 장해물을 피해서 걸었다.

기분 탓인지 말은 모니카가 혼자 탔을 때보다 훨씬 차분했다.

"이 아이, 아까보다 얌전⋯⋯하네요."

"말은 민감한 생물이야. 기수가 긴장하면 그게 전해지지."

"그렇군요⋯⋯."

즉, 아까는 모니카의 긴장이 그대로 말에게 전해져서 진정하지 못한 모양이다.

"우선은 올바른 자세로 타는 걸 익히자. 자세와 속보를 확실하게 익히면 금방 숙달할 거야."

"속보?"

"말이 달릴 때 하나, 둘 하는 리듬에 맞춰서 서거나 앉기를 반복하는 거야. 그러면 진동에서 벗어날 수 있고, 기수의 부담이 줄어들고, 균형도 잡기 쉬워져."

그렇구나, 승마란 그저 앉아서 고삐만 잡으면 되는 게 아닌 모양이다.

(승마는 이진법이구나⋯⋯. 자세나 리듬이 중요한 점은 댄스와 비슷한, 걸까?)

모니카는 역시 실제로 접하고 배우지 않으면 모르는 게 많다는 걸 다시금 실감했다.

음음, 하며 고개를 끄덕이자, 펠릭스가 뒤에서 "자세."라고 속삭였다.

모니카는 황급히 등을 곧게 폈다. 새우등이 되는 게 버릇인 모니카는 방심하면 금방 몸을 구부정하게 숙인다.

"허리를 숙인 자세를 하면 약간의 움직임만으로도 앞으로 고꾸라져. 반대로 몸을 너무 젖히면 균형을 잡기 힘들지. 항상 똑바른 자세를 의식해."

"네!"

모니카는 사교댄스에서 배운 걸 떠올렸다.

(등을 펴고, 쓸데없는 힘을 빼고.)

모니카는 배운 걸 하나하나 반복하면서 나지막하게 중얼거렸다.

"등을 펴는 건⋯⋯."

"응?"

"여러 면에서, 도움이 되네요."

펠릭스는 살짝 웃으면서 "그러게."라며 맞장구쳤다.

"그나저나 의외네. 노튼 양이 승마 수업을 선택하다니. 무슨 이유라도 있어?"

사교댄스 성적이 처참했던 모니카가 스스로 승마 수업을 선택하다니, 주변에는 신기하게 비쳤으리라.

리디르 왕국에서는 지역에 따라서 여자도 말에 타지만, 도시에 사는 사람이 승마를 할 기회는 별로 없다. 하물며 귀족 영애라면 더더욱. 그래서 당연히 승마 수업에 여학생이 적었다.

모니카는 벌어지려던 입을 다물고는 하고 싶은 말을 확실하게 정리했다.

케이시가 학원에서 사라지고 모니카는 갈등했다. 사실은 직전에 선택 수업을 변경할 수도 있었다.

그래도 모니카는 변경 신청서를 내지 않고, 승마와 체스 두 가지 수업을 듣기로 정했다.

"승마를 할 줄 안다고…… 전하고 싶은 친구가, 있어요."

그렇게 선언하자 조금 힘이 솟아나는 기분이 들었다.

모니카의 엉성한 선언을 듣자, 펠릭스가 부드러운 목소리로 말했다.

"그 친구라는 건 케이시 그로브 양을 말하는 건가? 자료 반입 때 함께 있었다고 하던데 갑자기 자퇴해 버렸네."

그 순간, 심장이 뛰었다.

자료 반입 때 목재가 쓰러진 사건. 그건 케이시 짓이었다.

겉으로는 사고라는 식으로 마무리됐고, 케이시가 설치한 암살용 마도구도 루이스가 회수했다. 펠릭스는 아무것도 모를 거다.

하지만 펠릭스가 케이시의 이름을 입에 담자, 모니카는 동요할 수밖에 없었다.

(케이시가, 전하의 목숨을 노렸다는 게 들키면, 사형…….)

모니카의 동요가 고삐 너머로 전해졌는지, 말의 발걸음이 조금 흐트러졌다.

펠릭스는 말을 달래면서 나직이 말했다.

"그날부터 너는 기운이 없었어."

"어…… 아, 저기. 그런, 가요?"

"그래. 그래서 네가 승마 수업에 긍정적인 태도로 임하는 걸 알고 조금 안심했어."

긍정적이라니. 모니카는 자신에게는 너무나도 어울리지 않는 말이라고 생각했다.

하지만 아주 조금이라도 긍정적인 태도를 보이게 됐다면 그건 분명 라나처럼 모니카를 신경 쓰고, 용기를 주는 다정한 사람들 덕분이다.

그렇기에 모니카는 케이시와 재회하는 '언젠가'를 바랄 수 있었다.

그때, 가슴을 펴고 승마를 할 줄 안다며 웃는 자신의 모습을 목표로 삼을 수 있었다.

"목표가 있는 건 좋은 일이야. 언젠가 그 친구에게 가슴을 펴고 전하게 되면 좋겠네."

펠릭스는 언제나 모니카를 놀리지만 결코 바보 취급하지는 않는다.

모니카는 그게 기뻐서 조금 입술이 근질거렸다.

"네. 저기…… 그러고 보니, 전하는 왜, 승마 수업을 고르셨나, 요?"

제2왕자 펠릭스 아크 리디르는 만능의 천재라고 불리는 우수한 사람이다. 승마 실력도 상당하다고 들었다.

그런데 일부러 선택 수업에서 승마를 고른 건 뭔가 이유가 있는 걸까?

모니카가 의문을 표하자, 펠릭스는 어딘지 즐거운 목소리로 대답했다.

"승마 수업만큼은 매년 빠짐없이 받기로 했거든."

"매년? 승마를 좋아하시나요?"

"그것도 있지만…… 그래. 특별히 가르쳐 줄게."

펠릭스는 장난스럽게 웃으면서 말의 배를 살짝 찼다.

말은 기초 연습용 코스에서 벗어나서 숲속으로 나아가기 시작했다. 이쪽은 상급자용 코스다.

"전하? 어, 어, 저기, 어디로……?"

"그건 보고 나면 알게 될 거야."

그 웃는 목소리는 기분 탓인지 들뜬 것 같았다.

* * *

학원 뒤 숲에는 붉은색이나 갈색으로 물든 참나무가 일정 간격으로 심어져 있다. 이 주변은 승마 코스라서 말이 달리기 쉽도록 사람이 어느 정도 정비한 모양이다.

이러면 안심하고 말을 탈 수 있겠다……라고 생각했는데 말은 갑자기 길에서 벗어나서 나무와 나무 사이를 나아가기 시작했다.

"전하! 큰일이에요! 길에서 벗어났어요!"

"응. 내 목적지는 이쪽이거든."

"엥……?"

모니카는 살짝 고개를 틀어서 펠릭스를 올려다봤다.

펠릭스는 평소와 같은 부드러운 미소를 지었지만, 기분 탓인지 입꼬리가 올라가서 활기차 보였다.

"아아, 저기. 봐봐."

하늘을 올려다보는 푸른 눈은 나무 틈으로 들어오는 햇살을 반사해서 반짝반짝 빛났다.

그 모습에 이끌려서 하늘을 올려다본 모니카는 뭔가를 목격했다.

가을의 맑은 하늘은 한없이 넓고 높았다. 푸른 하늘에 스며든 하얀 구름을 가로지르는 건 새 떼와 금갈색 머리의 청년—— 언제나 기운찬 글렌 더들리였다.

"끄악——! 위험해, 위험해! 쪼지 말지 말임다——!"

아무래도 글렌은 새 떼에게 쫓기는 모양이었다.

모니카는 시선을 하늘에서 펠릭스에게 돌렸다.

"어어어, 저기이?"

펠릭스는 여전히 어딘가 즐거운 표정으로 하늘을 날아다니는 글렌을 올려다봤다.

모니카가 뭐라 말을 걸지 몰라 고민하는 사이, 펠릭스가 "아." 하고 말했다.

"떨어졌네."

"에엑?!"

황급히 하늘을 보자, 새에게 쪼인 글렌이 급강하했다…….
하지만 글렌은 아슬아슬하게 버텨서 공중에서 우뚝 멈추더
니 천천히 내려갔다.

글렌이 내려선 곳에는 많은 학생이 있었다.

"저곳에서는 실전 마술 수업을 하거든. 비행 마술을 쓰는
건 역시 더들리 정도뿐이겠지만."

펠릭스가 가리킨 곳에서는 많은 학생이 초급 마술을 연습
하고 있었다.

"더들리는 굉장하네. 비행 마술은 마술식은 그리 안 복잡
해도 마력 조작이 어려워. 무엇보다 균형 감각이 필요해서
쓸 수 있는 사람은 상급 마술사 중에서도 적거든."

그 말대로 모니카가 비행 마술을 못 쓰는 이유가 바로 그
거였다.

칠현인인 모니카는 비행 마술의 마술식을 완벽하게 이해
했고 마력 조작도 정확하게 할 수 있다.

그러나 슬프게도 균형 감각이 끔찍하게 안 좋은 탓에 바
로 지면에 곤두박질치고 만다. 즉, 승마와 똑같았다.

그나저나 묘한 건 펠릭스다. 기분 탓인지는 몰라도 마술
에 무척 박식하다.

(비행 마술이 어렵다는 건 상식이니까, 알아도 이상하지
는 않, 지만.)

미심쩍게 생각하는 사이에 말이 천천히 다른 방향으로 나
아갔다.

이번에는 어디로 가는 걸까? 의아하게 생각하는데 갑자기 피부가 오싹해졌다.

눈에 보이지 않는 얇은 막을 넘는 감각—— 이건 결계를 넘을 때 특유의 감각이다.

(이건, 단순한 방어 결계가 아니야…… 설마!)

고개를 홱 든 모니카의 얼굴을 싸늘한 바람이 어루만졌다. 한겨울 같은 냉기를 두른 바람은 숲 안쪽에서 불어오고 있었다.

그쪽을 바라보자 안쪽의 탁 트인 공간에 두 사람의 그림자가 보였다. 모두 세렌디아 학원 학생이다.

빠르게 영창을 읊는 건 모니카가 모르는 금발 청년. 대치하는 건 은발을 뒤로 묶은 마른 체구의 청년—— 학생회 부회장 시릴 애슐리.

금발 남학생이 영창을 마치고 시릴에게 손끝을 겨눴다. 그 손에서 한 아름 정도 크기의 화염구가 튀어나왔다.

동시에 영창을 마친 시릴이 눈앞에 얼음벽을 만들어서 화염구를 막았다.

화염구는 증기를 내뿜으며 사라졌지만 얼음벽은 거의 녹지 않고 남았다.

"저건……."

모니카가 나지막하게 중얼거리자 펠릭스가 뒤에서 귓속말했다.

"이곳에서는 고급 실전 마술을 연습하고 있어. 두 사람이

하는 건 마법전이라고 해서 특수한 결계 안에서 하는 마법 한정 모의전이야.”

마법전. 그건 모니카에게 매우 익숙했다.

왜냐하면 마법전의 발상지는 리디르 왕국 마술사 양성기관의 최고봉이자 예전에 모니카가 다니던 미네르바이기 때문이다.

마법전은 원칙적으로 마술 혹은 마도구 등등 마력을 띤 공격만 사용할 수 있다.

결계 안에서는 공격당해도 다치지 않지만 받은 대미지만큼 마력이 줄어든다. 위력이 센 공격 마술에 맞을수록 소모가 크다.

최종적으로 마력이 먼저 바닥을 드러내는 쪽이 패배. 그게 마법전의 규칙이다.

예전에 미네르바에서는 마법전에서 물리 공격을 자주 쓰는 학생이 있었다고 한다.

마술은 눈속임으로만 쓰고, 대전 상대를 때리고 걷어차는 터무니없는 전투 방식을 본 미네르바의 교수진이 골머리를 앓다가 물리 공격으로는 대미지를 못 주게 결계를 개량했다고 한다.

(그립네, 마법전. 칠현인 선발 면접에서도 했었지…….)

결계 안에서는 아무리 강력한 공격을 받아도 다치지는 않지만 아픔과 충격은 느낀다.

그래서 아프고 무서운 걸 싫어하는 모니카는 그다지 적극적으로 하고 싶지 않았다.

미네르바 시절에도 몇 번 했었지만 그저 무섭기만 해서 도망 다닌 추억밖에 없다.

아련한 시선을 보내는 모니카의 눈앞에서 시릴이 상대의 공격 마술을 완벽하게 막고 있었다.

"대전 상대는 마법전 클럽의 클럽장인데 대단하네."

"시릴 님은 강하시네요."

"그렇지. 우리 학교에서 단축 영창을 쓰는 건 시릴 정도니까…… 응. 우리 학원에서 제일 강하지 않을까?

모니카는 펠릭스의 목소리를 들으면서 시릴의 모습을 멍하니 눈으로 좇았다.

펠릭스 암살 미수 사건이 있고 대략 일주일이 지났다. 암살용 마도구 '나염'은 회수되었고, 범인인 케이시는 집안 사정 때문에 자퇴한다는 식으로 모두 비밀리에 처리했다.

그러나 딱 하나. 케이시가 알리바이를 만들기 위해 일으켰던 자료 반입 때 목재가 무너진 사건. 이것만큼은 기록으로 남고 말았다.

목재를 묶은 로프를 자른 건 케이시다. 그러나 그 자리에 있던 시릴은 자신의 확인이 부족했던 탓이라고 후회했다.

펠릭스가 시릴을 꾸짖지 않았음에도 시릴은 자책했다.

그 사건에 얽힌 모니카는 시릴에게 잘못이 없음을 안다. 그러나 그렇게 주장할 수는 없었다. 그 목재 붕괴 사건이 케이시 짓인 게 발각되면 암살 미수 사건까지 줄줄이 밝혀

지기 때문이다.

저번 주에 있었던 일을 떠올린 모니카가 고개를 수그렸다.

사건이 있었던 그날. 모니카는 진실을 말하지 못한 데다 죄책감에 짓눌려서 학생회실에서 엉엉 울고 말았다.

그 자리에 있던 시릴과 닐은 다음 날부터 그걸 언급하지 않았다. 그게 무척 고마웠다.

(나는, 시릴 님을 위해 뭘 할 수 있을까…….)

일을 가르쳐 주고 모니카가 쓰러졌을 때는 대신 일해 주거나 초콜릿을 주기도 했다. 시릴에겐 언제나 도움만 받았다.

시릴만이 아니다. 반 친구인 라나. 같은 학생회 소속인 닐. 임무 협력자 이자벨……. 이 학원에 온 뒤로 모니카는 여러 사람에게 도움받고 있다.

라나는 말했다. '뭔가 돌려받고 싶은 게 아니다. 친구에게 친절하게 대하는 데 이유 같은 건 필요 없다.' 라고.

나도 언젠가 누군가에게 그렇게 말하는 강한 사람이 될 수 있을까?

(될 수 있으면, 좋겠다.)

몰래 그런 생각을 하는데 펠릭스가 모니카의 어깨를 살짝 두드렸다.

"자, 즐거운 산책도 했으니 슬슬 원래 코스로 돌아갈까."

펠릭스는 그렇게 말하고는 말을 원래 길로 달리게 했다.

모니카가 힐끔 올려다본 펠릭스는 꽤 기분이 좋아 보였다.

"전하께서 승마 수업을 들으신 건 실전 마술 수업을 몰래 보기 위해서인가요?"

"이것도 공부야. 마술로 어디까지 가능한지 알아두면 유사시에 빠른 판단을 내릴 수 있거든."

"그렇, 군요……?"

펠릭스는 이것도 공부라고 말했지만, 그것만이 이유는 아닌 것 같았다.

왜냐하면 글렌이나 시릴을 바라보는 펠릭스의 눈이 무척이나 반짝반짝 빛나니까.

(하지만 전하는, 마술을 못 쓴다고 하셨고…….)

"노튼 양, 자세, 자세."

"네, 넷!"

고민하자 다시 등이 구부정해진 모양이다. 모니카는 황급히 등을 폈다.

생각할 게 잔뜩 있었지만, 익숙하지 않은 말 위에서는 생각이 제대로 정리되지 않았다.

모니카는 지금은 승마에 집중하기로 하고 바른 자세를 의식하며 자세를 고쳤다.

2장 승격

세렌디아 학원에서는 매년 두 개의 선택 과목을 들어야 한다.

모니카는 첫 번째로 승마, 두 번째로 체스 수업을 선택했다. 그래서 승마 수업이 있고 이틀 뒤에 첫 체스 수업을 받으려고 선택 수업 교실을 향해 걸어갔다.

견학회 때는 룰도 제대로 모른 채 도전했지만, 이번에는 사전에 교본을 읽었다.

어젯밤에 밤새워 읽은 교본 내용을 곱씹으면서 복도를 걷는데 뒤쪽에서 기운찬 목소리가 모니카를 불러 세웠다.

"어~이, 모니카~!"

돌아보자 아니나 다를까, 그곳에는 금갈색 머리의 키가 큰 청년── 글렌이 기운차게 손을 흔들고 있었다. 옆에는 작은 체구의 닐과 그 약혼자인 장신 미녀 클로디아도 보였다. 조금 신기한 조합이었다.

모니카는 세 사람에게 고개를 숙였다.

"안녕하세요. 저기…… 세 분은, 같은 수업을 듣나요?"

"그렇습다! 우리는 지금부터 기초 마술학 수업입다!"

어제 비행 마술로 하늘을 날던 건 마술 실기를 배우는 실전 마술. 그리고 오늘의 기초 마술학은 이론 수업이 중심이다. 이 두 가지 수업을 들으면 내년에는 고도 실전 마술이라는 수업을 들을 수 있다.

고도 실전 마술은 시릴이 듣던 수업이다. 글렌도 내년에 수강하려는 모양이다.

"실전 마술은 마술을 잔뜩 써서 즐거웠지만 오늘은 앉아서 공부해야 하지 말임다……. 닐, 내가 졸면 깨워줬으면 좋겠슴다."

처음부터 조는 걸 전제로 두는 글렌에게 닐이 쓴웃음을 짓자, 클로디아가 닐의 팔을 자기 팔에 휘감았다.

"졸면 닐이 깨워 주는 거야? 그래…… 좋은 이야기를 들었네."

"저기, 클로디아 양은 졸지 않을 거죠?"

닐이 곤혹스러운 표정을 짓자, 클로디아는 말없이 웃었다. 방긋이라기보다는 씨익이라고 하는 게 맞는, 참으로 의미심장하고 사악한 웃음이었다.

글렌은 그런 두 사람을 슬쩍 넘기고 모니카가 팔에 안은 교본을 흥미진진한 눈빛으로 보면서 물었다.

"모니카는 무슨 수업을 선택한 검까?"

"제가 선택한 건 승마와 체스인데…… 오늘은 체스 수업, 이에요."

"체스라아. 왠지 어려워 보임다."

소박한 감상을 입에 담는 글렌 옆에서 닐이 싱글벙글 웃으며 끼어들었다.

"와아, 그립네요. 저와 클로디아 양도 작년에 체스를 선택했었어요. 그렇죠? 클로디아 양."

"응, 그랬지······."

웃는 닐과는 대조적으로 클로디아의 표정은 밝지 않았다.

클로디아는 언제나 우울한 분위기를 풍기는 영애지만, 체스 수업이라는 말을 듣자마자 한층 더 분위기가 어두워진 것 같았다.

대체 무슨 일이 있었던 걸까······? 모니카가 허둥대는데 갑자기 어깨에 무게가 실렸다.

클로디아의 우울한 분위기 때문에 그렇게 느낀 게 아니다. 실제로 누군가가 모니카의 어깨에 손을 올렸다.

모니카가 어색하게 돌아보자, 이쪽을 내려다보는 처진 눈과 시선이 마주쳤다. 학생회 서기 엘리엇 하워드다.

"여어, 아기 다람쥐. 지금부터 체스 수업이잖아. 같은 수업이니까 같이 가자고."

엘리엇은 얼굴에 명랑한 미소를 띠었지만, 모니카는 엘리엇의 진의를 읽지 못한 채 몸을 굳혔다.

엘리엇은 계급 지상주의라서 평민 출신인데도 학생회 임원으로 선발된 모니카를 싫어한다.

애보트 상회 사람으로 변장한 침입자와 마주했을 때, 엘리엇은 이렇게 말했다.

아무런 책무도 없는 너와는 다르다고.

분명 그것이 엘리엇이 모니카에게 내비친 본심이리라.

생각해 보면 그 소동 이후로 엘리엇은 사건 뒤처리에 바빴기에, 모니카는 엘리엇과 대화다운 대화를 못 나눴다.

(으으, 거북해…….)

모니카가 교본을 가슴에 품고 고개를 수그리자, 어깨에 올라간 손에 힘이 들어갔다.

엘리엇은 퉁명스럽게 말했다.

"빨리 가자."

"네, 네헥."

모니카는 글렌 일행에게 고개를 숙이고는 엘리엇의 뒤를 따라 걸었다.

엘리엇은 아무 말도 안 한 채 성큼성큼 걸어간지라, 모니카는 종종걸음으로 가야만 따라잡을 수 있었다. 모니카는 숨을 몰아쉬면서 필사적으로 엘리엇을 따라갔다.

이윽고 도착한 교실에서 모니카가 어디에 앉을까 고민하는데, 엘리엇이 턱짓으로 창가 자리를 가리켰다.

"거기 앉아. 한 판 하자고."

그렇게 말한 엘리엇은 모니카의 대답도 기다리지 않고 선반에서 체스판을 꺼냈다.

엘리엇이 한 말대로 모니카가 착석하자, 엘리엇은 흑과 백의 킹을 하나씩 들어서 책상 위에서 빠르게 섞어 쥐고는 모니카 앞에 주먹을 내밀었다.

"원하는 쪽을 골라."

"그, 그럼, 저기…… 이쪽, 으로."

모니카가 가리킨 손을 열자, 나온 건 검은 킹.

엘리엇이 선공인 백, 모니카가 후공인 흑이다.

모니카가 허둥지둥 검은 말을 정렬하자, 이미 정렬을 마친 엘리엇이 얼굴을 턱에 괴고는 "이봐."라고 중얼거렸다.

모니카는 말을 정렬하던 손을 멈추고 엘리엇을 바라봤다.

"네, 넷…… 왜, 그러시나요?"

"요전에 견학회 때 했던 대국."

엘리엇은 말을 손끝으로 찌르면서 혼잣말을 하듯 말했다.

"그때는 아직 캐슬링을 가르쳐 주지 않았는데, 내가 그걸 써서 이긴 걸…… 왜 모두 앞에서 지적하지 않았지?"

모니카는 어리둥절하게 눈을 깜빡였다.

견학회 때 대국── 처음 해본 체스는 지금도 또렷이 기억한다.

엘리엇은 퀸 없이 두고 선공을 모니카에게 양보했던 게임.

초반에는 모니카가 우세했다. 그러나 마지막에 엘리엇이 한 수에 룩과 킹을 동시에 움직이는 캐슬링을 써서 모니카는 패배했다.

그때 모니카는 캐슬링이라는 특수한 룰을 몰랐으니까 정해진 패배라고 할 수 있었다.

모니카가 대답하기 곤란해하자, 엘리엇이 계속 말을 이었다.

"노튼 양에게는 나를 공정하지 않다고 질책할 권리가 있었어."

모니카는 문득 떠올렸다.

요 며칠간 엘리엇은 학생회실에서 모니카에게 말을 걸려다가 급히 거리를 벌리는 수상한 움직임을 반복했었다. 그건 혹시 이걸 언급하려던 걸까?

"저기, 그건……."

모니카는 신중하게 말을 고르면서 답했다.

"제 지인이었다면 저한테 이렇게 말했을 거예요……."

모니카가 떠올린 사람은 칠현인 동기인 '결계의 마술사' 루이스 밀러다.

그 사람이라면 분명 이렇게 말하리라.

"'정식 룰을 알아보지도 않고, 타인의 설명을 곧이곧대로 받아들여서 승부하려던 당신이 어리석습니다.' ……라고요."

모니카의 말을 듣자, 엘리엇은 아연한 표정으로 입을 쩍 벌렸다.

"이봐, 그 지인이라는 녀석은 지나치게 성격이 나쁜 거 아니냐?"

"그래도, 저는 그 말이 정말 옳다고, 생각해서요……. 전에, 카드 게임을 배울 때, 그 사람한테 이런 말도 들었어요. '승부는 이미 테이블에 앉기 전부터 시작됐다.' 라고요."

엘리엇은 깊은 한숨을 내쉬고는 항복이라는 듯 양손을 들었다.

"어이, 좀 봐달라고. 딱히 너를 속이려고 캐슬링을 안 알려 준 게 아니야. 솔직히 초짜는 캐슬링 같은 건 이해 못 할 거라 생각했고, 캐슬링을 안 써도 쉽게 이기겠다고 얕봤어."

모니카가 "네에."라며 애매하게 대답하자, 엘리엇이 씁쓸한 표정을 지었다. 그리고 단정한 앞머리를 마구 흐트러뜨렸다.

"이런 말을 들으면 화내는 게 맞잖아? 나는 노튼 양을 얕봤고, 그런 주제에 울컥해서 알려주지도 않은 캐슬링을 써서 억지로 이겼잖아. 이런 건 공정하지 않아. 귀족이 해서는 안 되는 부끄러운 행동이라고."

"저기…… 그게……."

모니카는 곤란했다. 엘리엇이 한 말의 어느 부분에서 화를 내야 할지 전혀 몰랐기 때문이다.

모니카는 자신이 얕보여서 분노를 느낀 적이 없다. 굳이 따지자면 묘하게 띄워 주는 쪽이 더 곤란하다.

엘리엇이 캐슬링을 알려 주지 않은 것도 질책할 이유가 되지 않았다. 왜냐하면 스스로 룰을 알아보지 않았던 모니카의 잘못이니까.

그래서 모니카는 손가락을 꼬면서 나지막하게 말했다.

"죄송해요. 저는, 왜 화내야 하는지 모르겠, 어요."

그 한마디를 입에 담자, 놀랐는지 엘리엇이 처진 눈을 크게 떴다.

내가 그렇게 이상한 말을 했나? 모니카는 곤혹스러워하면서 말을 이었다.

"저는, 체스를 할 수 있으면, 그걸로 충분하니까……."

모니카는 남은 말을 체스판에 놓고는 엘리엇을 봤다.

"대국, 부탁합니다."

모니카가 무표정한 얼굴을 했다. 그 앳된 얼굴에 오들오들 떠는 기색은 없었고, 조용히 침착한 눈으로 엘리엇의 첫 수를 기다렸다.

엘리엇은 천천히 숨을 내쉬고는 하얀 폰을 손에 들었다.

"그럼 사양 않고 이기러 가겠어."

"그러는 편이, 기뻐요."

"말은 잘했는데 나중에 지고 울지는 마라. 아기 다람쥐."

엘리엇은 묘하게 즐거운 듯이 말하고는 말을 움직였다.

* * *

그것은 더즈비 백작가의 적자(嫡子) 엘리엇 하워드가 아직 여섯 살일 때 있었던 일이다.

엘리엇은 아버지와 함께 처음으로 크록포드 공작의 저택을 찾아가, 그 공작의 손주이자 이 나라의 제2왕자인 펠릭스 아크 리디르와 만났다.

펠릭스는 엘리엇과 동갑이고 몸이 약해 성에서 나와 조부의 집에서 요양한다고 한다. 엘리엇이 여기로 온 건 그런 펠릭스의 놀이 상대를 하기 위해서였다.

하지만 엘리엇은 펠릭스가 싫었다.

펠릭스는 운동 신경이 나쁘고 둔했다.

빈약해서 훈련용 검조차 제대로 못 들었고, 종자가 뒤에서 받쳐주지 않으면 승마도 제대로 못 했다.

사교댄스도 허접하다. 기억력도 나쁘고 성적도 안 좋다. 정말로 뭘 해도 안 되는 멍청이에다 굼벵이였다.

덤으로 펠릭스는 낯가림이 매우 심했다. 남들 앞에 서면 제대로 말도 못 하고, 바로 혀가 꼬여서 고개를 숙이고 만다. 인사조차 제대로 못 한다.

펠릭스보다는 차라리 옆에 있는 종자 소년이 행동거지나 말투가 훨씬 당당했을 정도다.

그런 못난 꼬맹이가 주인이라니 힘들겠다 싶었던 엘리엇은 종자 소년을 동정하기까지 했다.

펠릭스는 무능하다. 하지만 그런 펠릭스가 언젠가 자기 위에 설지도 모른다고 생각하자, 엘리엇은 화가 나서 견딜 수가 없었다.

그래서 엘리엇은 여섯 살 소년답게 심술궂게 펠릭스를 바보 취급하거나 야유했다.

그때마다 펠릭스는 슬픈 듯이 고개를 숙이면서 이렇게 말했다.

"제대로 못 해서, 미안해……."

어쩜 이리도 비참한 녀석일까. 엘리엇보다도 훨씬 높은 지위인 주제에.

언젠가 남의 위에 서야 할 텐데.

 남들보다 뒤떨어지던 펠릭스가 딱 하나 박식한 것이 있었다. 바로 천문학이다.

 천문학은 왕족이 배워 봤자 아무런 도움도 되지 않건만, 펠릭스는 별에 관한 화제가 나오면 눈을 반짝반짝 빛냈고, 한가할 때마다 숨어서 천문학 책을 읽었다.

 그래서 엘리엇은 어른이나 종자의 눈을 속이고 펠릭스가 소중히 여기던 천문학 책을 몰래 뜰의 나무 위에 숨겼다.

 아니나 다를까 펠릭스는 울상을 지으며 책을 돌려 달라고 엘리엇에게 매달렸다.

 "저기 나무 위에 있어. 그렇게 높은 나무도 아니니까 간단히 가져올 수 있겠지?"

 펠릭스는 새파래져서 나무를 올려다봤다. 운동 신경이 안 좋은 이 아이가 혼자서 나무를 올라갈 리 없다.

 그걸 알았기에 엘리엇은 히죽히죽 웃으면서 소년을 도발했다.

 "또 여느 때처럼 그 종자에게 울면서 달려들 거냐? 아니면 위대한 할아버님께 의지할 거냐? 혼자서는 아무것도 못 한다면서."

 "으……."

 펠릭스는 굳은 표정으로 나무를 올려봤지만, 이윽고 입술을 꽉 깨물고는 나무를 타기 시작했다.

그러나 손발의 움직임이 전혀 안 맞았다. 아주 조금 올라 갔을 뿐인데도 펠릭스는 덜덜 떨면서 움직이지 못했다.

"겁쟁이."

엘리엇이 낮은 목소리로 중얼거리자, 펠릭스는 가지를 향해 떨리는 손을 뻗었고…… 그 가지를 붙잡지 못하고 떨어졌다.

그다지 높지는 않기에 엘리엇은 묵묵히 보고 있었는데 땅에 떨어진 펠릭스의 상태가 뭔가 이상했다.

조심조심 다가가자, 펠릭스의 옆구리에 날카로운 가지가 꽂힌 게 보였다. 낙하지점에 떨어져 있던 가지가 꽂힌 거다. 가지가 꽂힌 곳을 중심으로 펠릭스의 옷에 붉은 얼룩이 번졌다.

엘리엇은 안색을 바꾸고 비명을 질러서 어른들을 불렀다.

"네가 무슨 짓을 저질렀는지 아느냐?"

그렇게 말한 아버지는 엘리엇의 뺨을 때렸다.

엘리엇은 변명하지 않았다. 모든 건 자신의 경솔한 행동이 원인임을 알았기 때문이다.

펠릭스의 부상은 그리 깊지 않아서 생명에 지장은 없었다. 하지만 그래도 몇 바늘을 꿰매야 할 정도의 부상이었다.

"너는 그분께 평생 남을 상처를 입힌 거다. 그 죄는 네 목숨 정도로는 갚을 수 없어."

그렇게 말한 아버지가 자기 목숨을 바칠 각오를 했다.

그런데 이제 막 치료를 받은 펠릭스가 거기에 끼어들었다.

"기다리세요!"

펠릭스는 종자 소년의 부축을 받긴 했지만 스스로 섰다.

안색은 새파랗고, 땀도 흠뻑 흘렸다. 당연하다. 조금 전에 봉합 수술을 마쳤으니까.

"엘리엇은 잘못하지 않았어요. 제가 장난삼아 나무에 오른 거예요. 엘리엇은 그걸 막으려고 했고 몸을 던져서 저를 감쌌어요."

거짓말이다. 엘리엇은 히죽히죽 웃으며 펠릭스가 떨어지던 순간을 보고 있었다. 그 정도로 다칠 리가 없다고 우습게 여겼다.

그러나 펠릭스가 엘리엇을 감싼 덕분에, 엘리엇은 질책을 듣지 않고 끝났다.

그리고 아버지가 목숨을 바치지 않아도 됐다.

그 일이 있고 엘리엇이 펠릭스의 방에 들이닥쳐서 물었다.

"왜 나를 감쌌지? 그 사고는 나 때문에 일어났잖아? 너는 나 때문에 크게 다쳤다니까?"

혹시 일부러 자신에게 은혜를 입힐 작정이었던 걸까? 엘리엇이 그렇게 의심하자, 펠릭스는 곤란한 듯이 눈썹을 내리면서 힘없이 웃었다.

"내가 나무에서 떨어진 건, 나무타기를 능숙하게 하지 못해서야. 그래서 왜 엘리엇을 질책해야 하는지 모르겠어."

마치 당연한 소리를 하는 듯한 말투였다.

펠릭스는 이 일이 나무타기가 서툰 자신 탓이라고 진심으로 생각하는 거다.

"그 상처가 나으면…… 나무타기 가르쳐 줄게."

엘리엇이 소곤소곤 말하자, 펠릭스는 물색 눈을 반짝반짝 빛냈다.

"정말? 기쁘다! 예전부터 나무 위에서는 분명 별이 아름다워 보이겠다고 생각했었어."

그렇게 말하며 웃는 펠릭스가 진심으로 기뻐 보였다.

* * *

갑자기 옛날 일이 떠오른 이유는 모니카 노튼의 말이 기억 속 소년의 말과 겹쳤기 때문이다.

어째서 자신을 책망하지 않느냐고 물은 엘리엇에게, 모니카는 화내야 하는 이유를 모르겠다고 말했다.

그 다정한 소년과 똑같은 표정으로.

(아아, 이제야 납득이 돼……. 그래서 그 녀석은 노튼 양을 신경 쓰던 건가!)

엘리엇은 머리 한구석에서 그런 생각을 하면서 흰 비숍을 움직였다.

모니카는 바로 다음 수를 뒀다.

저번에도 그랬지만 모니카는 말을 두는 속도가 이상하리
만치 빠르다. 기본적으로 오래 고민하지 않는다. 엘리엇이
말을 움직이면 곧바로 다음 수를 둔다.

그런 모니카가 검은 퀸을 움직인 시점에서 게임은 끝났다.

엘리엇은 체스판을 노려보면서 입을 열었다.

"스테일메이트인가……."

이번에는 핸디캡이 없고, 선공은 엘리엇이었는데도 불구
하고 무승부였다.

그것도 아직 체스를 몇 번밖에 안 둬 본 소녀를 상대로 한
결과다.

모니카는 분한 표정도, 기쁜 표정도 짓지 않고 체스판을
가만히 바라봤다. 아마 방금 했던 게임을 반추하고 있는 것
이리라.

"체스는 말이지, 성격이 드러나."

"네?"

엘리엇의 혼잣말 같은 중얼거림을 들은 모니카가 눈을 깜
빡이고 바라봤다.

엘리엇은 살짝 어깨를 으쓱했다.

"시릴 같은 녀석은 알기 쉬운, 왕을 지키는 체스를 둬. 이
른바 수비가 견고한 타입이지. 너는 그 반대야."

엄밀하게 따지면 모니카의 체스는 공격적인 것과는 조금

다르다.

말하자면 철저하게 이론적이고 낭비가 없는 수.

"너는 승리를 위해서라면 킹도 미끼로 쓰잖아."

모니카 노튼에게는 킹이든 폰이든 모두 동등한 가치를 가졌다.

조금이라도 승률이 올라간다면 어떤 말이라도 주저하지 않고 희생시킨다. 그렇기에 무자비할 정도로 강하다.

만약 모니카가 경험을 더 쌓고 심리전을 익힌다면…… 무시무시한 괴물이 될 것이다. 그런 예감이 든 엘리엇은 등골이 오싹해져서 떨었다.

펠릭스조차도 역량을 재지 못하는 압도적인 재능을 가졌지만 내성적이고 비굴한 성격이다. 그 정반대의 모습이 심하게 이질적이었다.

엘리엇이 처진 눈을 가늘게 뜨고 가만히 관찰하자, 모니카가 살짝 입을 열었다.

"하워드 님의, 체스는……."

"흐응? 초짜가 내 체스에 대해 논하는 거냐?"

"말의 역할에, 고집하는 것처럼 보였어요."

엘리엇의 눈썹이 꿈틀거렸다.

모니카가 지적한 부분은 예전에 교사인 보이드에게도 들은 말이다. 엘리엇의 체스는 지나치게 말의 역할에 고집한다.

퀸은 퀸답게, 폰은 폰답게. 더 상위의 말이 활약하는 진형으로.

그건 다른 말로는 말에 가치를 매기지 않는 모니카와 대척점에 있는 체스라고 할 수 있었다.

모니카는 엘리엇 진영의 폰을 가리키며 말했다.

"방금 게임, 폰이 프로모션 할 수 있는 국면이 있었어요. 그런데도 하워드 님은 최선의 수였던 프로모션을 고르지 않았어요."

프로모션이란 적진 최심부까지 도달한 폰이 퀸 등의 말로 승격하는 것이다. 엘리엇은 일부러 그걸 피했다.

엘리엇은 마음속으로 용케 눈치챘다면서 혀를 내두르고는 입꼬리를 올려서 빈정대듯 웃었다.

"나는…… 승격이 싫거든."

적진 최심부까지 들어간 병사는 승격할 수 있다. 엘리엇은 그 룰이 죽을 만큼 싫었다.

"내 삼촌은 어리석게도 평민에게 빠져서 그 여자를 본처로 삼았어. 삼촌은 소박하고 마음씨 착한 소녀라고 말했지. 하지만 결국 그 여자는 삼촌의 돈을 빼돌렸어. 배신당한 삼촌은…… 목을 맸지."

그 끔찍한 모습을 제일 먼저 발견한 건, 좋아하던 삼촌에게 체스를 배우러 왔던 엘리엇이었다.

그때의 광경은 지금도 엘리엇의 눈에 새겨져 있다.

삼촌의 저택에는 값나가는 물건이 거의 없었다. 옛 평민 아내가 삼촌의 죽음을 알고 값나가는 물건을 긁어모아 도망친 거다. 자신이 자살로 몰아넣은 남자를 애도하지도 않은 채.

"알겠어? 평민은 평민, 귀족은 귀족다워야 해. 그 신분의 울타리를 넘어서면 반드시 누군가가 불행해져."

그렇기에 엘리엇은 자기 분수를 모르는 평민을 싫어한다. 벼락출세한 사람을 보면 신물이 난다.

엘리엇은 처음에 모니카에게도 똑같은 감정을 품었다.

모니카 노튼은 평민인 주제에 세렌디아 학원에 입학한 데다가 학생회 임원까지 된, 분수를 모르고 벼락출세한 녀석이다.

엘리엇은 그런 모니카가 눈엣가시여서 견딜 수가 없었다…… 지금까지는.

(가끔 있단 말이지. 신분의 틀을 가볍게 뛰어넘는 압도적인 재능의 소유자가.)

엘리엇은 그런 인간을 어떻게 대해야 좋을지 여전히 답을 내지 못했다.

그래서 씁쓸한 표정으로 하나만 충고하기로 했다.

"노튼 양을 어떻게 평가할지는 한동안 보류하겠어. 단, 하나 충고하지."

엘리엇은 의자 위에서 다리를 꼬고는 모니카를 똑바로 바라봤다.

그리고 한 마디 한 마디 새기듯이 말했다.

"유례없는 재능을 가지고 태어난 평민은 때로는 무능한 이들의 시샘을 받거나 교활한 녀석에게 이용당하는 법이야. 나는 그렇게 인생이 엉망진창이 된 딱한 녀석을 알아."

불안을 부추기는 말에 모니카의 얼굴이 새파랗게 질렸다.

엘리엇은 평소처럼 빈정대는 투로 말하고 살짝 어깨를 으쓱하며 웃었다.

"언제나 처신에 주의하라고. 분명 앞으로 너는 더욱 주목받을 테니까."

"네……?"

모니카는 알아채지 못한 모양이지만 두 사람의 체스를 멀리서 계속 지켜보던 인물이 있었다.

근육이 다부진 스킨헤드의 거한. 이 수업을 담당하는 교사 보이드다.

보이드는 분필로 칠판에 뭔가 글을 적고 있었다.

엘리엇의 시선에 이끌려 칠판에 적힌 글을 본 모니카가 흠칫 떨더니 얼어붙었다.

【체스 대회 대표 선수】

선봉 : 모니카 노튼

중견 : 벤저민 몰딩

대장 : 엘리엇 하워드

모니카는 동그란 눈을 크게 뜨는 핏기가 가신 입술을 떨었다.

"체, 체스 대회……?!"

"학원제가 열리기 일주일 전 휴일에 다른 학교 대표를 초대해서 체스를 둘 거야. 예산안에 그런 이벤트가 있는 걸 봤을 텐데."

"제, 제가요……?!"

모니카가 새파래져서 몸을 떨자, 교사 보이드가 성큼성큼 걸어왔다.

수많은 전장을 헤쳐나온 듯한 관록을 가진 보이드는 사람의 얼굴 정도는 손쉽게 짓뭉갤 것 같은 커다란 손으로 모니카의 어깨를 두드렸다.

그리고 무표정한 얼굴에 낮은 목소리로 한마디를 뱉었다.

"기대하고 있겠다."

"무, 무무무, 무무, 무무무, 무……."

아마 '무리예요.'라고 말하고 싶었겠지 하고 생각하면서 엘리엇은 어깨를 으쓱하고 모니카에게 말했다.

"뭐, 마음 편히 임하자고. 노튼 양."

모니카는 역시 "무무무무."라고 똑같은 말을 반복하며 경련했다. 아마 의식이 반쯤 날아간 거겠지.

압박감에 약하다는 부분까지 기억 속 그 소년과 똑같았다.

체스 대회는 세렌디아 학원을 포함해 세 학교에서 각각 대표 선수를 셋씩 선출하여 겨루는 유서 깊은 행사라고 한다.

명문교의 자존심을 건 그 대회의 대표 선수로 뽑히고 만 모니카는 그저 당혹스러울 뿐이었다.

　어떤 대표로 선발되는 건 명예로운 일이지만 모니카에게 는 그다지 좋은 추억이 없다.

　돌이켜보니 2년 전 일이었다. 당시 모니카는 마술사 양성 기관 미네르바의 기디온 러더포드 교수의 연구실에 소속되 어 있었다.

　러더포드 교수는 흰 머리를 짧게 깎고 안광이 날카로운 노인으로 완고하고 고집불통이었다. 하지만 기본적으로는 모니카에게 자유로운 연구를 허락했다.

　그래서 모니카는 연구실에 틀어박혀서 오로지 마술식 연 구에 몰두했는데, 어느 날 러더포드 교수가 담배를 피우면 서 모니카에게 이렇게 말했다.

　『오, 에버렛. 너, 잠깐 칠현인 선발 면접에 갔다 와라.』

　칠현인은 리디르 왕국 마술사의 정점에 선 자다. 그런 굉 장한 사람을 뽑는 면접이라니. 잠깐 갔다 오겠다는 느낌으 로 갈 만한 곳이 아니다.

　러더포드 교수의 짓궂은 농담인 줄 알았지만 이미 추천장 을 제출했고 서류 심사도 통과되었다고 한다.

　『왜, 왜, 제가아……?! 무리, 무리예요! 절대로 무리이이 이……!』

　그렇게 연구실 커튼을 말고 덜덜 떨던 모니카를 러더포드 교수가 커튼에 만 채로 연행해서 강제로 칠현인 선발 면접장에 던져 넣은 것이다.

결국 모니카는 면접에서 졸도한다는 대참사를 일으켰는데도 불구하고 칠현인으로 선발되고 말았다.

솔직히 압박감 때문에 위가 쓰렸다. 하지만 모니카에게는 딱 두 명, 자신이 칠현인이 되었다고 보고하고 싶은 인물이 있었다.

한 명은 양어머니. 그리고 다른 한 명은…… 유일한 친구.

그 친구 덕분에 모니카는 미네르바에서 힘낼 수 있었고 무영창 마술을 익혔다. 그래서 보고해야겠다고 생각했다.

그 친구와는 한동안 소원해지고 말았지만 칠현인이 되었다고 보고하면 분명 칭찬할 것 같았다. 그래서…….

"이봐, 노튼 양. 벽에 들이박을 셈이야?"

머리 위로 목소리가 들리자 모니카는 흠칫 어깨를 떨었다.

이곳은 미네르바가 아니라 세렌디아 학원이고 자신은 제2 왕자 호위 임무를 위해 모니카 노튼을 자칭하고 잠입 중이다.

그리고 체스 대회 대표 선수로 선발된 모니카는 엘리엇과 함께 직원실에서 수속을 마치고 학생회실에 보고하러 가던 중이었다.

"죄송합니다……."

모니카는 옆을 걷는 엘리엇을 올려다보며 우물쭈물 사과했다.

엘리엇은 척 보기에도 침울해진 모니카를 어이없는 표정으로 내려다봤다.

"대표 선수로 선발됐는데 하나도 안 기쁜 얼굴이잖아."

모니카가 입을 우물거리자, 엘리엇은 학생회실 앞에서 발을 멈췄다.

"뭐, 아무튼 전하에게 보고하자고."

"윽…… 네……."

모니카는 펠릭스에게 보고하는 것도 마음이 무거웠다.

왜냐하면 이제부터 모니카와 엘리엇은 체스 대회를 위해 쉬는 시간과 방과 후에 특별 훈련을 받기 때문이다. 당연히 그동안 학생회 임원 일은 밀린다.

(또, 시릴 님에게 폐를 끼치게 돼…….)

언제나 도움만 받아서 자신이 뭔가 할 수 있는 게 없을까 고민하던 와중에 또 이렇게 되고 말았다.

모니카가 어두운 표정으로 멍하니 고개를 수그리자, 엘리엇이 학생회실 문을 열었다.

학생회실에서는 펠릭스와 시릴 두 사람이 서류를 들고 상의하고 있었다. 브리짓과 닐은 다른 일을 하러 나갔는지 안에 안 보였다.

펠릭스는 서류에서 고개를 들고는 모니카와 엘리엇을 번갈아 보면서 싱긋 웃었다.

"체스 대회 건은 들었어. 올해도 학생회 임원 중에 두 명이 선출되다니 기쁠 따름이네. 학원 대표로 열심히 해 줘. 체스 대회까지는 업무를 줄일 테니까."

모니카는 시릴을 힐끔힐끔 바라봤다. 시릴은 여느 때와

다름없는 의연한 표정으로 팔짱을 끼고 모니카와 시릴을 보고 있었다.

(민폐라고 여겨지는 건…… 싫은데…….)

모니카는 무의식 중에 주먹을 움켜쥐면서 필사적으로 목소리를 쥐어짜 냈다.

"저기, 전하, 시릴 님…… 저, 제 일은, 기숙사에 가지고 돌아가서 할 테니까……."

"무슨 소리냐."

시릴이 모니카의 말을 단호하게 끊었다.

모니카가 움찔하며 어깨를 움츠리자, 시릴은 평소처럼 거만하게 말했다.

"체스 대회장은 우리 세렌디아 학원이다. 당일에는 우리 학생회 임원도 각종 대응을 위해 현장에 있을 거다. 전하의 얼굴에 먹칠하지 않도록 체스에 전념해라."

시릴의 말을 듣고 엘리엇이 고개를 끄덕였다.

"그래, 그래. 노튼 양이 그렇게 애쓰려고 하면 나도 일을 가지고 돌아가야 하잖아."

"하, 하지만……."

모니카가 여전히 갈팡질팡하자, 펠릭스가 부드러운 목소리로 말했다.

"노튼 양. 나도 작년에 체스 대회에 나갔었어."

"전하도, 말인가요."

"응. 그때도 학생회 일은 다른 모두에게 도움을 받았지.

그러니까 올해는 내가 너희를 도와주게 해 줄래?"

모니카가 대표로 뽑혔어도, 펠릭스와 시릴은 여느 때와 똑같았다.

민폐라고 생각하는 듯한 표정을 보이거나 시샘하지 않았다.

모니카는 움켜쥔 손을 풀고 두 사람에게 깊이 고개를 숙였다.

"감사합니다."

그 한마디는 놀라울 만큼 자연스럽게 나왔다.

모니카는 제대로 감사를 전해서 아주 조금 자랑스러웠다.

펠릭스는 "천만의 말씀."이라고 답하고는 조금 장난스럽게 웃었다.

"다만 너무 몰두하지는 말아 줘. 너는 금방 수면을 소홀히 할 것 같으니까."

"우으……."

사실 모니카는 처음 체스를 접한 날부터 도서관에서 교본을 빌려서 자는 시간도 아껴가며 읽었다.

특히 최근에는 케이시 일로 잠들지 못하는 날이 이어져서 기분을 달래려고 다락방에서 체스에 몰두하고 있었다.

모니카는 체스판이 없어서 눈금을 그린 종이에 체스 말로 꾸민 나뭇조각이나 돌멩이를 놓았다. 그렇게 혼자 체스를 두다가 어느새 아침이 되어버리는 날도 잦았다.

그래서 수면 부족인 걸 펠릭스에게 들킨 모양이다.

모니카가 우물쭈물 손가락을 꼬자, 엘리엇은 뭔가를 떠올렸는지 시릴을 보더니 씨익 하고 심술궂은 미소를 지었다.

"그러고 보니 예전에 체스로 나한테 진 게 분해서 수면 시간도 아껴가며 체스 공부를 하더니 결국 대국 중에 쓰러진 녀석이 있었지. 안 그래? 시릴."

"……나는 지금부터 부장들과 회의가 있으니 이만 실례하겠어."

시릴은 찌푸린 얼굴을 하고 고개를 돌리더니 빠르게 학생회실을 나갔다.

"엘리엇. 성실한 시릴을 놀리는 건 좋지 않아."

펠릭스가 타이르자, 엘리엇은 살짝 어깨를 으쓱했다.

반성하는 기색이 없어 보이는 엘리엇에게 펠릭스가 쓴웃음을 지으며 말했다.

"그런데 엘리엇이 보기에 우리 학생회의 아기 다람쥐 양은 실력이 어느 정도야?"

"꽤 악랄하다고. 아직 몇 번밖에 못 둬 본 주제에 나를 스테일메이트로 몰아넣었어."

"그래?"

펠릭스는 조금 놀란 목소리를 내더니 의자에서 일어나 선반에서 체스판과 말을 꺼냈다.

그 세트를 접대용 테이블에 놓은 펠릭스가 모니카를 봤다.

"나와 대국해 보겠어? 체스 대회에 나간다면 여러 상대와 승부해서 손해 볼 일은 없지."

"아, 아뇨. 전하의 업무를 방해할 수는……."

"마침 지금은 부장들의 대답을 기다려야 해서 말이지. 할 일이 없어. 그래…… 네가 나에게 이기면 무슨 부탁이든지 하나만 들어줄게."

펠릭스가 제안하자, 모니카가 동그란 눈을 크게 떴다.

평소에는 어둡고 흐릿한 갈색 눈이 빛을 난반사하며 연두 색으로 반짝반짝 빛났다.

"정말로…… 뭐든 괜찮은 건가요?"

"그럼, 물론이지."

사실 모니카는 예전부터 펠릭스에게 부탁하고 싶은 게 있었다.

지금까지는 좀처럼 말을 못 꺼냈는데 좋은 기회였다.

모니카는 흐응, 하고 콧김을 내뿜고는 펠릭스 맞은편에 앉았다.

"자, 잘 부탁합니다!"

모니카가 속으로 이건 질 수 없겠다고 의욕을 내는데, 펠 릭스는 그 모습을 어딘가 즐기듯이 바라보고 있었다.

모니카와 대치한 펠릭스는 내심 마음이 들떴다.

모니카는 기본적으로 뭔가를 부탁하지 않는 아이다. 깃펜 하나 빌리는 것도 미안해하면서 우물쭈물한다.

그런 모니카가 나에게 부탁이라니!

대체 이 아기 다람쥐가 펠릭스에게 무엇을 부탁할지 굉장히 흥미로웠다.

요즘 모니카는 수업과 학생회 업무 모두 열심히 하니까 부탁한다면 포상을 내릴 수도 있다.

펠릭스의 뇌리를 스친 건, 얼마 전 모니카와 시릴이 초콜릿을 마시던 광경이다.

펠릭스가 마음에 들어 한 아기 다람쥐는 요즘에 시릴을 잘 따르는 듯했다. 어느새 호칭도 애슐리 님에서 시릴 님으로 변했다. 펠릭스는 여전히 전하라고 부르는데.

결국 펠릭스는 마음에 든 작은 동물이 자기가 아닌 다른 사람을 잘 따르는 것에 토라진 것이다.

(이 아이가 원할 물건이라면…… 수학책 같은 건가.)

그때는 굉장히 희귀한 책을 선물해서 아기 다람쥐를 깜짝 놀라게 하는 것도 꽤 재미있을 것 같다.

펠릭스는 그런 꿍꿍이를 갖고 말을 움직였다.

교묘하게 지게끔 말을 움직이는 펠릭스와 덤덤히 공격하는 모니카의 승부는 약 한 시간 만에 바로 결판이 났다.

펠릭스가 힘을 빼고 두기도 했지만, 그 이상으로 모니카의 공세가 가차 없었다. 엘리엇이 "악랄하다."라고 표현한 건 꽤 정확했다.

"체크메이트……에요."

모니카가 그렇게 선언하고는 후우, 하고 숨을 내쉬었다.

대국 중에는 무서울 정도로 무표정했던 얼굴이 평소처럼 천진한 표정으로 돌아왔다.

(너무 힘을 뺐나……. 뭐, 됐어. 어차피 지려고 했으니까.)

펠릭스가 그런 생각을 하는데, 이 일방적이면서도 압도적인 게임을 지켜보던 엘리엇이 뺨을 실룩거리면서 모니카를 노려봤다.

"이제야 눈치챘어. 노튼 양……. 낮에 나와 했던 승부, 봐줬지?"

엘리엇의 말을 듣고 모니카는 놀란 표정으로 고개를 내저었다.

"아, 아뇨! 저, 봐주거나 그러지 않았어요!"

모니카는 엘리엇의 말을 필사적으로 부정했고…….

"스테일메이트가 되도록, 온힘을 다했어요!"

자폭했다.

"역시 처음부터 무승부를 노렸구나! 알고 있냐? 세간에서는 그걸 봐줬다고 하. 는. 거. 야!"

엘리엇은 분노가 배어 나오는 낮은 목소리로 으르렁대면서 모니카의 오른쪽 뺨을 꽈악 꼬집었다. 살집이 얇은 모니카의 뺨은 생각보다 잘 늘어났다.

모니카는 흑흑거리면서 변명했다.

"스테일메이트가 되는 패턴을 검증하려 했어요오오……."

"그래서 나를 실험 대상으로 삼았다는 거냐. 진짜 화났어. 보이드 선생님에게 일러서 대장과 선봉을 바꿔 주마."

"안 돼에에에. 죄송해요오오오!"

힝힝 울부짖는 모니카의 뺨을 꼬집은 엘리엇은 참으로 그리운 개구쟁이 같은 표정을 짓고 있었다.

엘리엇은 귀족다움을 고집하는 남자지만 옛날에는 상당한 개구쟁이였다는 걸 펠릭스는 안다.

(으~음. 활기 넘치네.)

화를 내면서도 묘하게 즐거워 보이는 엘리엇을 바라보던 펠릭스가 쓴웃음을 지었다.

"그쯤 해 둬. 아기 다람쥐의 뺨이 늘어나겠어."

엘리엇이 퉁명스러운 표정으로 모니카의 뺨에서 손을 떼자, 모니카는 훌쩍훌쩍 콧물을 삼키면서 빨개진 뺨을 문질렀다.

"그래서 노튼 양은 나에게 뭘 부탁할 거야?"

"뭐, 뭐든 괜찮은 거죠?"

"그럼, 물론이지."

펠릭스가 크게 끄덕이자, 모니카가 웬일로 단호한 표정으로 주먹을 움켜쥐며 말했다.

"아기 다람쥐라고 부르는 거, 그만해 주셨으면, 좋겠어요!"

"………………."

펠릭스는 다정한 미소를 지은 채 말없이 모니카의 왼쪽 뺨으로 손을 뻗어…… 꼬집었다.

"어, 어째서어어어어어어어?!"

"와아, 정말 잘 늘어나네. 응, 이건 좀 중독될 것 같아."

"아파여어어어어어."

"아아, 미안해. 모니카."

펠릭스가 손을 떼자, 모니카는 한심하게 훌쩍거리면서 두 뺨을 문지르더니 있는 힘껏 눈을 크게 뜨고 펠릭스를 봤다.

"지, 지금…… 어, 저기……!"

"응. 무슨 일이야? 모니카."

펠릭스가 방긋 웃자, 모니카는 뺨이 빨갛게 부풀어 오른 채 얼굴이 새파래진다는 대단한 곡예를 선보였다.

그렇게 모니카는 뺨을 양손으로 감싼 자세로 덜덜 떨었다.

"저, 저기, 하다못해, 다른 분들처럼, 노튼 양이라든가, 노튼 회계라든가……!"

"너의 바람은 아기 다람쥐라고 부르는 걸 그만두라는 거였잖아? 딱히 새로운 호칭을 지정하지는 않았지."

펠릭스가 태연하게 대답하자, 마침내 모니카는 꿈쩍도 하지 않게 되었다.

펠릭스는 알 도리가 없겠지만, 이때 모니카의 머릿속에서는 '결계의 마술사' 루이스 밀러가 크게 웃고 있었다.

『하하하. 조건을 세세하게 정하지 않으니까 그렇게 되는 겁니다. 동기님.』

게임에서는 이겼으나 승부에서는 진다는 건 이런 경우를 말함을 모니카는 눈물을 펑펑 흘리면서 곱씹었다.

* * *

체스 대회에서 세렌디아 학원의 중견을 맡은 고등과 3학년 벤저민 몰딩은 궁중 음악가의 자식이다.

유년기부터 음악을 배워서 연주부터 작곡까지 손대는 벤저민은 이미 사교계에 팬이 있을 정도다.

그런 벤저민은 황갈색 머리를 턱 근처에서 가지런히 자른 섬세하고 덧없는 용모의 소년이었다.

……반복하겠는데 덧없는 용모의 청년이다.

"체스란 음악! 기보란 즉 악보! 기보를 보면, 1국을 두면, 상대의 체스가 가진 음악성이라는 게 보여! 포르테! 포르테! 스포르찬도! 이렇게 격렬하게 공격 해오는 체스도 있지만, 묵직하게 기다려서 마치 고전곡 같은 장엄함이 느껴지는 체스도 있어! 엘리엇의 체스는 그야말로 행진곡! 규율 잡힌 군대의 행진을 방불케 하는 선율은 형태가 잡힌 아름다움과 강인함이 있지! 그래. 귀를 기울이면 들려올 거야! 개전을 알리는 드높은 나팔 소리가! 기마의 말발굽이 용맹하게 땅을 박차는 소리가!"

얼굴을 새빨갛게 물들이고는 침을 튀기며 역설하는 벤저민을 본 모니카는 대체 언제 숨을 돌리는지 궁금했다.

그 옆에 선 엘리엇은 피곤한 얼굴이었다.

"조금 예술가 기질이 있는 녀석이라서. 뭐어, 한 번 얘기를 시작하면 길어진다고."

"네, 네에."

"적당히 흘려 넘기는 게 좋아."

엘리엇의 목소리가 들리는지 안 들리는지, 벤저민은 가늘

세렌디아 학원 3학년
벤저민 몰딩

고 섬세한 손가락을 지휘봉이라도 휘두르듯이 움직이며 황홀한 눈으로 체스판을 바라봤다.

체스판의 말은 모니카와 벤저민의 대국이 끝났을 때 그대로였다.

"노튼 양의 체스는 비유하자면 오케스트라가 연주하는 모음곡! 서곡부터 최종곡까지 하나하나의 음이 치밀한 설계 아래에서 만들어지는 낭비가 없는 악보. 모든 악기로 연주하는 완벽한 하모니가 만드는 장대하면서도 장엄한 선율은 음악가 영혼의 집대성! 그야말로 음악의 신이 우리에게 내려준 기적의 악보라고 해도 과언이 아니야! 즉, 내가 무엇을 말하고 싶으냐면……."

벤저민은 모니카를 마주 보고는 그 가느다란 어깨에 손을 탁 올리면서 말했다.

"대장은 너야. 힘내."

"그래. 나도 그렇게 생각해."

벤저민의 말에 엘리엇도 바로 동의했다.

모니카는 머리를 움켜쥐고 웅크리면서 비명을 질렀다.

"무, 무무, 무리예요오오오오오오!"

체스 대회를 위한 특별 훈련에서 모니카는 처음으로 중견인 벤저민 몰딩과 대국했다.

벤저민은 대표로 선발된 만큼 강적이었다. 그러나 엘리엇

이 '스테일메이트는 안 돼.'라며 못을 박았기에 모니카는
봐주지 않고 전력으로 임해서 승리했다.

그 결과가 아까 그것이다.

"이 중에서 제일 약한 건 나야. 그렇다면 내가 선봉이 되
는 게 당연하겠지!"

벤저민이 당연하다는 듯이 말하자, 모니카는 힘차게 고개
를 가로저었다.

"그렇지 않아요! 제가 제일 초짜, 니까요……."

"초짜든 숙련자든 강한 녀석이 대장이야. 나는 거짓말을
하지도, 겸손을 떨지도 않겠어! '빚쟁이와 연인에게는 거
짓말을 해도 음악과 체스에는 거짓말을 하지 말라.'라는
게 우리 집 가훈이거든!"

가슴을 펴고 말할 만한 가훈은 아니었다.

모니카가 도움을 요청하듯이 엘리엇을 봤지만 어깨를 으
쓱할 뿐이었다.

벤저민은 엘리엇의 어이없어하는 눈초리는 눈에 들어오지
도 않는다는 듯 손가락을 휘저으며 역설했다.

"알겠어? 노튼 양. 나의 체스는 무한의 음악. 때로는 격하
게, 때로는 안타깝게. 경쾌하게도 중후하게도 정대하게도
장엄하게도! 온갖 음악성을 체스로 재현해서 연주할 수 있
어――. 하지만 그렇다고 해서 체스를 엄청 잘 둔다는 건
아니야!"

"저기, 충분히 잘 두시니까요……!"

"확실히 나는, 고만고만, 그럭저럭, 꽤 강하지만, 특출나게 강하지는 않다고 자각하고 있어. 하지만 너의 강함은 분명히 진짜야. 네가 대장이 안 되면 누가 되겠어!"

엘리엇도 맞다고 말하려는 듯이 고개를 끄덕였다.

아아, 이대로 가면 내가 대장이 되고 말아!

모니카는 필사적으로 두 사람에게 달라붙어서 애원했다.

"부탁이에요, 부탁이에요……. 선봉도 무서운데, 대장 같은 걸, 하면……."

빙글빙글 돌아가던 과거의 기억이 모니카의 뇌리에 되살아났다.

과호흡을 일으켰던 면접. 위의 내용물을 토해냈던 식전 리허설.

대장 같은 게 되는 날에는 그게 재현될 게 분명하다.

모니카가 훌쩍이면 울자, 엘리엇은 턱에 손을 대고는 처진 눈을 가늘게 떴다.

"뭐, 보이드 선생님이 이미 순서를 써서 보냈을 테니까 변경하긴 조금 귀찮겠고……. 이대로 가긴 하겠지. 그러면 그대로 내가 대장인가."

엘리엇은 마음이 무거운 표정으로 앞머리를 매만졌다.

"올해 우리는 기대받고 있는걸? 뭐니 뭐니 해도 저번에는 우리 세렌디아 학원의 압승이었으니까."

엘리엇의 말을 듣던 모니카가 문득 펠릭스가 한 말을 떠올렸다.

펠릭스는 "올해도 학생회 임원에서 두 명이 선출되다니 기쁠 따름이네."라고 말했다. 게다가 자신이 선수로 출전했다는 것도.

즉, 작년은 펠릭스와 학생회 임원 중 누군가가 선수로 출전했다는 거다.

"저기이, 작년은 학생회의, 어느 분이 출전한 건가요?"

"전하와 메이우드 서무야. 참고로 전하가 중견이고 대장이 메이우드 서무였지."

"엑……."

엘리엇의 말을 듣고 모니카는 눈을 휘둥그레 떴다.

기본적으로 이런 건 세 번째 선수인 대장이 최고 실력자다.

그러니까 틀림없이 그건 펠릭스이지 않을까 했는데 설마 학생회 임원 중에서도 실력자라는 인상과는 거리가 먼 닐이 대장이었다니!

"메이우드 서무는 눈치가 빠르잖아? 이쪽이 뭘 해 줬으면 하는지 바로 알아챈다고나 할까."

"네, 네에."

"그래서 체스에서는 그 반대가 가능한 거야. 이쪽이 공격받으면 곤란한 지점을 가차 없이 공격하지…… 그건 꽤나 무섭다고."

다정해 보이는 닐이 상대의 책략을 완벽하게 봉쇄하는 모습은 좀처럼 상상하기 어려웠다.

온화한 닐의 미소를 떠올린 모니카가 고개를 갸웃하자,

벤저민이 지휘봉을 휘두르듯이 손가락을 휘저으며 끼어들었다.

"메이우드의 체스는 매우 고도의 즉흥곡 같지. 상대의 움직임을 읽고 그에 맞추는 완벽한 대응은 실로 근사해!"

"저기이…… 그럼 전하의 체스는요?"

벤저민에게 작은 목소리로 물어본 모니카는 펠릭스와의 대국을 떠올렸다.

승부는 모니카의 압승이었지만, 펠릭스는 온힘을 다 하지는 않은 것 같았다. 그보다도 펠릭스의 체스는 손패를 드러내지 않는다.

엘리엇의 체스는 신념 같은 것이 엿보였지만, 펠릭스의 체스는 그걸 철저하게 감췄다. 솔직히 말해서 힘을 뺐다고 느꼈다.

그렇기에 모니카는 벤저민이 펠릭스의 체스를 어떻게 느꼈는지 흥미가 생겼다.

모니카의 질문을 듣고 벤저민은 턱에 손을 대고 눈을 감았다.

"전하의 체스에서 음악성을 읽어 내는 건 매우 어려워. 하지만 그래, 굳이 말하자면…… 노튼 양의 체스와 비슷할지도 모르겠어."

"네……?"

놀라서 눈을 동그랗게 뜬 모니카의 눈앞에서 벤저민은 지휘봉처럼 움직이던 손가락을 높이 들고는 우뚝 멈췄다.

그리고 기요틴의 칼날처럼 그대로 손가락을 내리쳤다.

"낭비가 없고, 정확해……. 온갖 수를 써서 확실하게 왕을 이기는 체스야."

* * *

"모니카. 다음 쉬는 날에 쇼핑 안 갈래?"

체스 대회까지 앞으로 이틀 남은 날의 점심시간, 라나가 식사 자리에서 그렇게 제안했다.

아무래도 라나는 학원제에 필요한 물건을 사러 갈 생각인 모양이었다.

그러나 모니카는 빵을 씹으면서 고개를 가로저었다.

"미, 미안해. 나, 그날은 조금, 볼일이……."

"체스 대회……."

클로디아가 나지막하게 중얼거린 말을 들은 모니카는 목에 빵이 막혀서 "으극." 하는 소리를 냈다.

라나는 놀라서 눈을 동그랗게 뜨고 모니카를 바라봤다.

"학생회는 체스 대회 당일에도 일이 있어?"

"저기, 그것도 있지만, 저기, 나……."

입을 꿍얼거리는 모니카 옆에서 클로디아가 다시 나지막하게 중얼거렸다.

"대표 선수, 선봉……."

모니카는 기침을 참으면서 울상을 짓고 클로디아를 바라

봤다.

올해 체스 대회는 세렌디아 학원의 연패가 걸려있기에 학생들이 매우 주목하고 있다.

그러나 학원제라는 커다란 이벤트를 앞둬서인지 아니면 체스에 흥미가 없는지 라나는 모니카가 체스 대회 선수로 뽑힌 걸 몰랐던 모양이다. 그렇다고 모니카가 앞장서서 그 화제를 꺼내지도 않았다.

"혹시 모니카, 선수로 뽑혔어?!"

"이, 일단은."

모니카는 대표로 뽑힌 것을 남에게 말하는 게 거북했다.

『당신 같은 건 아무도 없는 산속 오두막에 틀어박히는 게 어울려.』

옛날에 들은 매정한 말이 머릿속에서 빙글빙글 맴돈다.

옛 친구가 보이던 차가운 눈빛을 떠올리자, 그것만으로도 모니카의 심장이 꽉 짓눌릴 것만 같았다.

그러나 라나는 의자를 덜컹거리며 몸을 앞으로 내밀고 모니카에게 말했다.

"대단하잖아!"

모니카가 멍하니 있자, 라나는 흥분했는지 떠들어댔다.

"너무해, 진짜. 왜 입 다물고 있었어! 응원하러 가도 되지?"

"체스 룰도 모르면서?"

클로디아가 지적하자, 라나는 입술을 삐죽였다.

"룰 정도는 알아. 어어…… 마, 말의 이름이라든가."

"그러고도 용케 룰을 안다는 소리를 하네."

"따, 딱히 상관없잖아!"

라나는 부끄러운 듯 뺨을 붉히면서 모니카를 바라봤다.

모니카는 이제 뭐라 말해야 좋을지 몰라서 입을 뻐끔뻐끔 움직일 뿐이었다.

모니카가 대표 선수가 됐는데도, 라나는 싫은 표정을 안 했다. 펠릭스나 시릴과 똑같았다.

모니카는 두근대느라 시끄러운 가슴을 옷 위에서 누르고 고개를 끄덕였다.

"응. 응원, 기뻐."

"그렇게 대놓고 솔직하게 말하면, 룰을 모르는 바보는 대회장 밖에서 큰 소리로 응원하게 될 거야……."

"그럴 리가 없잖아!"

라나는 고함을 치더니 문득 뭔가를 떠올렸는지 클로디아를 바라봤다.

"그러고 보니 작년 대회는 당신도 출전했었지? 나머지 두 명은 학생회 사람이었고……."

"용케 기억하네."

클로디아는 신음하더니 아름다운 얼굴을 가증스럽다는 듯이 일그러뜨렸다.

마치 과거의 잘못을 지적당한 듯한 표정이다.

문득 모니카는 선택 수업에서 체스 이야기가 나왔을 때 클로디아가 우울한 표정을 지은 걸 떠올렸다.

"클로디아 님, 체스 대회에 출전했었나요?"

"맞아. 힘을 빼지 못했어. 닐이 '같이 힘내요.'라고 말해서 그만 노력했거든…… 불찰이었어."

클로디아 애슐리는 매우 뛰어난 두뇌의 소유자지만 누군가가 자기를 의지하는 걸 극단적으로 싫어한다.

그래서 클로디아는 평소에 우울한 분위기를 풍기며 타인을 멀리하고, 닐을 제외한 사람에게는 신랄한 태도를 숨기지 않는다. 분명 작년에도 닐이 있어서 어쩔 수 없이 시합에 나선 것이리라.

(클로디아 님은 어떤 체스를 둘까. 대국을 부탁해도, 받아 주지 않을 것 같지만, 흥미는 있을, 지도.)

엘리엇이 작년에는 세렌디아 학원의 압승이었다고 했으니까 클로디아도 상당히 강할 거다. 엘리엇이나 벤저민에게 클로디아가 어떤 체스를 두는지 물어볼까.

모니카가 그런 생각을 하는데, 라나가 뭔가 떠올랐는지 중얼거렸다.

"있잖아. 대전하는 학교는 올해도 똑같은 곳이야?"

"그렇겠지. 같은 3대 명문교…… 원과 미네르바와의 교류 시합이라는 명목이니까."

(……어.)

클로디아의 말을 듣고 모니카는 전신의 핏기가 가셨다.

매우 어이없는 말이지만 모니카는 지금까지 체스 대회의 상대 학교를 전혀 의식하지 않았다. 명문교끼리의 싸움이라고 들은 시점에서 좀 더 빨리 알아챘어야 했다.

이 리디르 왕국의 3대 명문교라면 귀족 자녀들의 명문교 세렌디아 학원. 신전 산하에 있는 법학 면으로 우수한 원. 그리고 마지막 하나가 마술사 양성기관의 최고봉 미네르바 —— 예전에 모니카가 다니던 배움터다.

발밑에서 땡그랑 소리가 들렸다. 모니카의 손에서 포크가 떨어지는 소리였다.

"모니카?"

"아…… 미안, 해……."

모니카는 황급히 의자에서 내려와 떨어진 포크를 주우려 했다. 그러나 손이 떨려서 힘이 잘 안 들어갔다. 들어 올린 포크가 손가락 사이에서 미끄러져 다시 바닥에 떨어졌다.

월반한 모니카는 칠현인이 됨과 동시에 미네르바를 졸업 했지만, 당시에 남아 있던 동급생이 아직 몇 명 재적 중일 거다.

(괜찮아. 다들, 분명, 나는, 기억하지 못할 거야.)

무영창 마술을 익히고 나서는 연구실에 틀어박혔고 학회 나 연구 발표회에도 얼굴을 비치지 않았으니까 모니카의 얼굴을 아는 사람은 극히 일부다.

(괜찮아. 괜찮아. 괜찮아…….)

필사적으로 자신을 타일렀지만 몸의 떨림이 멈추지 않았다.

머릿속에 아른거리는 건, 예전에 친구라고 믿었던 소년의 모멸에 찬 눈.

『당신 같은 건 친구도 아니야.』

모니카의 목이 쪼그라들었다.

세렌디아 학원에 와서 조금은 긍정적이게 됐다고 생각했는데, 기억 속의 차가운 목소리가 모니카의 작은 자신감을 송두리째 앗아갔다.

올바른 호흡법을 잊어버린 모니카는 히익히익 하고 짧은 호흡을 반복했다. 과호흡의 전조 증상이다. 모니카는 황급히 입가를 손으로 가렸다.

"모니카?!"

모니카의 이변을 알아챈 라나가 의자에서 내려와 모니카 곁에 무릎을 꿇었다.

(라나에게, 폐 끼치기 싫어.)

모니카는 떨면서 핏기가 가신 입술을 움직였다.

"괜찮, 아. 아무것도 아니, 니까……."

"아무것도 아닌 얼굴이 아니잖아!"

라나가 눈썹을 치켜세우며 꾸짖자, 클로디아가 나지막하게 중얼거렸다.

"원이나 미네르바에 아는 사람이라도 있는 걸까?"

"으……!"

"그 상태를 보아하니 악연이 있는 느……낌이랄까?"

모니카는 가슴을 누른 채 고개를 내저었다.

(아니야, 아니야. 버니는 나쁘지 않아. 분명 내가 나빴던 거야. 내가 잘못한 거야. 그러니까 악연 같은 게 아니야. 내

가 전부 문제였던 거야.)

뇌리에 그리운 얼굴이 스칠 때마다 모니카는 자신을 책망했다.

그래야 버니가 용서해 줄 것 같아서.

(미안해, 미안해. 산속 오두막에서 나와서 미안해. 나 같은 건 남들 앞에 나오면 안 됐는데. 버니의 말대로 해야 했는데……!)

"모니카."

라나가 모니카의 어깨에 손을 올리고 진지하게 불렀다.

모니카가 천천히 고개를 들어서 바라보자, 라나는 뭔가를 결의한 듯한 얼굴로 말했다.

"체스 대회가 열리는 날 아침에 조금 일찍 일어나서 내 방으로 와."

"……?"

"약속."

강하게 말하면 고개를 끄덕이고 마는 것이 모니카의 성격이다.

모니카가 조심조심 끄덕이자, 라나는 "꼭 와야 해."라며 분명하게 강조했다.

3장 논 플래그 트라이앵글 ~삼각관계의 양식미~

체스 대회에 미네르바 학생이 온다.

모니카는 그걸 알고 불안해서 제대로 잠들지 못하는 날이 이어졌다.

대회 당일 아침까지도 꿈자리가 최악이어서 눈을 뜬 건 아직 하늘이 어두운 시간이었다.

다시 자려고 눈을 감으면 옛 친구였던 소년의 얼굴과 목소리가 되살아났다.

『당신 같은 건 아무도 없는 산속 오두막에 틀어박히는 게 어울려.』

기억 속의 목소리는 몇 번을 들어도 모니카의 가슴을 후벼 팠다.

그때 타탁, 투툭 하는 작은 소리가 들려왔다. 신경이 쓰인 모니카는 모포 끝을 살짝 뒤집어서 소리가 난 방향을 바라봤다.

"오, 이러면 되겠는데? 좋았어, 됐다……!"

"이건 힘들겠네요. 하지만 이러면 어떨까요?"

"우오옷, 으그그그극…… 이, 이건……이거어어언!"

다락방 바닥에서는 모니카의 파트너인 검은 고양이 네로와 메이드복을 입은 미녀—— 루이스의 계약 정령인 린이 체스판에 둘러앉아 있었다. 저건 모니카가 연습할 때 쓰려고 교사 보이드에게 빌린 물건이다.

분명 체스를 두고 있겠구나 했는데 체스판 중심에는 쓰러진 말이 흑백 번갈아 가며 쌓여 있었다.

네로는 고양이 손으로 열심히 말을 들어서 높게 쌓인 말 위에 그걸 신중하게 올렸다……. 그러나 균형을 잃은 말의 산은 허망하게 무너졌다.

"우오오오오, 역시 고양이 손으로 하기엔 버거워."

네로가 분한 듯이 체스판을 앞발로 탁탁 두드리자, 린은 태연한 얼굴로 흩어진 말을 정리했다.

"뭐 하고 있어?"

모니카가 조심조심 묻자, 네로는 한 치의 부끄럼 없이 체스 말을 들고 말했다.

"체스야!"

"검은 말과 흰 말을 교대로 쌓다가 무너뜨린 쪽이 지는 룰입니다."

자신이 아는 체스와는 달랐다. 모니카는 쓴웃음을 지으며 침대에서 내려왔다.

린이 온 걸 보니 여느 때처럼 정례 보고를 하러 온 걸까?

모니카가 느릿느릿 몸단장을 시작하자, 린이 체스 말을 정리하면서 말했다.

"오늘은 체스 교류 시합이, 다음 주에는 학원제가 있다고 들었습니다. 한동안 외부인이 다수 드나들 테니까 '침묵의 마녀' 님을 보좌하라는 루이스 님의 명을 받았습니다."

케이시 일도 있었던 참이라, 루이스가 경계하는 건 당연했다. 확실히 네로와 린 두 사람이 펠릭스를 경호한다면 모니카는 안심하고 체스에 집중할 수 있다.

"저기, 린 씨."

"네."

"케이시는 그 뒤로…… 어떻게 되었나요?"

펠릭스를 암살하려던 케이시는 원래는 처형당해야 마땅하지만 암살 미수의 전말을 정직하게 이야기하는 조건으로 루이스가 신병을 확보했다.

(하지만 만약 케이시가 저항한다면…….)

루이스의 냉혹함과 신랄함을 아는 모니카는 떨림이 멈추지 않았다.

"브라이트 백작 영애 케이시 그로브 양은 조사에 순순히 응했습니다. 루이스 님은 이미 브라이트 백작과 비밀리에 접촉하고 있습니다."

케이시의 아버지 브라이트 백작은 모든 건 자신의 책임이라고 진술하고 랜들 왕국과의 관계는 완고하게 부정한다는 모양이다.

그러나 루이스는 랜들 왕국도 암살 미수에 관여했다고 보고 암살용 마도구 '나염'의 입수 경로를 쫓고 있다고 한다.

"케이시 그로브 양은 얼마 전, 북부에 있는 수도원에 보내졌습니다."

"그런, 가요."

케이시의 비통한 목소리를 떠올릴 때마다 모니카의 가슴은 괴로웠다.

케이시는 랜들 왕국에 은혜를 느끼고 있었다. 그래서 크록포드 공작이 랜들 왕국 침공을 생각한다는 걸 알자, 그걸 저지하려 했다.

언젠가 펠릭스가 국왕이 되면 그 뒷배인 크록포드 공작이 랜들 왕국을 공격하게 해서 제국과 전쟁을 시작할지도 모른다.

제국은 강대하지만 최근에 젊은 황제가 즉위한 참이라 체제가 흔들리는 중이었다. 파고들 빈틈이라면 얼마든지 있다.

그렇다고 해서 모니카는 펠릭스가 암살당하는 걸 묵묵히 간과할 수는 없었다.

(어떻게 하는 게, 가장 올바른 걸까.)

모든 진영이 단단히 결속한 것은 아니다.

사리사욕을 위해 움직이는 자, 국익을 위해 움직이는 자, 이상에 불타오르는 자, 평화를 바라는 자—— 많은 생각과 이상, 욕망이 소용돌이치고 있다. 그게 정치라는 것이다.

모니카는 칠현인이 되고 나서도 정치에는 관여하지 않는 게 제일이라고 굳게 믿고 산속 오두막에 틀어박혔다.

하지만 이제는 지금까지처럼 지내선 안 된다.

모니카는 지금까지 눈을 돌리던 사실과 조용히 마주했다.

(전하는, 그렇게 굉장한 사람인데, 어째서 크록포드 공작의 말대로 따르는 걸까.)

펠릭스가 우수하다는 건 모두가 안다.

그와 동시에 펠릭스가 외조부인 크록포드 공작의 말대로 따른다는 것도 유명한 사실이었다.

크록포드 공작의 꼭두각시를…… 왕으로 만들 수는 없어.

그렇게 말하던 케이시의 얼굴을 잊을 수가 없었다.

(전하는, 랜들이나 제국과 전쟁을 하고 싶은 걸까. 전쟁이 일어나도 상관없다고, 생각하는 걸까…….)

모니카는 여전히 자신의 호위 대상인 펠릭스 아크 리디르라는 왕자를 알 수 없었다.

같은 학생회 임원 중, 시릴이나 엘리엇 등은 처음 만났을 때와 비교하면 성격이나 사상이 어느 정도 보인다.

모두 각자 소중히 여기는 것이나 신념이 있어서 그걸 지키려고 싸운다.

(그럼, 전하는? 전하는 뭘 지키기 위해 싸우는 걸까?)

모니카가 본 펠릭스는 부드럽고 사교적이며 뭘 해도 완벽하고…… 무슨 생각을 하는지 모르는 사람이다.

그래도 펠릭스는 모니카와 처음 만났을 때 나무 열매를 주워 주었다.

학원에 익숙해지지 못한 모니카에게 사교댄스나 승마를 가르쳐 줬다.

체스 대회에 나가게 된 모니카의 등을 밀어주었다.

그런 펠릭스의 다정함이 전부 거짓은 아닐 것이다.

(전하를 죽게 둘 수는 없어. 죽게 둬서는, 안 돼.)

그렇기에 체스 대회와 학원제를 무사히 성공시켜야 한다.

모니카는 네로와 린을 마주 봤다.

"오늘 배치를 확인하고 싶, 어요. 네로는 요전의 '나염' 때처럼 수상한 마력 반응이 없는지 살펴 줘. 린 씨는 바람의 정령이니까 멀리 있는 소리까지 들리죠? 전하의 주변에서 수상한 대화가 들리지 않는지 신경 써 주세요."

모니카의 지시를 듣자 네로는 "알았어!"라며 발바닥 젤리를 높이 들었다.

린은 "알겠습니다."라고 수긍하면서 한 손을 들어 모니카에게 한 가지 제안을 했다.

"실은 검은 고양이 님과 왕자의 학원 내 호위를 맡는 동안 주변에서 수상하게 보지 않을 방법을 상의했습니다."

"그래, 맞아. 보라고, 모니카!"

네로와 린 주위를 각각 검은 안개와 금색 안개가 감쌌다. 안개에 휩싸인 두 사람의 모습은 그 형태를 바꿔나갔다.

이윽고 검은색과 금색 안개가 사르르 걷히자, 그곳에는 세렌디아 학원 교복을 입은 두 남자가 있었다.

한쪽은 검은 머리의 키가 큰 남자, 한쪽은 금색 머리에 마른 체구의 남자다.

"혹시…… 린 씨, 인가요?"

모니카가 묻자, 금색 머리 남자가 꾸벅 고개를 숙였다.

"그렇습니다. 루이스 밀러의 계약 정령 린즈벨피드입니다."

정령은 성별이 없어서 인간으로 변할 때는 남녀 어느 쪽으로든 변할 수 있다. 모니카도 예전에 책에서 읽은 적이 있다.

하지만 실제로 여자에서 남자로 변하는 모습을 목격하니 놀라웠다.

마른 체구지만 골격은 틀림없이 성인 남자고 목소리가 무척 낮아졌다. 평소에는 뒤로 묶던 긴 금발도 짧아졌다.

"어때! 이러면 수상하게 보이지 않고 학교를 어슬렁거릴 수 있겠지!"

의기양양한 네로 옆에서 린이 무표정으로 연애소설을 들었다.

"이 소설 속에서 여자 주인공이 나쁜 남자에게 시비가 걸렸는데 주인공이 몰래 좋아하던 남성이 '내 여자한테 손대지 마라.'라고 끼어드는 장면이 있었습니다."

"네, 네에……."

"침묵의 마녀님에게 누가 시비를 건다면 이 장면을 재현할 테니 안심하고 나쁜 남자에게 시비 걸리세요."

"…………."

침묵하는 모니카 옆에서 네로가 눈을 반짝반짝 빛냈다.

"아~, 그거 좋네! 즐거워 보여! 이 몸도 하고 싶어!"

"저와 '침묵의 마녀'님과 검은 고양이 님의 삼각관계네요. 매우 가슴 뛰는 전개에요."

모니카의 마음은 하나도 떨리지 않는 전개다.

모니카는 침통한 얼굴로 이마에 손을 댔다.

"있잖아, 두 사람. 그 외모 나이로 교복을 입으면 반대로 눈에 띌 거야⋯⋯."

"뭐, 뭣이이?!"

"뭐라고요."

아무래도 이 두 사람, 자신의 외모 나이를 정확하게 파악하지 못한 것 같다.

네로와 린은 인간으로 변했을 때 외모 나이가 20대 중반이다. 그러니까 더 말할 것도 없이 교복을 입은 수상한 사람이 될 뿐이다.

모니카가 그걸 전하자, 두 사람은 얼굴을 마주하고는 "그럼 이 옷으로, 아니아니 이 옷으로⋯⋯."라고 하며 작전회의를 시작했다.

애초에 네로는 고양이고 린은 새로 변신할 수 있다. 일부러 사람으로 변할 필요는 없지 않을까.

그러나 두 사람이 너무나도 진지하게 복장을 의논했기에, 모니카는 두 사람을 방치하고 매일 아침의 일과인 커피 준비를 시작하기로 했다.

＊ ＊ ＊

세렌디아 학원 기숙사는 기본적으로 2인실이지만 거액의

기부금을 내면 1인실을 받는다.

라나는 남작가 사람이지만 1인실이었다. 분명 부모님이 상응하는 기부금을 냈으리라.

실내에서는 대기 중이던 중년 사용인이 모니카가 잘 모르는 도구를 화장대에 늘어놓고 있다.

그런 라나의 방에서 들리는 건 모니카의 비명.

"으에에에엑, 괴로워어어어……!"

"자, 모니카. 숨 쉬어. 후욱~ 하고!"

"으그윽……."

"으그윽, 이 아니라 후욱!"

모니카의 뒤로 돌아간 라나는 코르셋 끈을 당겨서 재빨리 묶었다.

"처음에는 괴로울지도 모르지만 금방 익숙해질 거야……. 그보다 이런 건 경장 중의 경장이거든? 파티용은 좀 더 굉장해."

아무래도 파티용 코르셋에는 스커트를 부풀리는 골조 같은 것도 들어가는 모양이다.

화려한 사교계의 뒤편에서 이루어지는 귀부인들의 노력을 안 모니카는 코르셋 위에 교복을 입었다.

라나가 모니카를 불러낸 것은, 이 코르셋을 빌려주기 위해서였던 모양이다. 게다가 오늘은 무도회도 겸해서 화장까지 한다고 한다.

라나는 모니카를 화장대 앞에 앉히고는 익숙한 손놀림으

로 모니카의 머리에 핀을 꽂았다.

"야회(夜會)였다면 화사해 보이게 화장했겠지만 오늘은 체스 대회니까 가볍게 할게. 맞다, 앞머리를 조금 비스듬하게 넘길까? 그것만으로도 인상이 꽤 달라지니까."

체스 대회에 나가는데 굳이 이렇게까지 할 필요가 있을까?

모니카가 곤혹스러워하자, 라나가 나지막하게 중얼거렸다.

"캐물으려는 건 아니지만……."

"어?"

"오늘 체스 대회에서 만나고 싶지 않은 사람이…… 있을지도 모르잖아?"

모니카는 움찔하고 어깨를 굳혔다.

라나가 한 말대로다. 미네르바에서 지인이 온다고 확정된 건 아니지만 '미네르바 사람'이라는 것만으로도 모니카를 불안하게 만들기에는 충분했다.

모니카가 침묵하자, 라나는 뺨에 분칠을 해 주면서 말했다.

"화장하고 머리 모양을 바꾸면 인상이 꽤 달라져. 잘하면 만나기 싫은 녀석과 마주해도 잘 넘길 수 있을 거야."

"……!"

남에게 내가 있다고 들키고 싶지 않을 때, 후드를 뒤집어쓰고 고개를 수그려서 자기 얼굴을 감출 생각만 하던 모니카는 라나가 한 말을 듣고 눈이 번쩍 뜨일 만큼 충격을 받았다.

"아버님이 말씀하셨어. 사람의 첫인상은 자세나 표정으로 대부분 정해진다고. 용모의 미추(美醜)는 부차적인 거야."

이번에 한 코르셋은 몸매 보정보다 자세 교정 목적이 더 큰 모양이다. 확실히 새우등이 되면 코르셋이 몸에 파고들어서 하기 싫어도 등을 뻗어야 한다.

게다가 라나는 얼굴이 밝아 보이는 화장을 해 줬다.

다크서클이 눈에 띄는 칙칙한 피부는 하얀 분으로 감추고 연한 블러셔를 바른다. 전혀 손질하지 않은 눈썹은 살짝 다듬었다. 거칠어진 입술은 비즈왁스 립밤으로 윤기를 내고 혈색이 좋게 보이는 립스틱을 살짝 발랐다.

라나는 마무리로 네모난 케이스에서 가는 녹색 안경을 꺼내서 모니카의 얼굴에 씌웠다. 도수가 없는 안경이라 시야에 변화는 없지만 모니카는 처음 쓰는 거라서 허둥댔다.

"자, 다 됐어!"

라나는 씨익 웃으면서 모니카에게도 화장대가 보이게 한 발 옆으로 움직였다.

거울에 비친 자신의 모습을 본 모니카는 눈과 입을 동그랗게 벌렸다.

그곳에 비친 건 건강한 혈색의 소녀였다.

화장을 한 것만으로 갑자기 모두가 돌아볼 만한 미녀가 되진 않는다. 거울에 비친 건 동그란 눈과 낮은 코와 작은 입을 가진, 어디에나 있는 소박한 소녀.

하지만 평소에 건강하지 못한 안색이던 모니카가 지금은 어찌어찌 건강하고 밝아 보였다. 그것만으로도 상당한 충

격이었다.

무엇보다 안경 덕분에 평소보다 어른스럽게 보인다. 지금의 모니카를 보고 10대 초반이라고 착각하는 사람은 없으리라.

"내가…… 무척, 건강해 보여!"

"첫마디가 그거야?"

라나는 어이없다는 듯이 말했지만 화장의 완성도를 보고 만족스러워했다.

"안경을 쓰면 분위기가 달라지니까 가끔은 써도 괜찮지?"

"응……응!"

뺨을 새빨갛게 물들인 모니카가 몇 번이고 끄덕이자, 라나는 기분 좋게 흐흥 하고 코웃음을 쳤다.

그리고 라나는 시녀에게 "그걸 가져와."라고 지시했다.

(그거라니 뭘까? 이것만으로도 굉장히 근사한데!)

겨울을 보고 감동하던 모니카의 뒤에서 시녀가 익숙하지 않은 철제 도구를 가져왔다.

어디에나 있는 가위를 닮은 그것은 가위로 따지면 날 부분에 동그란 구멍이 나 있었다. 손잡이는 나무다.

용도를 모르는 모니카는 그게 고문 도구 같아 보인다……고 생각했는데, 시녀가 그 기구를 불에 달구기 시작하는 게 아닌가.

"라, 라나…… 그 고문 도구…… 같은 건 뭐야?"

"너 말야…… 고문 도구라니. 이건 고데기라는 건데 말하자면 인두같은 거야."

"이……인두?"

불을 쓰는 도구를 보자 떠오른 건 가축에 낙인을 찍을 때 쓰는 인두였다.

모니카가 설마 저걸 피부에 대는 건가 싶어 덜덜 떠는데, 라나가 눈을 게슴츠레 뜨고 그 모습을 바라봤다.

"이건 머리를 말 때 쓰는 거야."

"머리를…… 만다?"

머리를 만다는 문화를 모르는 모니카는 그저 멍하니 있을 뿐이었다.

라나는 빗을 잡고 모니카의 머리와 마주 봤다.

"자, 지금부터가 진짜야. 이제부터 절대로 머리를 움직이면 안 돼."

* * *

체스 대회 날 아침, 학생회 임원은 다른 학교 학생의 마중 준비를 위해 조금 이른 시간에 집합했다.

지정된 응접실에 모니카가 발을 들이자, 다른 학생회 임원들은 그 모습을 보고 일제히 표정을 바꿨다.

모두가 평소와 다른 모니카를 주목했다. 하지만 그 모습은 "아아, 이 아름다운 소녀는 어디 사는 공주님일까!"라고 말할 정도는 아니었다.

"노튼 양이, 고등과 2학년으로 보여…….'"

엘리엇이 중얼거린 표현대로였다. 즉, 평소에는 중등과 2
학년이나 그보다 아래로 보였던 거다.

엘리엇이 한 말은 사람에 따라서는 실례라며 화를 낼 표
현이었지만, 모니카는 눈을 반짝이며 힘차게 고개를 끄덕
이고 수긍했다.

"고, 고등과, 2학년으로 보이나요?"

"그래, 그렇게 보여."

엘리엇이 대충 뱉은 맞장구를 듣고 모니카는 진한 감동에
빠져 그것을 곱씹었다.

평소에도 유아 체형이니 동안이니 하는 말을 듣던 모니카
에게 '나이에 맞게 보인다.' 라는 건 최고의 칭찬이었다.

모니카는 지금 코르셋을 해서 새우등을 교정하고 화장해
서 안색도 밝게 했고 안경을 썼다.

연갈색 머리는 끄트머리를 살짝 말아서 반묶음 했다.

머리 장식은 평소에 쓰던 리본이라 딱히 화려할 건 없었
지만 끄트머리를 말고 머리 모양을 바꾼 것만으로도 인상
이 많이 달라졌다.

지금의 모니카는 어디에나 있는 평범하고 건강한 소녀다.

슬프게도 그 사실만으로도 주변이 놀랄 만큼 평소의 모니
카는 건강해 보이지 않는 소녀였다.

후후후후, 하고 기쁨을 곱씹던 모니카에게 시릴이 의아한
표정으로 물었다.

"노튼 회계, 시력이 안 좋았나?"

평소에 안경을 안 끼는 모니카가 안경을 썼으니 그렇게 묻는 게 당연했다.

모니카가 고개를 내저었다.

"아뇨. 이 안경, 도수가 없어요."

"그럼 왜 안경을 낀 거지?"

도수가 없는 안경은 어디까지나 지인을 만났을 때의 대책으로 인상을 바꾸기 위한 것이다.

그러나 그 이상으로, 모니카는 안경을 썼을 때부터 줄곧 생각하던 게 있었다.

"안경을 끼면 말이죠……."

시릴을 올려다본 모니카는 주먹을 움켜쥐고는 힘차게 단언했다.

"체스를 잘하는 사람 같아 보여요!"

"……."

"굉장히, 잘하는 사람으로 보여요!"

"……."

시릴은 뭐라 말하기 힘든 표정으로 침묵했고, 브리짓이 "내면이 담기지 않으면 의미가 없어요."라고 짧게 중얼거렸다.

그런 가운데 닐이 쓴웃음을 지으면서 나지막하게 말했다.

"하지만 그런 것도 중요하긴 해요. 저도 작년에는 '왜 중등과 학생이 있는 거야.'라는 말을 들어서……."

조심스러웠지만 현실성이 담긴 한마디였다.

시릴이 "그, 그런가."라고 어색하게 맞장구를 치자, 닐은 어딘가 아련한 시선으로 중얼거렸다.

"저는 지금도 생각해요. 작년 시합에서 제가 이겼던 건 절 중등과 학생 취급해서가 아닐까 하고……."

"너무 자신을 비하하면 안 돼. 너의 체스는 누구나 인정하는 근사한 실력이었어."

나긋하게 닐을 타이른 것은 펠릭스였다.

펠릭스는 닐에게 부드럽게 미소 짓더니 시선을 모니카에게 돌렸다. 그리고 모니카의 머리카락을 한 움큼 잡고는 입을 맞췄다.

"굉장히 근사하네. 평소에도 귀엽지만 오늘은 굉장히 기품 있고 가련해 보여. 굳게 닫힌 봉오리가 열린 듯한 아름다움에는 나비마저 저도 모르게 쉬고 싶어지겠지."

모니카는 펠릭스의 시적인 은유를 하나도 이해하지 못해서 솔직하게 물어보기로 했다.

"고, 고등과 학생으로 보일까, 요?"

"응. 보여."

"~~~~!"

모니카가 말없이 입술을 떨면서 기뻐하자, 펠릭스는 "아, 그걸 기뻐하는구나."라고 중얼거렸다.

모니카는 딱히 꾸미는 일에 흥미가 있지는 않다. 오히려 무관심하다고 해도 좋다. 누구와도 만나지 않고 산속 오두막에 틀어박혔던 모니카는 꾸밀 필요가 없었다.

그러나 이렇게 세렌디아 학원에 와서 라나에게 머리 땋는 법을 배운 무렵부터 모니카의 의식이 아주 조금 변하기 시작했다. 최소한 클로디아에게 '유아 체형'이라는 말을 듣고 신경이 쓰일 정도로는.

"슬슬 가야 할 시간이에요. 장난은 그쯤 해두시죠, 전하."

브리짓이 시계로 시선을 돌리고는 말을 걸었다.

펠릭스는 아쉽다는 듯이 모니카의 머리에서 손을 떼고 모두를 돌아봤다.

"그럼 원과 미네르바 사람에게 인사하러 가자."

들떴던 모니카는 예전에 다니던 배움터의 이름을 듣고 다시 긴장하기 시작했다.

(괜찮아, 괜찮아……. 자세를 바르게 하고, 당당하면, 어지간한 일이 없는 한, 안 들킬 거야.)

모니카는 살짝 심호흡하면서 다른 학생회 임원과 함께 걸었다.

걸어가면서 생각한 건 예전에 친구였던 소년인 버니 존스.

생각해 보면 모니카에게 체스를 가르쳐준 것도 그 사람이었다.

당시에 체스를 몰랐던 모니카는 미네르바의 어느 방에서 체스를 두던 학생들을 보고 함께 걷던 버니에게 물었다.

『버니, 버니, 저 사람들은, 뭐 하는 거야?』

『저건 체스예요. 이른바 보드게임…… 한가한 사람들의

놀이죠.』

그렇게 말한 버니는 그 학생들을 바보 취급하듯이 콧소리를 냈다.

『마술을 배우는 미네르바에 와서 체스 클럽을 결성하다니 바보 같군요. 기껏 마술사 양성기관의 최고봉에 왔으면 마술 연구에 몰두할 것이지.』

버니는 모멸이 담긴 눈으로 체스 클럽 학생들을 바라봤다.

자신은 분명 체스 같은 건 두지 않으리라 믿었다.

* * *

체스 대회는 세렌디아 학원 2층에 있는 다목적 교실에서 열린다.

교실에는 이미 원과 미네르바의 학생과 인솔 교사들이 각자 의자에 앉아 담소를 나누고 있었다.

모니카는 선두에서 걷는 펠릭스 뒤에 숨어서 미네르바 측 테이블을 힐끔 봤다.

미네르바 측 인솔 교사는 어딘가 미덥지 못한 풍모의 젊은 남성 교사다. 심하게 곱슬거리는 짙은 갈색 머리는 빗질을 했다고는 보이지 않을 만큼 삐죽삐죽한 게 몸단장을 신경 쓰지 않은 학자 같은 분위기가 났다.

기억에 없는 얼굴이고, 나이도 젊은 걸 보면 아마 모니카가 졸업한 뒤에 교사가 된 인물이리라.

(이 사람은 면식이 없으니까, 아마 괜찮을 거야…….)

인솔 교사를 보던 시선을 옆으로 돌렸다. 뒤에 있는 미네르바 학생은 세 명. 전방에 있는 두 사람은 본 적 없는 얼굴이다. 나머지 한 명은 다른 두 사람에 가려져서 얼굴이 안 보였다.

그러나 그 틈새에서 금발이 살짝 보이자, 모니카의 심장이 꺼림칙한 소리를 내며 뛰었다.

숨이 막힌다. 귓속에서 피가 콸콸 흐르는 소리가 들린다.

다른 두 사람에게 가려진 그 소년은 당당한 발걸음으로 펠릭스 앞에 나왔다.

상대가 왕족인 걸 알면서도 움츠러들지 않는 행동거지.

그렇다. 왜냐하면 그 사람은 리디르 왕국 굴지의 명문 귀족 앰버드 백작의 아들이니까.

"처음 뵙겠습니다. 미네르바 대표인 버니 존스입니다."

그 목소리는 기억하는 것보다 조금 낮았지만 틀림없이 그 사람이었다.

곱슬한 금발, 지적인 용모, 얼굴에 비해 조금 큰 안경.

(왜…… 어째서…….)

모니카는 몸의 떨림을 참으며 식은땀이 나는 손을 스커트 앞으로 꽉 움켜쥐었다.

눈앞이 하얗게 명멸하더니 마지막에 본 그 사람의 모습이 되살아났다.

증오로 일그러진 얼굴, 모니카를 멸시하듯이 바라보는

눈, 쏟아져 나오는 악의로 가득한 말.

허리를 수그리려고 하자 코르셋이 갈비뼈에 파고들었다. 숙이면 안 된다. 등을 쭉 펴야 한다.

모니카가 어색하게 자세를 고치자, 대표 선수끼리 인사가 시작됐다.

세 학교의 선수가 앞으로 나와 순서대로 자기소개와 악수를 하는 것이다.

먼저 처음으로 인사를 나눈 건 원의 세 사람.

세 사람 모두 머리를 짧게 깎아서 원의 엄격한 학풍을 그대로 나타낸 듯한 성실한 얼굴의 남학생들이었다.

인솔 교사인 레딩은 40대 중반 정도로 짧은 검은 머리에 예리한 눈을 가진 남자였다.

원의 세 사람과 인사를 나눈 모니카는 다시 미네르바 대표 선수와 마주했다.

미네르바 학생은 인솔 교사와 버니도 그렇고, 그야말로 학자 같은 분위기였다.

지금까지는 누군가가 모니카를 주목하거나 뭔가 언급하는 기색은 없었다.

(괜찮아. 내가 '침묵의 마녀'라는 건 안 들켰어. 안 들켰어……)

필사적으로 자신을 타이르던 모니카 앞에 버니가 서서 오른손을 내밀었다.

"버니 존스입니다. 잘 부탁합니다."

다시 갈비뼈가 아팠다. 코르셋이 파고들 때는 대부분 모니카의 자세가 안 좋아졌을 때다.

등골, 등골, 그렇게 자신을 타이르면서 자세를 고친 모니카는 버니의 손을 마주 잡았다.

"……모니카 노튼입니다. 잘, 부탁합니다."

딱딱한 목소리가 나오긴 했지만 분명하게 말했다.

라나가 사람의 첫인상은 자세와 표정으로 정해진다고 했다.

역시 모니카에게 다른 사람들처럼 자연스럽게 미소 짓는 건 어려웠지만 흠칫거리거나 오들오들 떠는 태도만큼은 보이지 않으려고 입술을 앙다물었다.

평소와는 다른 사람이 된 것 같은 기분……이라고 말하면 호들갑이겠지만 라나가 해준 화장은 모니카에게 아주 조금 용기를 주었다.

(괜찮아. 라나가 화장했으니까. 안 들켜. 절대로, 안 들켜.)

모니카가 그렇게 자신을 타이르자, 원의 교사 레딩이 세렌디아 학원 선수를 보며 입을 열었다.

"올해는 작년과는 다른 선수 구성이군요."

교사 레딩이 딱딱한 얼굴과는 달리 정중한 말투로 그렇게 말하자, 세렌디아 학원 측의 교사 보이드가 용병 같은 얼굴로 무겁게 끄덕였다.

"우리 학교는 매년 선수를 바꾸지."

"작년에 세렌디아 학원은 굉장히 강했죠. 또 같은 학생과 맞붙게 되나 싶어서 기대했습니다만…… 귀공도 그렇게 생각하시지 않습니까? 피트먼 공?"

피트먼이라 불린 미네르바의 교사는 조금 멍하니 있던 모양이었다.

레딩이 "피트먼 공?" 하고 다시 말을 걸자, 깜짝 놀라 고개를 들고는 헤벌쭉 웃었다.

"아아, 네. 그렇죠. 네에."

얼핏 봐도 딱딱해 보이는 원의 교사 레딩과 어딘가 멍한 미네르바의 피트먼 교사.

두 교사는 저마다 작년의 세렌디아 학원을 칭찬했다. 그것은 올해의 선수는 무서워할 것 없다는 태도로도 보였다.

그런 가운데 교사 보이드가 땅속에서 울리는 듯한 낮은 목소리로 선언했다.

"올해도 강하다."

보이드는 말수가 많지는 않지만 이런 짧은 한마디는 언제나 무겁게 울렸다.

교사 레딩은 아주 조금 얼굴을 굳혔다. 피트먼 교사는 역시 헤실헤실하고 있다.

"올해도 기대되는군요. 올해의 원은 좀 다릅니다."

"미네르바도 유망한 아이들뿐이니까요. 살살 부탁드려요."

시합은 아직 시작되지도 않았는데 학생보다 먼저 교사진이 불꽃을 튀겼다.

체스 대회는 세 학교의 교류회라는 명목이긴 하지만 3대 명문교의 정상을 다투는 자리 중 하나이기도 하다.

예전에는 원이 연승 기록을 세웠지만, 작년에 세렌디아 학원이 압도적인 승리를 거뒀기에 특히 원 측이 신경을 곤두세운 모양이었다.

레딩은 모니카를 힐끔 보더니 살짝 눈을 가늘게 떴다.

"올해도 세렌디아 학원은 대표에 여학생이 있군요. 작년의 클로디아 애슐리 양은 대단히 강했었죠. 모니카 노튼 양이라고 했던가요. 그 실력을 기대해도 될까요?"

갑자기 화제가 자신에게 넘어오자 모니카가 어깨를 떨었다.

체스 경기자는 압도적으로 여성이 적다. 하물며 대표 선수라면 더더욱 그렇다. 여학생이라는 것만으로도 모니카는 꽤 주변의 주목을 받고 있었다.

모니카가 등을 쭉 편 자세로 경직되자, 보이드가 커다란 손으로 모니카의 어깨를 툭 두드렸다.

"기대하는 유망주다."

"그거 기대되는군요. 네. 정말이고말고요."

보이드와 레딩 사이에 불똥이 튀는 게 보인 것 같았다.

슬슬 긴장이 극에 달한 모니카는 자세와 표정을 유지하면서 머릿속으로는 오로지 원주율만 계산했다.

"역시 주목받네. 노튼 양."

이 자리의 분위기를 풀어 주려는지, 엘리엇이 모니카에게 농담을 던졌다.

그러나 모니카는 농담을 받아 줄 상황이 아니었다.

"어~이, 노튼 양? 어~이."

엘리엇이 모니카 앞에서 손을 휙휙 흔들었지만 당연하게도 모니카의 귀에는 그 목소리가 닿지 않았다.

"28475648233786783165⋯⋯."

"아, 이거 틀렸네. 장부 때처럼 되어 버렸어."

엘리엇이 이마에 손을 대며 한숨을 내쉰 그때, 세렌디아 학원 중견 벤저민 몰딩이 연극을 하는 것 같은 동작으로 양손을 펼치며 목소리를 높였다.

"걱정할 것 없어! 우리 세렌디아 학원이 연주하는 우아한 삼중주는 반드시 대중의 마음을 사로잡을 테니까! 초절기교의 피아노가 노튼 양, 경쾌한 바이올린 선율이 엘리엇이라면, 나는 듣는 이의 마음을 흔드는 변화무쌍한 첼로 연주가! 아아, 들려, 들려와. 우리의 음악 같은 체스에 영혼이 흔들리는 관중의 마음속 외침이!"

수학의 세계로 떠난 모니카와 음악의 세계로 떠난 벤저민.

두 사람 사이에 낀 엘리엇은 시합이 시작되기 전부터 피곤한 기색이 짙은 얼굴로 보이드를 올려다봤다.

"보이드 선생님이 나를 대장으로 올린 이유를 이제야 알았어."

결국에 대장은 리더라는 이름의 손해 보는 역할이다.

* * *

모니카가 원주율을 암송하는 사이, 각 학교 대장의 추첨으로 시합 순서가 결정됐다.

오전 중, 제1시합 '세렌디아 학원' 대 '윈'.

점심 식사 후, 제2시합 '미네르바' 대 '세렌디아 학원'.

잠시 휴식을 가진 뒤, 제3시합 '윈' 대 '미네르바'.

버니가 있는 미네르바와 붙는 건 점심 식사 후의 제2시합에서다.

하지만 버니는 미네르바의 대장이라 선봉인 모니카와 붙을 일은 없을 거다.

개회 인사가 끝나고 휴식을 가진 뒤에 제1시합이 시작된다.

모니카는 제1시합이 시작되기 전에 대기실을 나와 거울이 있는 파우더 룸으로 향했다. 라나가 묶어준 머리가 풀렸을까 봐 조금 불안했기 때문이다.

세렌디아 학원에는 귀족 영애가 많아서 곳곳에 파우더 룸이 설치되어 있다.

모니카는 가장 가까이 있는 파우더 룸으로 달려가서 머리와 화장이 제대로 됐나 확인하고는 거울에 비친 자신을 똑바로 바라봤다.

거울에 비친 건 건강한 안색에 어디에나 있을법한 평범한 소녀.

예전에 지내던 산속 오두막에도 거울은 있었다. 모니카의 차림새를 보다 못한 루이스가 '조금은 몸단장에도 신경을 쓰세요.'라면서 일부러 가져다준 거다.

그러나 모니카는 그 거울을 거의 쓰지 않았다. 몸단장 같은 건 흥미가 없었고 남들 앞에 나설 때는 후드를 쓰면 된다고 생각했으니까.

(하지만 지금은 루이스 씨가 몸단장에 신경 쓰라고 말한 이유를, 알 것 같아.)

사교계에서 용모란 하나의 무기다. 그건 펠릭스나 브리짓 같은 사람을 보면 잘 알 수 있다.

몸단장을 한다는 건 무장하는 것과 같다.

그렇게 생각하니 코르셋이 뭔가 갑옷처럼 느껴졌다. 처음에는 답답하다고 생각했지만 지금은 왠지 든든했다.

모니카는 조금 틀어진 안경을 고쳐 쓰고 거울 속 자신을 향해 중얼거렸다.

"히, 힘내, 자~."

직접 말해서 결의를 표현하는 건 조금 부끄럽긴 했지만 그래도 용기가 샘솟는 것 같았다.

모니카는 거울 속 자신에게 고개를 끄덕이고는 파우더 룸을 나왔다.

제1시합 시작까지는 조금 여유가 있지만 빨리 돌아가는 게 좋겠지.

빠르게 복도를 나아가는데 전방 모퉁이에서 사람이 나타났다. 그 모습을 목격한 순간, 모니카의 발이 멈췄다.

"실례합니다. 모니카 노튼 양."

조금 곱슬곱슬한 금발에 그리운 안경. 단정하게 차려입은 미네르바의 교복.

모니카는 순간적으로 '버니'라고 말할 뻔했지만 필사적으로 참았다.

버니는 그 얼굴에 우호적인 미소를 띠고 있었다. 버니는 친한 사람 앞에서는 조금 빈정대는 미소를 짓는다. 그러나 버니는 명가의 자식. 처음 보는 상대 앞에서는 빈정대는 모습을 감추고 사교적인 태도를 보일 수 있었다.

지금 지은 미소가 바로 그런 미소다.

(내가 모니카 에버렛인 걸, 들키진 않았, 겠지?)

모니카는 꼴깍 침을 삼켰다.

여기서는 뭐라 답하는 게 정답일까. 섣불리 말을 걸었다가는 들통날 것만 같았다.

갈 길을 서두르고 있다고 말하고 옆을 지나가는 게 분명 정답이리라. 그런데…….

(버니 쪽에서, 나한테 말을 걸어왔어.)

오랜만에 버니가 말을 걸어오자, 모니카는 그리움과 안타까움이 가슴속에 가득 차서 발을 멈추고 말았다.

그렇게나 자신을 세게 밀어낸 사람이건만, 모니카는 버니가 말을 걸었다는 사실에 기뻤다.

"잠시, 이야기를 나눠도 될까요? 노튼 양."

모니카는 입을 다문 채 살짝 고개를 끄덕였다. 버니는 붙임성 좋은 미소를 지으며 말을 시작했다.

"당신과 처음 만났을 때는 놀랐어요. 옛 지인과 닮아서요. 우연이겠지만 이름까지 똑같거든요."

옛 지인—— 아아, 역시 이제 친구라고는 말하지 않는구나. 모니카는 마음속으로 낙담했다.

그리고 낙담하는 자신에게 놀랐다. 역시 자신은 아직 버니와 친구이기를 바란 거다. 그렇게나 미움받았었는데도.

"그런데 노튼 양. 당신은 예전부터 쭉 세렌디아 학원에 다녔나요?"

"…………."

모니카의 입장은 편입생. 여기서 수긍하면 금방 거짓말인 게 들킨다. 그렇다고 부정했다간 버니의 의혹은 더 확고해질지도 모른다.

대답하느냐 마느냐. 모니카는 판단이 망설여졌다.

그 망설임이 치명적으로 작용했다.

"대답할 수 없는 이유라도 있나요?"

버니는 어느새 모니카와의 거리를 좁혔다.

가까이에 서니, 다시금 버니의 키가 자란 걸 잘 알 수 있었다.

옛날에는 시선을 조금만 들면 눈이 마주쳤는데 지금은 아예 올려다봐야 얼굴이 보인다.

안경 안쪽에서 가늘어진 눈이 모니카를 차갑게 추궁했다.

모니카가 한 발짝 물러나자, 버니는 놓치지 않겠다는 듯이 바로 한 발을 내밀어서 거리를 좁혔다.

(어, 어쩌지, 어쩌지, 어쩌지……!)

모니카는 가슴 앞으로 손을 움켜쥐고 몸을 덜덜 떨었다.

겁먹은 태도를 보이자 버니의 눈이 점점 차가워졌다.

(화내고 있어, 버니가 화내고 있어. 미안하다고 사과해야, 용서해 달라고 부탁해야…….)

옛 기억에 사로잡힌 모니카가 떨리는 혀로 사과하려던 그때, 누군가가 모니카의 몸을 강하게 끌어당겼다.

머리 위에서 이 자리와는 안 어울리는 즐거운 듯한 목소리가 들렸다.

"어이어이, 이 몸의 여자한테 손대지 마라."

모니카가 어색하게 고개를 틀고 자기 옆에 선 인물을 올려다봤다.

히죽히죽 웃으면서 모니카의 어깨를 감싼 건, 화사한 예복을 입은 키가 큰 검은 머리의 남자.

(네, 네로오――?!)

왜 예복 같은 걸 입었지? 그리고 굳이 이 타이밍에 아침에 했던 일을 재현할 필요가 있나?

모니카가 경악하는 사이, 이번에는 네로가 감싼 어깨의 반대쪽 어깨가 무거워졌다.

시선만 돌려서 보니, 그곳에는 네로에게도 밀리지 않는 반짝이는 예복을 입은 금색 머리의 남자―― 린이 있었다.

"내 여자한테 손대지 마라, 입니다."

단호한 표정을 지었지만 네로와 대사가 겹쳤다.

모니카는 눈을 있는 힘껏 크게 뜨고 입을 뻐끔거렸다.

그러나 그 이상으로 놀란 건 버니 쪽이었다. 그도 그럴 게 이 자리에 안 어울리는 화려한 차림의 남자가 둘이나 나타나서 끼어들었으니까.

"뭐, 뭔가요. 당신들은⋯⋯."

'정말로 뭘까요.' 모니카는 그렇게 생각했다. 물론 말로 꺼내지는 않았지만.

그나저나 네로도 린도 무척이나 활기가 넘치고 즐거워 보여서 골치 아팠다.

네로의 눈이 반짝반짝 빛났다. 이건 모니카가 걱정돼서 달려온 게 아니다. 분명 이 상황을 즐기는 거다.

한 술 더 떠서 린은 무척 진지한 얼굴로 버니에게 선언했다.

"삼각관계는 형태적으로도 아름답지만, 개인적으로 사각관계는 조금 지나치다고 생각합니다. 그러니 송구하지만 물러가 주시겠습니까?"

이 무슨 말도 안 되는 논리란 말인가.

그러나 그 묘한 기세에 눌린 건지, 바보 같다고 생각했는지는 모르겠지만 버니는 질렸다는 듯이 뒷걸음질 치더니 틀어진 안경을 손으로 밀어 올렸다.

"시합 전에 실례했습니다⋯⋯."

버니는 그렇게 말하고는 모니카에게서 등을 돌려 자리에서 떠났다.

버니의 모습이 안 보이는 걸 확인한 모니카는 비틀거리며 그 자리에 주저앉았다.

온몸에 식은땀이 배어 나왔다. 체스 시합을 할 때보다 더

심신이 지친 것 같다.

"야~ 봤냐? 이 몸의 명연기! 역시 이 몸은 최고로 멋있다니까."

"지금 이 단막으로 오늘 임무를 모두 해낸 기분입니다."

만족스러워하는 네로와 린을 올려다본 모니카는 죽을 것 같은 목소리로 물었다.

"저기, 두 사람, 그 복장은……?"

네로와 린은 지금부터 야회에라도 나갈 듯한 화려한 복장이다. 엉뚱한 것에도 정도가 있지.

모니카가 지적하자, 린이 덤덤히 대답했다.

"네. 저희의 외모 나이로 교복을 입는 건 무리가 있다는 지적을 받았기에 개선했습니다."

"개선……."

모니카가 공허한 목소리로 중얼거리자, 린이 고개를 끄덕였다.

"이번 의상의 테마는 '아직 학원제가 시작되지도 않았는데 들떠서 예복을 입고 온 학원제 바보 2인조'입니다."

"완벽한 변장이지!"

린과 네로는 아무런 문제가 없다는 듯한 태도였다.

반짝이는 두 사람 사이에 낀 모니카는 저도 모르게 안경 위로 얼굴을 가렸다.

"있잖아, 두 사람…… 도와준 건, 굉장히 고맙지만……부탁이니까…… 이제, 정말로, 진심으로 부탁이니까, 고양이와 새 모습으로 있어 줘……."

　모니카는 오늘 아침에 두 사람에게 강하게 부탁하지 않았던 걸 진심으로 후회했다.

4장 나의 친구

체스 대회장의 관객석은 선수들이 쓰는 테이블 세트에서 조금 떨어진 위치에 마련되었다. 이건 선수의 집중력을 흐트러뜨리지 않게 하려는 배려였다.

라나가 교실에 도착했을 때는 이미 관객석 맨 앞줄에 있는 긴 의자에 시합에 나가지 않는 학생회 임원들이 앉아있었다.

라나가 어디에 앉을지 잠시 고민하는 사이, 함께 온 클로디아와 글렌이 망설임 없이 닐을 사이에 두고 맨 앞줄에 앉았다. 글렌에게 밀린 시릴이 눈썹을 치켜떴다.

"사람을 밀지 마라! 의자는 다른 곳에도 있을 텐데!"

"그야, 닐 옆에 앉으면 닐에게 시합 해설을 부탁할 수 있지 말입다!"

"약혼자인 내가 닐 옆에 앉는 게 뭐가 문제라는 거야? 오, 라, 버, 니?"

글렌과 클로디아를 보고 있자니 자신만 배려하는 것도 바보 같이 느껴져서 라나는 그대로 클로디아 옆에 앉았다.

모니카는 관객석과 떨어진 선수용 의자에 앉아 있다가 그 여자아이들을 알아채고는 고개를 확 들었다.

라나가 살짝 손을 흔들자, 모니카는 입술을 움찔거리다가 살며시 손을 마주 흔들었다.

"뭔가 여러모로 본격적임다. 저 보드는 뭐에 쓰는 검까?"

그렇게 물어본 글렌이 가리킨 것은 선수석과 관객석 사이에 설치된 커다란 보드다.

닐이 글렌의 의문에 대답했다.

"저건 중계와 해설용이네요. 저기에 눈금을 그어 놨죠? 저곳에 말을 본뜬 핀을 놓아서 시합을 중계하는 거예요."

"하긴~. 확실히 여기서는 체스판이 안 보이지 말임다."

글렌이 맞장구치자, 닐에게 기대던 클로디아가 빤히 시선을 보냈다.

"마치 체스판을 보면 상황을 알 수 있다고 말하는 것 같네."

"나도 체스 정도는 안다. 뭔가 좋은 느낌이 들면 '체크메이트!' 라고 말하지 말임다. 필살기 같아서 멋있슴다!"

글렌의 말을 들은 라나는 진심으로 안심했다. 아무래도 체스를 잘 모르는 건 자신만이 아닌 모양이다.

남몰래 가슴을 쓸어내리자, 근처 자리에서 하는 대화가 들려왔다.

맨 앞줄의 긴 의자 중 하나에는 세렌디아 학원 체스 교사인 보이드와 원, 미네르바의 인솔 교사가 나란히 앉아 있었는데 원의 교사가 보이드에게 말을 건 모양이었다.

원은 세렌디아 학원이 지금부터 대전할 상대다.

"올해 원의 학생은 강합니다. 뭐니 뭐니 해도 1학년에 우수한 신입생이 있어서 말이죠. 랜들에서 온 유학생인데 체스를 전문적으로 배우고자 일부러 우리 학교까지 왔습니다. 이미 랜들의 학생 중에서는 적수가 없다고 불릴 만큼 체스의 명수죠."

원의 교사가 그렇게 말하자, 옆에 앉은 미네르바의 교사가 나긋하게 맞장구쳤다.

"일부러 국경까지 넘어서 유학을 왔단 말입니까? 그건 굉장하네요~."

"예에, 무척 우수한 학생입니다. 다만 조금 고집이 센 게 단점이라서요. 원래라면 대장을 맡을 실력자인데 본인이 완고하게 '나는 1학년이니까 선봉이어야 한다.'라며 말을 안 듣더군요. 이거야 원, 미네르바와 세렌디아 학원의 선봉에게는 조금 미안한 일을 하고 말았군요."

라나는 저도 모르게 보드에 기재된 선수의 이름으로 시선을 돌렸다.

랜들 왕국에서 온 유학생이자 원이 자랑하는 희대의 신입생의 이름은 로베르트 빈켈.

그 사람이 모니카의 첫 상대였다.

"이거, 이거 저 아가씨도 딱하군요. 여자이지만 체스를 어느 정도는 하는 모양인데, 아무리 그래도 우리 에이스가 상대여서는 어깨가 조금 무겁겠죠."

그렇게 말한 원의 교사가 보이드의 엄숙한 얼굴을 힐끔힐끔 바라봤다.

보이드는 전장에 있는 것 같은 험악한 표정을 짓고 나지막하게 중얼거렸다.

"내가 먼저 사과하지."

"이거, 이거 뭘 사과하신단 말씀입니까? 혹시 저 여학생이 너무나도 약해서 상대가 안 되는 것 말입니까?"

"모니카 노튼을…… 선봉으로 삼은 것 말이다."

"아아, 역시 세렌디아 학원은 화사한 분위기를 내려고 일부러 여학생을 선발한 겁니까? 아니면 저 소녀가 거액의 기부금을 낸 가문의 아이라든가? 뭐, 세렌디아 학원은 실력주의인 우리 학교와는 학풍이 다르니까요. 그런 일도 있을 수 있겠죠. 네."

(실례잖아! 모니카를 뭐라고 생각하는 거야!)

라나가 이를 갈면서 분노를 참자, 보이드가 나지막하게 말했다.

"모니카 노튼은…… 너무나도 경험이 적어서 선봉으로 세웠다."

"아아, 여성은 체스를 둘 기회가 적으니까요. 저 아이는 체스 경력이 몇 년입니까? 혹시 1년이라든가?"

원의 교사가 웃음을 참으면서 묻자, 보이드는 굵은 두 손가락을 세웠다.

"2주일."

그런 교사들의 대화를 엿듣던 사람이 또 한 명 있었다.

미네르바 대표인 버니 존스다.

버니는 가는 눈썹을 꿈틀하더니, 선수석에 앉은 모니카를 탐색하는 듯한 시선으로 가만히 바라봤다.

* * *

모니카는 쓰린 위를 누르면서 마련된 자리에 앉았다.

위가 아픈 건 압박감 때문이 아니다. 버니에게 정체를 들킬 뻔하고 긴장돼서다.

그리고 네로와 린이 얌전히 있는지도 불안했다.

네로와 린에게는 거듭 반복해서 강조했으니 괜찮으리라 믿고 싶다…… 그러나 두 사람 모두 그 복장이 마음에 든 모양이라 역시 불안했다.

모니카가 한숨을 내쉬자, 정면에 앉은 원의 남학생이 모니카에게 말을 걸었다.

"어딘가 몸이 안 좋은 겁니까?"

"아, 아뇨, 괜찮……습니다."

"그런가요."

로베르트 빈켈이라고 이름을 댄 남학생은 모니카보다 연하인 열여섯 살이지만 도저히 그렇게 안 보일 만큼 덩치가 큰 남학생이었다.

키가 큰 것뿐만 아니라 몸이 근육질이라서 체스보다는 검을 휘두르는 게 어울리는 풍모였다.

(지금은, 당장 닥친 일에 집중해야지.)

"이제 시합 시간이 됐군요. 잘 부탁합니다."

"자, 잘…… 부탁, 합늬닷."

혀가 꼬였다.

'아아, 오늘은 거의 혀가 안 꼬였었는데 하필이면 이 때 꼬이다니 부끄럽다──.' 그렇게 침울해 하던 건 고작 몇 초뿐이었다.

고개를 들고 체스판과 마주하자, 모니카의 마음속에서 수치심이나 불안감은 사라지고 체스만이 머릿속에 가득했다.

모니카의 분위기가 명백하게 달라지자, 로베르트는 조금 놀란 표정을 지었다. 그러나 그것조차도 지금 모니카의 눈에는 들어오지 않았다.

모니카의 눈에 비친 건 체스판의 말뿐이다.

* * *

관객석에 있던 글렌은 시합이 시작되자마자 입가에 손을 대고 환성을 지르려다가 그걸 눈치챈 닐에게 입이 막혔다.

"대국 중에는 큰 소리를 내면 안 돼요!"

"우웁…… 나는 그저 '모니카 힘내라~!'라고 말하려 했을 뿐인데……."

"안, 돼, 요."

닐에게 혼나는 글렌 옆에서 시릴이 두통을 참는 듯이 관자놀이를 손으로 문질렀다.

"메이우드 서무. 우리 학교의 품위 유지를 위해서라도 한 동안 글렌 더들리의 입을 막아 다오."

클로디아가 시릴이 한 말을 듣고 씨익 웃었다.

누가 봐도 멀쩡하지 않은 생각을 한다는 걸 알 만한 사악한 웃음이다.

"큰 소리로 모니카를 응원하면 닐이 손으로 입을 막는다는 거네. 고민된다……."

"하나도 안 고민되거든. 저기, 그보다도 시합은 어떻게 되어가는 거야? 지금 누가 이기고 있어?"

라나가 경기 상황을 신경 쓰자, 클로디아가 진심으로 어이없다는 눈빛을 보냈다.

"아직 초반인데 승패를 알 리가 없잖아……."

체스를 잘 모르는 라나는 침묵할 수밖에 없었다.

그러자 닐의 손에서 풀려난 글렌이 평소보다 조금 낮은 목소리로 말했다.

"그런데 어째 모니카만 전개가 빠르지 않습까? 다른 테이블보다 두 배는 더 빠른 속도로 말이 움직임다."

글렌의 말처럼 체스판을 본뜬 보드는 선봉의 체스판만이 이질적으로 빠른 속도로 움직이고 있었다.

라나는 바보 취급당할 걸 각오하고 클로디아에게 물었다.

"있잖아. 체스는 빨리 두는 게 유리하다는 룰이라도 있어?"

"체스에는 제한 시간이 있으니까 빨리 두는 게 나쁜 건 아니야. 하지만 모니카는 아무리 봐도 지나치게 빨라……."

모니카가 고민하는 시간은 항상 3초 이내였다. 옆에서 보면 아무 생각도 안 하고 말을 움직이는 것처럼 보인다.

글렌이 손을 탁 두드렸다.

"알았다! 분명 저렇게 빨리 두면서 상대에게 압박감을 주는 겁니다!"

글렌의 말을 듣고 시릴이 복잡한 표정으로 신음했다.

"확실히 그런 전법을 취하는 사람도 있지만…… 노튼 회계가 상대를 압박하는 전법을 쓸까?"

모니카의 새로운 한 수가 보드에 반영된 순간, 시릴, 닐, 클로디아의 표정이 확 변했다. 그들만이 아니다. 체스를 잘 모르는 라나와 글렌을 제외한 거의 모든 이들이 선봉 시합을 주목했다.

지금까지 조용히 관전하던 펠릭스는 옆에 앉은 브리짓을 슬쩍 바라봤다.

"모니카의 실력은 진짜지?"

브리짓은 부채로 입가를 가리면서 눈을 가늘게 떴다.

호박색 눈이 홀로 조용히 모니카를 바라봤다.

"저 소녀는 전 케르벡 백작 부인의 양녀이면서도 고용인 대우를 받았고 귀족의 교육은 받지 않았다고 들었어요. 그런데도 고등 수학에 능숙하고 체스 실력도 특출하죠……."

브리짓은 모니카를 향했던 시선을 펠릭스에게 돌리고는 완벽한 숙녀의 얼굴로 아름답게 미소 지었다.

"어디서 어떤 교육을 받으면 저런 인간이 나오는지…… 굉장히 흥미가 가네요."

브리짓의 말을 듣고 펠릭스 역시 완벽한 왕자님의 미소로 답했다.

"그렇지. 나도 무척 흥미가 있어."

두 사람이 짧은 대화를 나누는 사이, 체스판에서는 무시무시한 고도의 밀고 당기기가 엄청난 속도로 오갔다.

공세에 나선 로베르트였지만 모니카가 너무나도 확실하게 뿌리쳤다.

마치 처음부터 그렇게 나올 걸 알고 있었다는 듯이 모니카가 곧장 반격하자, 로베르트도 질 수 없다는 듯이 다음 수를 뒀다.

선수의 선수, 또 그 수십 수 앞을 읽는 응수.

선봉 시합이 다른 시합과 수준 차이가 나는 건 누가 봐도 명백했다.

교직원석에서는 원의 교사 레딩이 얼굴이 새파래져서는 "2주일이라고요? 예? 2주이이이일?"이라며 중얼거렸고 미네르바의 선수석에서는 버니 존스가 어두운 눈빛으로 보드가 아니라 모니카를 노려봤다.

모니카가 나이트를 움직이며 살짝 숨을 내쉬었다. 말에서 손을 뗌과 동시에 어딘가 무표정했던 얼굴이 무너지면서 미덥지 못하게 눈썹이 축 내려갔다.

모니카는 평소와 같은 동작으로 손가락을 꼬면서 소곤거렸다.

"저기, 체크메이트……에요."

이 대회에서 가장 수준 높았던 그 시합은 놀랄 만큼 짧은 시간에 끝났다. 그로부터 한 시간 가까이 지나서 중견, 대장전은 원의 승리로 돌아갔다.

최종 전적은 2승 1패로 원의 승리다. 하지만 여기서 가장 강한 자가 누구인지는 이 자리에 있는 모두가 알고 있었다.

* * *

제1시합이 끝나고 학생회 주최로 교류회를 겸한 간단한 입식 파티가 열렸다.

참가하는 사람은 각 학교의 대표 선수와 교사, 그리고 학생회 임원뿐이다. 관전하러 온 학생들은 따로 점심을 먹는다.

모니카는 눈에 띄지 않게 파티장 구석에서 힐끔거리며 주변을 돌아봤다. 버니는 같은 미네르바 학생과 담소를 나누며 식사 중이었다. 모니카에게 다가올 마음은 없어 보이지만 방심은 금물이다. 최대한 거리를 벌려야 한다.

모니카가 그런 생각을 하는데, 간식이 올라간 접시를 든 엘리엇과 벤저민이 다가왔다.

"안녕, 네 시합의 기보를 보고 왔어. 노튼 양."

엘리엇은 어딘가 원망스러워 하는 것처럼 보였다.

왜냐하면 원과의 시합에서 이긴 건 모니카뿐이고 엘리엇과 벤저민은 졌으니까. 모니카만 이겼다는 사실에 불쾌해진 걸까?

모니카가 흠칫흠칫 떨자, 엘리엇은 지근거리에서 모니카의 얼굴을 들여다보더니 검지로 그 미간을 꾹꾹 눌렀다.

"실컷 같이 연습해 놓고…… 날 상대할 때는 힘을 뺐겠다?"

"아, 아뇨. 그렇지는, 전혀, 요만큼도……!"

"이 기보를 보면 연습에서 힘을 뺐다는 걸 누구라도 알 수 있어. 뭐야 이 대국은! 파격적이고 예상치 못한 새로운 수를 마구 쓰다니…… 이건 체스계의 역사에 남을 대국이잖아."

"그, 그건, 송구스러운……."

미간을 꾹꾹 눌리던 모니카가 변명하자, 벤저민이 "너무 후배를 괴롭히지 마."라며 엘리엇을 타일렀다.

"협주곡은 누군가가 튀면 성립하지 않아. 양자의 실력이 비등하기에 더욱 높은 곳으로 올라가서 아름다운 선율을 낼 수 있었던 거야. 이 시합에서 상대는 강적이었어. 그렇기에 노튼 양은 자기 실력을 유감없이 발휘한 거겠지. 즉, 노튼 양이 지금까지 진정한 힘을 발휘하지 못한 건 우리의 실력 부족이야. 오해할 건 없어."

거기서 벤저민은 말을 끊고 황갈색 머리를 흩날리면서 하늘을 올려다봤다.

"오오…… 이 아름다운 선율이 탄생하는 순간을 기보가

아니라 내 눈으로 직접 보고 싶었는데! 신이여! 어째서 저를 대표 선수로 뽑으신 겁니까! 나는 관객이고 싶었단 말입니다!"

벤저민의 말투는 호들갑스러웠지만 정곡을 찔렀다.

대전 상대인 로베르트 빈켈은 지금까지 모니카가 싸워온 상대 중에서 가장 강적이었고, 그렇기에 모니카는 새로운 수를 모색할 수 있었던 거다.

즐거운 체스였다고 생각하며 멍하니 여운에 잠겨있는데, 누군가가 이리로 다가오는 게 보였다.

모니카보다 어리다고는 보이지 않는 크고 탄탄한 체구에 짧은 흑발, 단호해 보이고 예리한 얼굴── 바로 지금 화제에 오른 모니카의 대전 상대 로베르트 빈켈이다.

"모니카 노튼 양."

이름을 불린 모니카가 몸을 움찔 떨면서 반사적으로 엘리엇과 벤저민 뒤에 숨었다.

모니카는 극도로 낯을 가리지만 그중에서도 로베르트 같은 덩치 큰 남자가 제일 무서웠다.

모니카가 오들오들 떨자, 로베르트는 군인 같은 자세로 입을 열었다.

"아까 시합에서 저는 감탄했습니다."

"가, 감사합니다…… ."

"그러니!"

로베르트는 눈을 번쩍 뜨고는 무서울 만큼 똑바로 모니카를 바라보며 말했다.

"저와 체스를 전제로 약혼해 주셨으면 합니다!"

뱃속에서부터 울리는 목소리였다. 그야말로 파티장 전체에 울릴 만큼 말이다.

시릴이 음료수를 먹다 사레들렸고, 닐이 "야, 약혼?!" 이라며 깜짝 놀라 소리를 질렀고, 그 모습을 브리짓이 분위기 파악 못 하는 바보를 보는 듯한 시선으로 바라봤다.

펠릭스는 여느 때처럼 부드럽게 웃었다……. 그러나 기분 탓인지 불온한 분위기를 풍기면서 로베르트를 바라봤다.

가장 가까이 있던 엘리엇은 눈과 입을 벌린 채 말문이 막혔다. 어지간한 사람이 그렇듯이 모니카 역시 멍하니 있었다.

그런 미묘한 분위기 속에서 입을 연 건 벤저민이었다.

"한탄스러워!"

벤저민은 황갈색 머리를 격하게 흔들면서 몸을 젖혔다.

"연애라는 것은 좀 더 정열적이고 정서를 뒤흔드는 선율이어야만 해! 아름답지 않아! 그 프러포즈는 음악적으로 아름답지 않아! 작품을 망치는 데도 정도가 있어!"

벤저민은 온몸으로 한탄을 표현하며 연애란 이래야 한다는 지론을 펼쳤다.

슬슬 수습하기 힘들어질 것 같은 이 자리를 정리한 것은 엘리엇이었다.

"아~ 그게 말이지. 음악 운운하는 건 제쳐두고 방금 그 고백은 무슨 뜻이야? 결혼을 전제로 하는 거라면 모를까,

체스를 전제로 약혼이라니 들어본 적도 없어."

"제 표현이 부족해서 실례했습니다. 지금부터 제가 생각하는 바를 설명할 테니 모니카 양이 꼭 긍정적으로 검토해 주셨으면 합니다!"

로베르트는 일어선 자세 그대로, 바보처럼 올곧은 태도를 보이며 또박또박 말하기 시작했다.

"저는 모니카 양의 체스에 감명을 받았습니다. 또래 중에 저를 압도한 것은 모니카 양이 처음입니다. 가능하다면 함께 좀 더 체스를 두고 싶습니다……. 하지만 우리는 다른 학교에 다니고 접점이 하나도 없죠. 그래서 저는 생각했습니다. 약혼자가 되면 주말이나 정기 휴일에 만날 이유가 생기죠. 그러면 앞으로 마음껏 체스를 둘 수 있습니다. 그래서 저와 약혼해 주셨으면 하는 겁니다."

과연. '체스를 전제로 약혼'이라는 말은 거짓 없이 진심 어린 설명이었다.

모니카의 벽 역할을 하던 엘리엇과 벤저민이 얼굴을 마주 봤다.

"이 녀석, 대단한데. 아주 당당하게 제멋대로 굴잖아."

"음악적이지 않아……. 오오, 아름답지 않아……."

로베르트는 슬쩍 옆으로 돌아가서 엘리엇과 벤저민 뒤에 숨어있던 모니카 앞에 섰다.

모니카가 히익, 하고 비명을 질렀지만 아랑곳하지 않았다.

"저는 랜들 왕국 남작가의 5남. 작위를 이을 수는 없지만 장차 랜들 기사단에 소속될 예정입니다. 체스 실력이 뛰어난 자는 기사단의 지휘관 후보가 될 수 있죠. 장래는 그럭저럭 안정적이라고 자부합니다! 친가인 남작가에 빚은 없습니다. 부모님 모두 견실하십니다! 형들과의 사이도 양호합니다! 개도 세 마리 기릅니다! 부디 안심하고 시집오십시오!"

이야기를 비약하는 데도 정도가 있지.

(아무튼, 거절해야……!)

애초에 모니카 노튼이란 가짜 신분이다.

그 정체는 제2왕자의 호위로 잠입한 칠현인이다. 약혼 같은 걸 할 수 있을 리가 없다.

"저기…… 약혼은 무리에요. 죄송합니다!"

"어째서죠? 혹시 이미 약혼자가 있으신가요?"

"아뇨, 없긴, 하지만요."

엘리엇이 '너무 솔직하다.'라고 말하는 듯한 눈빛으로 모니카를 바라봤다.

그러나 모니카는 이런 곳에서 적당히 거짓말을 늘어놓을 만큼 요령이 좋지 않다.

모니카가 우물쭈물하자, 로베르트가 다시 구애했다.

"다른 나라 가문에 시집오는 게 불안한 거라면 안심하십시오. 가정 문제, 언어, 사교계, 모든 면에서 제가 온 힘을 다해 뒷받침하겠습니다. 당신은 안심하고 체스에 전념하세요."

"아뇨, 저기, 그게…… 죄송합니다!"

안절부절못하게 된 모니카는 그대로 복도를 향해 달렸다.

한심한 달리기 실력이었지만, 모니카에게는 그야말로 전력 질주였다.

"모니카 양! 이야기가 아직……!"

모니카의 뒤를 쫓으려던 로베르트의 양어깨에 손이 턱 올라갔다.

오른 어깨에 손을 올린 건 펠릭스, 왼 어깨에 손을 올린 건 시릴이었다.

옆에서는 살짝 어깨를 두드린 것으로 보였지만 잘 보면 옷에 주름이 잡힐 만큼 강하게 힘을 주고 있었다.

"실례. 저 아이는 우리 학생회 일원이야. 먼저 나에게 이야기를 해 줬으면 좋겠는데?"

"교류의 자리에서 비상식적인 행동을 하다니 학생회 임원으로서 간과할 수 없다."

펠릭스는 웃는 얼굴이었지만 눈빛은 그렇지 않았다.

시릴은 차가운 무표정으로 냉기를 뿜고 있다.

엘리엇은 무서운 일이 시작될 것 같은 예감이 들어서 얼굴을 실룩거렸다.

* * *

점심 파티장에서 뛰쳐나온 모니카는 2층과 1층을 잇는 복도로 내려와서야 발을 멈췄다.

평소에 운동을 안 하는 탓에 아주 조금만 달려도 심하게 숨을 헐떡였다. 모니카는 벽에 등을 기대고 거칠어진 호흡을 가다듬었다.

(깜짝 놀랐어…….)

약혼을 신청받은 건 두말할 필요 없이 처음이었다.

로베르트는 모니카의 용모나 성격에 끌린 게 아니다. 모니카의 체스 실력을 보고 함께 체스를 둘 기회를 늘리려고 약혼을 신청했을 뿐이다.

어지간한 사람이라면 바보 취급하는 거냐며 화를 냈을 이야기지만, 모니카는 정말 합리적인 생각이라며 감탄하기까지 했다.

연정이나 사랑 같은 건 연애에 어두운 모니카에게는 영 와닿지 않는다.

용모와 사교성은 평균 이하에 눈치 있게 말도 잘 못 하는 자신을 좋아한다는 말을 듣는 것보다는 체스를 하고 싶으니까 약혼해 달라고 정직하게 말하는 게 의도를 알기 쉬워서 좋았다.

그렇다고 약혼을 받아들일 마음은 조금도 없었지만.

(곤란하네…….)

지금부터 파티장에 돌아가도 오히려 눈에 띌 게 뻔했다.

다음 미네르바와의 시합 때까지 어디에 숨어 있을까. 그런 생각을 하는데 전방에 조금씩 흔들리는 무언가가 보였다.

"어……?"

그것은 불화살이었다. 모니카의 앞에 성인 팔뚝만 한 화살이 다섯 발 떠올라 있다.

모니카가 목소리를 낸 순간, 불화살이 모니카를 향해 일직선으로 날아왔다. 일반인이라면 피하는 게 불가능한 공격이다.

그러나 모니카는 즉시 무영창으로 결계를 쳐서 불화살을 막았다.

"역시 당신이었군요. 모니카."

계단 위에서 목소리가 들리자 모니카의 등골이 얼어붙었다.

천천히 고개를 들어 계단을 올려다보자 시야에 날아든 것은 층계참에 선 옛 친구── 버니 존스였다.

층계참 창문에서 들어오는 빛 때문에 버니의 얼굴은 역광 상태였다. 그럼에도 그 입가에 냉혹한 미소가 감도는 것만큼은 분명하게 보였다.

버니는 천천히 계단을 내려와서 모니카 앞에 섰다. 모니카는 우두커니 선 채 한 발짝도 움직이지 못했다.

그런 모니카를 바라보던 버니가 조소했다.

"왜 칠현인씩이나 되시는 분이 이런 데서 학생 놀이나 하는 거죠? 산속 오두막에 틀어박혔다는 소문은 거짓이었나요?"

"아, 으……"

모니카는 필사적으로 입을 뻐끔거렸다. 그러나 말이 잘 나오지 않았다. 균형감각이 흐트러져서 다리가 후들거렸다.

"아아, 혹시 정체를 숨기고 학생 생활을 다시 하고 있었나요? 명문 중의 명문인 세렌디아 학원에서 학생 놀이라니 상당히 사치스러운 놀이네요? 덤으로 남자를 여럿 거느리고 연애 놀이까지…… 하하, 무척 즐거워 보이던데요."

남자를 거느린다는 말에 모니카는 아연실색했다.

혹시, 어쩌면…… 이건 그거다.

(네로와 린 씨 말이구나——!)

버니는 사역마와 정령의 온 힘을 다한 장난을 진짜라고 받아들인 모양이다.

그러나 모든 걸 솔직하게 말할 수는 없다. 제2왕자 호위 임무는 극비니까.

모니카가 고개를 수그리자, 버니가 모니카에게 손을 뻗었다. 그 손이 라나가 예쁘게 묶어 준 머리칼을 꽉 움켜쥐었다.

"분위기가 굉장히 달라졌네요? 이름을 듣기 전까지 당신 일지도 모른다는 생각은 조금도 못 했는데 말이죠. 남들과 제대로 대화도 못 하던 주제에 무척 색기가 돌잖아요. 어엿하게 꾸미기까지……?"

"으……아."

"잘됐네요. 이웃나라 사람에게 약혼 신청까지 받다니."

버니의 말 하나하나가 모니카의 가슴을 후벼 팠다.

모니카가 상처받은 표정을 보일수록 버니의 미소가 짙어졌다.

"아아, 알았다. 제2왕자에게 빌붙으려고 무력한 학생인 척하고 접근했죠? 당신이 할 법한 일이네요. 무력한 척하고 누군가에게 접근하다니…… 마치 기생충 같네요."

언제나 친구들에게 친절한 대우를 받고 아무것도 보답하지 못하는 것을 신경 쓰던 모니카에게 그 말은 너무나도 깊게 가슴을 도려내는 말이었다.

모니카가 부들부들 떨자, 버니가 코웃음 쳤다.

"뭐죠? 설마 자각 못 했나요? 그럼 가르쳐드리죠."

버니는 모니카의 머리를 붙잡고 눈을 들여다보며 말했다.

"당신은 교활한 사람이야. 언제나 자기만 생각하고 타인에게는 무관심하지. 자기 이외의 사람이 어떻게 되든지 간에 조금도 마음 아파하지 않잖아요?"

계속해서 격렬한 모욕을 듣자, 모니카는 멍해졌다.

(버니는 나를, 그렇게 생각한 거야?)

다시 옛날처럼 이야기를 나누면 좋겠다……. 모니카는 그렇게 한 줄기의 달콤한 희망을 품었지만, 버니는 조소와 함께 그걸 짓밟았다.

버니 존스는 모니카 에버렛을 미워한다. 꺼린다. 모멸한다……. 그것이 현실이다.

모니카의 눈시울이 점점 뜨거워졌다.

(울면, 안 돼.)

모니카는 이를 악물고 필사적으로 눈물을 참았다. 하지만 콧속이 찡했다. 발끝부터 무너지는 듯한 절망을 느끼자 정신없이 한심하게 울면서 쓰러지고 싶었다.

"당신 같은 교활한 사람은 누구도 돌아보지 않을 게 뻔해!"

(알고 있어, 버니. 나 같은 건, 그 누구도 돌아보지 않을

거야.)

그래도 어린 시절의 모니카는 버니가 손을 뻗어 줘서 기뻤다.

그래서 버니의 자랑스러운 친구가 되고 싶었다. 단지 그뿐이었는데.

(나 같은 게 친구가 되고 싶어하다니, 내 분수도 모르고 한 짓이었던 거야.)

참던 눈물이 단숨에 흘러나오려던 그때.

"잠깐 기다려!"

우렁찬 소녀의 목소리가 복도에 울려 퍼졌다.

고개를 홱 들자 누군가가 이리로 달려오는 게 보였다. 예쁘게 단장한 머리를 흔들면서 치맛자락을 크게 휘날리며 달려온 건 라나였다.

그걸 눈치챈 버니가 모니카의 머리에서 손을 확 떼고 한 걸음 물러섰다. 그 한 걸음의 틈에 라나가 끼어들어서 버니를 노려봤다.

"무슨 소리 하는지는 못 들었는데 대체 무슨 상황이야? 당신은 미네르바 사람이지?"

"아아, 실례했습니다. 이 학원 학생인가요?"

"무슨 상황이냐고 물었잖아요, 미스터? 대답 못 하겠나요? 아니면…… 미네르바에서는 복도에서 여자아이를 몰아세우고 울리는 게 예의인가요?"

라나가 갸름한 턱을 척 치켜들고 버니를 노려보자 버니는 옅은 미소를 띠면서 어깨를 으쓱했다.

"자기소개도 없이 실례했습니다. 미네르바 대표인 버니 존스라고 합니다. 모니카와는 오래 알고 지낸 사이라서요. 옛날이야기를 하는데 모니카가 너무 그리웠는지 감격해서 눈물을 흘리지 뭔가요."

버니가 말을 술술 늘어놓자, 라나는 수상한 사람을 보듯이 노려봤다.

"그래…… 모니카가 만나고 싶지 않아 하던 사람이 당신인 거네."

라나는 나지막하게 중얼거리고는 모니카의 등을 살짝 두드렸다.

"화장 고쳐 줄게. 파우더 룸으로 가자."

"으, 응……."

모니카가 고개를 끄덕이자, 라나는 버니에게 기품 있는 숙녀의 미소를 지었다.

"미안하게 됐네요, 존스 님. 저는 친구의 화장을 고쳐야 해서 이만 실례할게요."

"친구?"

라나의 말을 들은 버니가 눈썹을 꿈틀하더니 입가에 일그러진 미소를 지었다.

"그 사람과는 절교하는 게 좋아요. 분명 불쾌해질 테니까. 그 사람은 혼자서는 아무것도 못하는 척하면서 타인을 이용한다고요."

버니의 말을 들은 모니카가 채찍에 얻어맞은 것처럼 몸을 떨었다.

그러자 라나는…….

"뭐, 어, 어?"

숙녀의 미소를 유지한 채 실룩거리면서 이마에 푸른 핏대를 세웠다.

"모니카는 그런 짓을 하는 아이가 아니거든요."

"내숭을 떠는 거라고요. 무력한 척하면서 내심 타인을 바보 취급해요."

라나는 마침내 숙녀의 미소를 깡그리 날려 버리고는 날카로운 눈빛으로 버니를 노려봤다.

"당신은 사람 보는 눈이 없네. 그 센스도 없고 얼굴 사이즈와 안 맞는 초오오온스러운 안경이나 다시 맞추는 게 어때?"

라나가 뱉은 한마디에 그 자리의 분위기가 얼어붙었다. 이번에는 버니가 얼굴을 실룩거렸다.

버니는 촌스럽다는 말을 들은 안경을 손가락으로 고쳐 쓰고는 라나를 노려봤다.

"분명 후회할 텐데요. 아까 체스 시합을 봤겠죠? 모니카는 사실 누구보다도 머리가 좋고, 재능이 있어요. 그런 주제에 자신은 무력하니까 아무것도 못한다는 표정으로…… 정체를 숨기고 타인에게 응석을 부린다고요."

'정체를 숨기고.' 그 한마디에 모니카가 숨을 삼켰다.

버니의 말대로다. 왜냐하면 모니카는 칠현인이라는 자신

의 정체를 숨기고 있으니까. 라나에게 거짓말을 하고 있다. 모두의 호의에 응석을 부리고 있다.

모니카가 우두커니 서 있자, 라나가 모니카의 손을 꽉 움켜쥐었다.

"있잖아. 슬슬 솔직하게 말하는 게 어때? 당신…… 모니카를 질투하지?"

라나의 지적을 듣고 버니의 움직임이 한순간 멈췄다.

버니의 미소가 점점 무너졌다. 그리고 벗겨진 웃는 가면 아래에서 드러난 것은 강한 분노와 증오였다.

"당신도 언젠가 자신과 모니카의 실력 차이를 목격하면 분명 깨달을걸요."

"나는 내 친구가 우수하면 아버님에게 자랑할 거야! '내 친구는 굉장해, 자랑스러운 친구야!' 라면서! 당신은 마음이 좁네!"

"아아, 학력이 변변찮은 범인(凡人)은 천재와의 차이가 너무 벌어지면 분하다는 감정조차 안 드는가 보네!"

버니가 라나를 조소한 순간, 모니카는 생각하기보다 먼저 입을 열었다.

"버니!!"

좀처럼 나오지 않는 모니카의 큰 목소리를 듣자, 라나와 버니가 놀란 얼굴로 모니카를 바라봤다.

모니카는 생각을 정리하지 않은 채, 필사적으로 말을 쥐어짜 냈다.

"내 친구를, 나쁘게 말하면…… 버니를, 용서 못 하게 돼."

모니카의 말을 듣자, 버니는 움츠러든 표정을 지었다.

"당신이 용서 못 하는 게 뭐 어쨌다는 거죠? 내가 이제 와서 당신이 한 말에 상처받기라도 할 것 같나요?"

하는 말은 밉살스러웠지만 조금 전까지의 기세는 없었다.

분명 놀란 거다. 모니카는 한 번도 버니에게 대든 적이 없었으니까.

모니카는 천천히 호흡을 가다듬고 줄곧 하지 못했던 말을…… 하고 싶었던 말을, 입에 담았다.

"나는, 언제나 버니에게 의지하기만 했으니까…… 버니가 의지할 만한 대단한 사람이, 되고 싶었어……."

모니카는 언제나 버니의 손에 끌려다녔으니까. 그래서 언제나 대등하게 어깨를 나란히 하는 그런 친구가 되고 싶었다.

"버니에게, 내가 자랑스러운 친구라는 말을 듣고 싶었어…… 그저 그뿐이야. 굉장하네, 열심히 했네. 다른 사람이 아니라, 버니에게 그런 말을 듣고 싶어서……."

하지만 그건 이루어질 수 없는 꿈이었다. 그런 걸 바란 자신이 잘못된 거다.

"그래도, 이제, 버니에게 칭찬받는 건, 포기할게. 두 번다시, 버니에게 아무것도 바라지 않을게."

모니카는 모든 것을 단념하려는 듯 눈을 감았다.

그리고 다음에 눈을 떴을 때, 그 눈에는 옛 친구가 비치지 않았다.

모니카는 떨리는 손으로 라나의 손을 잡고 버니에게 등을 돌렸다.

버니가 모니카에게 손을 뻗으며 뭔가를 말하려 했다. 라나가 그 손을 가차 없이 떨쳐 냈다.

"미련이 남은 남자는 멋없거든?"

라나는 그런 말을 남긴 채 모니카의 손을 맞잡았다.

버니는 아무 말도 못 한 채 그 자리에 우두커니 서 있었다.

그렇게 두 사람이 나란히 버니에게서 떨어지자, 라나가 만족스럽게 콧소리를 냈다.

"네 생각을 제대로 말했잖아."

라나가 씨익 웃자, 모니카는 수줍어하며 살짝 끄덕였다.

"오늘의 나…… 조금은, 강해."

모니카는 자기 교복을 내려다보면서 입꼬리를 슬쩍 들며 웃었다.

"코르셋 입고 있으니까 등골이 쫙 펴졌어. 눈물이 나오려고 하는데 화장했으니까 울면 화장이 지워질 까봐 참았어……. 라나, 덕분이야."

"다시 한껏 귀엽게 꾸며줄게."

모니카가 고개를 끄덕이자 라나는 기분 좋게 웃으면서 모니카의 팔을 꼭 감쌌다.

모니카의 선언을 들은 순간, 버니 존스의 사고에 금이 갔다.

2년 전, 모니카에게 절연을 선언한 버니는 진심으로 안도했었다.

하지만 버니는 언제나 '침묵의 마녀'의 동향을 신경 썼고, 모니카가 발표하는 논문을 모두 훑어봤다.

칠현인 '침묵의 마녀'가 찬사를 받을 때마다 버니는 마음속 어딘가에서 생각했다.

——그런 그녀를 예전에 돌봐준 건 자신이라고.

——그런 그녀를 상처입히고 짓밟은 건 자신이라고.

칠현인으로 선발된 천재 소녀가 흐느끼면서 자신에게 용서를 구하는 모습을 보고 버니는 어두운 유열을 품었다.

그러나 이제 모니카는 버니에게 아무것도 바라지 않는다. 기대도 하지 않는다. 그렇게 선언한 모니카는 버니에게서 등을 돌렸다.

멀어져가는 등은, 2년 전 때와는 정반대의 광경이다.

그때는 버니가 모니카를 버려두고 갔는데. 지금은 버니가 버림받았다.

(아니야, 아니야, 아니야.)

모니카는 버니를 의식해야만 한다.

좀 더 좀 더 좀 더, 버니를 신경 쓰고, 의식하고, 두려워해야 한다.

"이런 건, 인정 못 해."

버니는 빠르게 복도를 걸어서 미네르바의 인솔 교사인 피트먼을 찾았다.

피트먼은 "화사한 자리는 거북하거든요오."라고 말하면서 점심 파티장에는 얼굴을 내비치지 않았다. 대기실에 들어가자 아니나 다를까 혼자 책을 읽고 있었다.

"피트먼 선생님."

버니가 대기실에 들어오자마자 다가오자, 피트먼은 책에서 얼굴을 들고 눈을 동그랗게 떴다.

"어라, 어쩐 일인가요? 존스. 그런 무서운 얼굴을 하고."

"다음 시합에서 저를 선봉으로 세워 주세요."

"네엣?! 잠깐, 시합 직전에 변경이라니…… 그런 일을 하면 혼난다고요!"

"고문 교사와 주최 학교 교사가 서명하면 가능할 거예요."

그렇게 말한 버니는 허둥대는 피트먼을 끌고 직원실을 향해 빠르게 걸어갔다.

* * *

여교사 린지 페일은 직원실의 자기 자리에서 홍차를 마시며 오전에 있었던 체스 대회 기보를 봤다.

오늘은 다른 학교 사람이 드나들기에 직원실에는 항상 둘 이상의 교사가 상주해야 하는 규정이 있었기 때문이다.

린지와 함께 대기하는 사람은 흰 수염을 기른 작은 체구의 노인. 기초 마술학 교사인 맥레건이다.

"오전 시합의 결과가 나왔다고?"

"네. 유감이지만 우리 학교는 1승 2패로 원에게 진 모양이에요."

팀은 패배했지만 린지가 담임을 맡은 반의 여학생인 모니카 노튼은 선봉전에서 승리한 모양이었다. 린지는 마음속으로 나중에 모니카와 마주치면 칭찬해야겠다고 다짐했다.

(그러고 보니 작년에 클로디아 애슐리 양에게 축하한다고 말했더니 굉장히 싫어하는 표정을 짓던데.)

1년 전에 있었던 일을 그리워하는데, 맥레건이 기보를 들여다보더니 나지막하게 말했다.

"세렌디아 학원이 졌어? 유감이네."

"네. 그리도 모니카 노튼 양은 건투했어요."

"흐으응? 그 아이, 체스에도 재능이 있었구나."

체스에도요?

린지가 그 말의 진의를 물어보려고 하는데, 누가 직원실 문을 노크했다.

안으로 들어온 것은 미네르바 교복을 입은 금발 소년. 그 뒤를 따라서 안절부절못하는 건 미네르바의 교사로 보이는 남자였다.

미네르바 학생은 직원실 안을 돌아보다가 맥레건을 보고는 얼굴을 확 빛냈다.

"맥레건 선생님! 오랜만입니다."

"응? 자네는, 누구지?"

눈이 그다지 좋지 않은 맥레건이 고개를 갸웃하자, 미네르바의 교사가 곤란한 표정을 하고 학생에게 귓속말했다.

"존스. 이 노인과 아는 사이야?"

"피트먼 선생님은 잠시 조용히 하세요."

자기 학교 교사를 입 다물게 만든 학생이 기울어진 안경을 추켜올렸다.

"저는 체스 대회의 미네르바 대표, 버니 존스입니다. 맥레건 선생님이 아직 미네르바에 계실 무렵에 실기 수업 때 신세를 졌죠."

"존스? 아, 떠올랐어. 에버렛과 사이가 좋았던……."

"실은 체스 대회 건으로 급하게 세렌디아 학원 분의 서명이 필요해서요."

학생은 맥레건의 말을 가로막으며 서류 한 장을 내밀었다.

맥레건은 수염을 어루만지며 말했다.

"내가 서명해도 되나?"

"네. 주최 학교 교사의 서명이라면 누가 해도 괜찮다고 해서요."

맥레건은 그 학생의 말을 듣고 "흐으음." 하고 맞장구치고는 책상 위에 있던 깃펜을 들었다.

그리고 묘하게 부들거리는 손으로 빈칸에 서명했다.

"이러면 돼? 칸에서 삐져 나가지 않았어?"

"네. 완벽합니다. 그럼 제가 이 서류를 보이드 교사에게 제출하겠습니다."

"흐으응, 그래. 보이드에게도 잘 부탁한다고 전해줘."

학생은 기품 있게 웃으며 "네!" 하고 대답했다.

손쉽게 맥레건의 서명을 받은 버니는 씨익 웃었다.

이걸로 다음 시합에서는 자신이 선봉이 된다——. 즉, 모니카와 싸울 수 있다.

(내게서 눈을 돌리다니 용서 못 해.)

버니는 서류를 움켜쥐고 빠르게 체스 대회장으로 향했다.

고문인 피트먼이 "괜찮은 걸까~. 혼나지 않을까~."라고 중얼거렸지만 상관없다.

모니카 에버렛은 과거에도 미래에도 영원히 버니 존스를 두려워하며 웅크리고 있어야 하니까.

5장 숨어든 악의

라나의 손길로 화장을 고친 모니카가 시합장에 돌아가자, 관객석에서는 이상한 광경이 펼쳐졌다.

관객은 모두 학원 측이 준비한 긴 의자에 앉아 관전하는데, 혼자 바닥에서 정좌한 사람이 있다.

모니카에게 체스를 전제로 한 약혼을 신청했다가 곧장 차인 로베르트 빈켈이다.

학생회 임원석과 교직원석의 긴 의자 사이에서 정좌하는 로베르트의 등에는 '반성 중'이라고 적힌 종이가 붙어있었다.

학생회 임원석에서는 펠릭스가 싱글벙글 웃었고, 시릴은 팔짱을 낀 채 냉기를 뿜었다. 교직원석에서는 원의 교사 레딩이 미간에 깊은 주름을 잡으며 로베르트를 노려봤다.

언뜻 봐도 다가가기 힘든 공간에 모니카는 말문이 막혔는데, 로베르트가 모니카를 알아채더니 정좌한 채로 목소리를 높였다.

"모니카 양! 이 시합이 끝나면 다시 아까 했던 이야기를 ──."

로베르트가 질리지도 않는지 권유를 계속하자, 그 머리

에 레딩 교사의 꿀밤이 떨어졌다.

로베르트가 얻어맞은 머리를 문지르자, 펠릭스와 시릴이 차갑게 말했다.

"빈켈. 난 아직 너에게 입을 여는 걸 허가하지 않았는데."

"시합 전 선수를 동요하게 하는 행위는 엄격하게 삼가야 한다."

로베르트의 주변만 분위기가 이상하게 살벌해서 무서웠다.

모니카가 당황하는데, 선수석에 앉은 엘리엇과 벤저민이 모니카에게 손짓을 보냈다. 모니카는 다행이라는 듯이 재빨리 두 사람에게 달려갔다.

"저기, 저기, 저쪽 자리……."

"잘 들어. 저곳은 못 본 척해. 그리고 노튼 양이 자리를 떠난 사이에 무슨 일이 일어났는지 절대로 묻지 마. 난 아무것도 못 봤어. 알겠냐? 반복하겠는데 난 아무것도 못 봤어."

"오오, 그렇게나 온화하다고 불리던 학생회장이 그 정도로 무자비해지는 순간이 있을 줄이야……. 그때 나는 분명히 들었어. 음악가 게오르그 알트마이어가 신벌을 표현한 레퀴엠 제5번, 제3악장 '신의 분노여, 여기에 내려오소서'를!"

모니카는 잘은 모르겠지만 아무튼 무서운 일이 일어났다는 것만 이해했다.

이건 모르는 편이 좋겠다고 판단한 모니카는 엘리엇의 충고를 듣고 고개를 끄덕였다.

미네르바 측 선수는 아직 도착하지 않은 모양이었다. 선수와 고문 교사의 모습이 안 보인다.

결국, 미네르바 측 선수가 도착한 건 아슬아슬한 시간이 되어서였다.

선두에 선 건 버니 존스. 틀림없이 그가 대장 자리에 앉을 줄 알았는데. 버니는 엘리엇 앞을 지나쳐서 모니카의 맞은 편에 앉았다.

엘리엇이 한쪽 눈썹을 치켜뜨며 버니를 바라봤다.

"이봐, 자리가 틀렸잖아? 네가 대장 아닌가?"

"좀 전에 변경 신청서를 제출했습니다. 이 순서가 맞아요."

대장이었던 버니가 선봉으로 옮긴 건 그만큼 모니카를 강적으로 생각했다는 것——. 그것은 세렌디아 학원의 대장인 엘리엇을 향한 모욕과 같다.

엘리엇은 평소의 경박한 미소를 거두고 처진 눈을 가늘게 뜨며 버니를 노려봤다.

"방식이 적절치 못한데."

"실례라는 것은 압니다. 하지만 저에게는 도저히 양보할 수 없는 사정이 있어서요."

버니를 제외한 두 학생과 교사도 어딘가 곤혹스러운 기색이었다. 아마 이 순서 변경은 버니의 독단이리라.

모니카는 놀랐지만 동요하지는 않았다.

신기하게도 마음이 잔잔하다. 그렇게나 마주하는 걸 무서워했던 버니인데 지금은 전혀 무섭지 않았다.

버니에게 용서받는 것, 친구라고 불리는 것, 인정받는

것……. 모든 것을 포기한 순간에 모니카의 가슴에 꽂힌 쐐기 하나가 확실하게 사라졌다.

버니는 엘리엇에게서 시선을 거두고 모니카를 빤히 바라봤다. 그 눈은 이렇게 말하고 있었다.

'여기를 봐, 나를 더 의식해…….' 라고.

그러나 버니의 집념은 모니카의 마음에는 닿지 않았다.

체스판과 마주한 모니카의 머릿속을 차지하는 건 체스뿐이다. 버니가 들어갈 여지는…… 없다.

"잘 부탁합니다."

"잘 부탁합니다."

선공인 버니가 말을 움직였다. 곧바로 모니카가 다음 수를 뒀다.

버니의 체스는 굉장히 공격적이었다. 아무리 말을 희생하더라도 반드시 이기겠다는 강한 의지가 담겼다.

모니카는 그것을 정면에서 깨부쉈다.

버니는 미네르바의 대장 역할을 맡을 만큼 강했다. 강했지만 어딘가 물렀다.

모니카는 그 어떤 희생, 포석, 전략도 소용없다는 듯이 버니의 수를 하나하나 무너뜨렸다.

일찍이 익룡의 미간을 꿰뚫었을 때처럼 무자비하게.

(모니카, 힘내……!)

체스 룰을 잘 모르는 라나는 중계 보드를 봐도 누가 우위인지 모른다.

그래도 마른침을 삼키며 시합을 지켜보는데, 옆에 앉은 클로디아가 나지막하게 중얼거렸다.

"가차 없네……."

신랄하기로 정평이 난 클로디아가 '가차 없다'고 말하게 하는 사람이 몇이나 될까.

라나와 마찬가지로 체스는 잘 모르는 글렌이 중계 보드를 보면서 닐에게 물었다.

"으~음, 모니카가 이길 것 같습까?"

"아뇨."

닐은 굳은 표정으로 고개를 가로저었다.

"이미 이겼어요."

"엥?"

글렌은 눈을 동그랗게 뜨고는 얼빠진 소리를 냈다. 글렌이 놀라는 것도 당연하다. 왜냐하면 아직 시합이 시작된 지 얼마 안 지났으니까.

"모니카가 이미 이겼다면, 왜 시합이 계속 이어지는 겁까?"

"이런 국면이라면 노튼 양의 승리는 거의 확정적이에요. 하지만 상대가 그걸 인정 못 해서 발버둥 치는 상태라고 할까요……."

닐의 말을 듣고 시릴과 클로디아가 수긍했다.

"저래서야 스테일메이트로 끌고 가기도 어렵겠지."

"그러게. 그래도 대장이 일부러 선봉까지 내려왔는데 바로 패배하면 체면이 말이 아닐 테니까 필사적으로 시간을 번다고 해야 할까?"

글렌이 놀라서 헉, 하더니 안쓰러운 눈으로 버니를 바라봤다.

클로디아가 말한 '가차 없다'란 다름 아닌 모니카의 체스를 가리킨 것이었다.

라나가 팔짱을 끼고 흐흥, 하고 콧소리를 냈다.

"그래. 오늘의 모니카는 좀 다르다니까."

"왜 당신이 자랑스러워하는 거야……?"

클로디아가 나른하게 묻자, 라나는 턱을 홱 들고는 의기양양하게 대답했다.

"친구가 대단하면 자랑스럽게 생각하는 게 당연하잖아? 나는 내가 좋아하는 거에 대해 칭찬받으면 기쁘고 자랑스럽게 생각해."

그때, 모니카가 조용히 체크메이트를 선언했다.

* * *

"체크메이트."

모니카가 선언함과 동시에, 버니는 몸을 부들부들 떨면서 앞머리를 마구 휘저었다.

모니카는 무표정하게 체스판만 보고 있다. 그 눈에 비친 건 검은 말과 흰 말뿐. 버니는 보고 있지 않았다.

사실 버니는 알고 있었다. 모니카는 진정한 천재이고 자신은 조금 우수할 뿐인 범재.

거기에는 결코 무너뜨릴 수 없는 높고 두꺼운 벽이 있고, 버니는 그 벽을 넘지 못한다.

"큭, 젠장……!"

버니는 의자를 끄는 소리를 내며 일어나서 대회장을 뛰쳐나갔다.

모니카는 버니를 쫓아가지도 말을 걸지도 않았다. 그뿐만 아니라 시선조차 돌리지 않았다.

버니가 방을 뛰쳐나가는 마지막 순간까지 모니카는 체스판의 말만을 보고 있었다.

그게 현실이다.

(젠장, 젠장, 젠장!)

대기실로 돌아온 버니는 벽에 주먹을 후려쳤다.

앰버드 백작 아들이라면 해선 안 되는 난폭한 행동이다. 그건 알지만 화풀이를 할 수밖에 없었다.

"으~음, 존스?"

고문인 피트먼이 조심스럽게 문을 노크하면서 버니에게 말을 걸었다. 아무래도 대회장에서부터 쫓아온 모양이다.

"저기, 져서 분한 건 알겠지만 대회장으로 돌아가자? 마지막에는 전원이 얼굴을 마주하고 인사해야 하니까."

"죄송합니다……. 조금만 더 있다가 돌아가겠습니다."

버니가 딱딱하게 말하자, 피트먼이 곤란한 얼굴을 하고 머리를 긁적였다.

"으~음. 너무 늦으면 그 무섭게 생긴 선생님이 노려볼 텐데……."

무섭게 생긴 선생님이라는 건 세렌디아 학원의 교사인 보이드를 말하는 것이리라.

확실히 그 용병 같이 무서운 얼굴로 노려보면 목숨을 구걸하고 싶어지는 마음도 이해가 간다.

(……응?)

문득 버니는 위화감이 들었다.

아니, 위화감은 이 순간에 시작된 게 아니다──. 머리에 피가 몰려서 눈치채지 못했지만 직원실에서 나눈 대화도 지금 생각해 보면 이상했다.

버니는 일단 모니카를 향한 분노를 참고 피트먼과 마주했다.

"피트먼 선생님. 미네르바로 돌아가면 다시 체스 지도를 부탁드려도 될까요?"

"응. 나라도 좋다면야 기꺼이."

그 말을 듣고 버니는 확신했다.

버니는 등골을 스치는 오한을 참으며 몇 걸음 물러나서 입을 열었다.

"당신은 누구죠……?"

피트먼이 깜짝 놀라서 눈을 동그랗게 떴다.

"어, 누구냐니……. 미네르바의 교사인 유진 피트먼인데?"

"피트먼 선생님은 체스 클럽 고문이지만 체스가 약하다고요. 본인도 체스는 좋아하지만 잘하지는 못하니까 우리에게 늘 가르칠 건 없다고 말씀하셨죠."

"그야~ 가끔은 나도 학생 앞에서 좋은 모습을 보여주고 싶어서 말이지."

"그럼 당신의 담당 과목은 뭐지? 특기 마술은?"

연이어서 질문을 던지자, 피트먼은 침묵했다.

피트먼은 미네르바의 연구생을 거쳐서 교사가 된 남자다. 오랜 세월 미네르바에서 실기 지도를 맡아 온 '수교의 마술사' 윌리엄 맥레건을 모를 리가 없다.

그런데 이 남자는 직원실에서 이렇게 말했다.

『이 노인과 아는 사이야?』

교사 보이드 건도 그렇다. 몇 번이나 체스 대회에 고문으로 참가한 피트먼이 보이드의 이름을 잊어버리는 건 이상하다.

"다시 묻겠는데 당신은 누구죠……?"

버니가 임전 태세를 하고 묻자, 피트먼의 미덥지 못한 미소가 사라졌고 입술이 호를 그리듯이 올라갔다.

유진 피트먼은 미네르바의 범위 응용 마술 담당 교사이며 체스 클럽 고문이기도 하다.

성격은 온화하고 약간 우유부단한 학자 기질의 남자다.

그러나 그런 피트먼이—— 아니, 피트먼의 모습을 빌린

인물이 입을 초승달처럼 끌어올리고는 얼굴에 잔학한 미소를 띠었다.

"싫~다아. 역시 미네르바의 아이는 똑똑하네~에~?"

그 목소리는 피트먼과는 명백하게 달랐다.

여자치고는 낮고, 남자치고는 무척 날카로운 게 마치 벌꿀을 졸인 것처럼 달콤하고 끈적한 목소리였다.

피트먼—— 아니, 가짜 피트먼이 입으로 무언가를 읊었다. 희미하게 들린 것은 마술 영창이다.

(마술사인가!)

버니가 즉시 단축 영창으로 십여 발의 번개 화살을 생성했다. 빠직빠직 소리를 내는 금색 화살이 가짜 피트먼을 빙그르르 둘러쌌다.

버니가 손가락을 휘두르자, 번개 화살은 일제히 가짜 피트먼에게 날아갔다.

그때, 가짜 피트먼의 영창이 끝났다.

(이제 와서 공격하려고 해 봤자…… 내 공격이 더 빨라!)

번개 화살이 가짜 피트먼의 몸통에 꽂혔다. 이걸로 한동안 마비되어 움직이지 못할 거다.

그러나…….

"어머, 바늘에 콕 찔린 것처럼 아프네."

가짜 피트먼이 그렇게 말하고 팔을 휘두르자 번개 화살이 산산이 흩어졌다.

생포하려던 나머지 위력을 너무 낮추었나? 버니는 다시

단축 영창을 써서 조금 전보다 위력을 높인 번개 화살을 날렸다.

제대로 맞으면 서 있기는커녕 의식을 유지하기조차 힘든 위력의 공격이다──. 그런데 가짜 피트먼은 팔을 휘둘러 공격을 떨쳐 냈다.

버니는 자기 눈을 의심했다.

(공격 마술을 맨손으로 떨쳐 냈……다고?)

방어 결계를 썼나 싶었지만 버니가 아는 방어 결계와는 반응이 달랐다.

대체 이 남자가 무슨 마술을 쓴 거지? 의문스러운 시선으로 피트먼을 바라보던 버니는 눈앞에 있는 남자의 변화에 숨을 삼켰다.

가짜 피트먼의 얼굴에는 푸르스름한 무언가가 떠올라 있었다. 잘 보니 얼굴만이 아니다. 목이나 손 등등 드러난 피부 위로 보이는 건 푸른 비늘이다.

"아아, 용화(龍化) 마술을 보는 건 처음인가?"

"용화……?"

그런 마술은 금시초문이다.

그러나 버니는 자신이 아는 지식을 끄집어 내 이 남자가 쓴 마술의 정체를 추측했다.

눈앞에 있는 남자는 명백하게 육체가 변화했다.

마술로 육체를 강화하거나 변화시키는 마술을 육체 조작 마술이라 부른다.

육체 조작 마술은 마력 오염의 위험이 높아서 세계적으로 금술 취급을 받지만 최근에 육체 조작 마술 연구를 해금한 나라가 딱 하나 있었다.

그 나라는 리디르 왕국 동쪽에 있는 대제국.

"슈바르가르트 제국 사람입니까."

가짜 피트먼은 맞았는지 틀렸는지 밝히지도 않고 씨익 웃었다.

이 제국 마술사가 피트먼과 바꿔치기해서 세렌디아 학원에 들어온 이유는 아마 요인 암살이나 유괴일 것이다.

그리고 이 체스 대회에 반드시 얼굴을 내밀 요인이라면 생각할 수 있는 건 단 한 명.

(노리는 건 펠릭스 전하인가!)

제2왕자에게 해를 입히려는 침입자를 간과할 수는 없다. 어떻게든 이 제국 마술사의 목적을 저지해야만 했다.

버니가 최대 위력으로 마술을 펼치기 위해 영창하자, 제국 마술사는 바닥을 박차며 미끄러지듯 달렸다. 빠르다.

인간에게는 불가능한 속도로 순식간에 거리를 좁힌 가짜 피트먼은 버니의 목을 움켜쥐고 한 손으로 가볍게 들어 올렸다.

"커……헉!"

가짜 피트먼은 평균 키에 날씬한 남자다. 도저히 사람을 한 손으로 들 만한 힘은 없어 보였다.

그러나 버니의 목을 잡은 손은 골격이 일그러졌고 손톱이

168 · 사일런트 위치 3 ·

예리하게 길어졌다. 팔도 부자연스러울 정도로 근육이 튀어나와 있었다. 아무래도 변화한 건 피부뿐만 아니라 형태도 마찬가지 인 듯하다.

마술 공격을 튕겨내는 비늘, 사람을 초월하는 압도적인 힘. 그래, 마치 용 같다.

버니는 다리를 퍼덕이면서 자기 목을 잡은 팔에 손톱을 세웠다. 그러나 꿈쩍도 하지 않았다. 무엇보다 이런 상황에서는 영창도 할 수 없다.

적어도 누군가에게 이 상황을 전해야 한다. 유진 피트먼은 가짜고, 위험한 육체 조작 마술을 다루는 제국 마술사라고!

"버니?!"

뒤에서 목소리가 들리자, 버니가 시선을 움직였다. 방 입구에 서 있는 건 모니카였다.

제국 마술사가 혀를 차면서 단축 영창으로 뭔가를 읊었다.

"넌 빠지렴!"

곧바로 모니카의 발밑이 희미하게 빛나더니 모니카 한 명을 가둘 만한 물로 된 구체가 생겼다.

물 구체에 갇힌 모니카가 괴로운지 얼굴을 일그러뜨리며 입을 뻐끔거렸다.

제국 마술사는 귀찮다는 듯이 한숨을 내쉬었다.

"비명을 지르면 귀찮으니까~. 미안하지만 그대로 거기서 익사해, 아가씨."

모니카가 물 구체 속에서 거품을 뿜으며 버둥거렸다.

저 물 구체 안쪽은 강건한 결계의 일종이다. 한 번 안에 갇힌 자는 쉽사리 탈출할 수 없다.

설령 그것이 마술사라 해도 물속이기에 영창을 못 하니 어쩔 수 없이 죽음을 기다릴 수밖에 없다.

그렇다. 영창이 필요한 마술사라면——.

빠지직하고 유리가 갈라지는 듯한 날카로운 소리가 났다. 제국 마술사가 놀라서 돌아봤을 때는 이미 모니카를 가두던 물 구체의 결계에 균열이 가면서 물이 새어 나오고 있었다.

"말도 안 돼!"

가짜 피트먼이 외침과 동시에 결계가 부서졌고 모니카는 물을 흩뿌리며 바닥에 쓰러졌다.

모니카는 기침하면서도 고개를 들어 제국 마술사를 바라봤다.

젖어서 흐트러진 앞머리 사이로 연갈색 눈에 녹색 기운이 감돌며 반짝였다.

마력으로 생성한 바람이 모니카의 주변에 모였다. 그 바람은 보이지 않는 탄환이 되어 제국 마술사의 미간을 강하게 후려쳤다.

"끄, 악——?!"

마력 내성이 높은 용의 유일한 약점은 미간——. 그것은 용화 마술을 쓴 자에게도 마찬가지인 모양이다.

미간을 강하게 얻어맞은 제국 마술사는 뇌진탕을 일으켜서 흰자위를 드러내며 뒤로 쓰러졌다.

목을 붙잡혔던 버니는 바닥에 쓰러진 채 거친 숨을 몰아 쉬었다.

"버니…… 괘, 괜찮아?!"

버니가 얼굴을 들자, 모니카가 걱정스럽게 내려다보고 있었다.

버니는 상반신을 일으켜서 비뚤어진 안경을 고쳐 썼다.

"대단한 일은 아니에요. 그보다도 이 상황 말인데 당신은 뭔가 알고……."

그때, 창문에서 툭툭거리는 소리가 들렸다. 그쪽을 바라보니 창틀에 작고 노란 새가 있었다.

모니카가 달려가서 창문을 열자 작은 새는 안으로 들어오더니 사람 모습으로 변했다.

그 모습은 본 적이 있다. 엉뚱하게 화려한 예복을 입었던 금발의 남자다. 아무래도 인간이 아니라 정령이었던 모양이다.

"자객의 배제, 훌륭하셨습니다. '침묵의 마녀' 님."

"린 씨. 버니가 위험하다는 걸 알려주셔서 감사합니다."

모니카는 금색 머리의 정령에게 고개를 숙이고는 제국 마술사를 내려다봤다.

"이 사람은 양동일지도 모르니까 경계를 계속해 주세요. 네로에게도 전하 곁을 떨어지지 말라고 전해 주시면 좋겠어요."

"알겠습니다."

모니카와 정령의 대화를 듣던 버니는 이제서야 모니카가 이 학원에 있는 이유를 알게 되었다.

애초에 극도로 낯을 가리는 모니카가 자진해서 세렌디아 학원에 입학할 리가 없었다.

아마도 제2왕자의 호위 임무를 맡았을 것이다──. 그것도 극비로. 그게 모니카가 이 학원에 있는 이유이리라.

모니카는 물이 떨어지는 스커트를 쥐어짜고는 바닥에 떨어진 안경을 주워서 주머니에 넣었다.

흠뻑 젖은 몸, 흐트러진 머리. 그것은 미네르바에 있던 시절 동급생에게 괴롭힘을 당하던 '무언의 에버렛'을 떠올리게 했다.

그때의 모니카는 훌쩍훌쩍 울었지만, 지금의 모니카는 달랐다.

모니카는 눈물 한 방울 보이지 않은 채 버니를 돌아봤다.

"있잖아, 버니."

"뭔가요."

버니가 통명스럽게 대답하자, 모니카는 어딘가 쓸쓸하게 웃었다.

"내 가짜 학원 생활은…… 여기서, 끝인가 봐……."

이 암살 미수 소동은 분명 큰 사건으로 발전할 것이다.

제국 마술사가 바꿔치기한 진짜 유진 피트먼은 이미 이 세상 사람이 아닐 것이다. 미네르바의 교사가 피해자라면 은폐란 불가능하다.

그러니 침입자를 사로잡은 모니카의 정체가 바로 알려지겠지. 그렇게 되면 모니카는 더이상 세렌디아 학원에 있을 수 없게 된다.

멀리서 발소리가 들렸다. 아마도 누군가가 대기실의 낌새를 보러 온 거겠지.

(아아, 정말이지!)

버니는 생각하기보다 먼저 입을 열었다.

"저 정령을 새 모습으로 되돌려요. 어서!"

"어, 아, 저기."

모니카가 지시를 이해하지 못하고 허둥대자, 사람 모습으로 변신했던 정령이 재빨리 새 모습으로 돌아갔다.

버니는 새로 변한 정령을 선반 뒤에 숨겼다. 그와 동시에 대기실에 두 사람이 찾아왔다.

세렌디아 학원의 학생회 임원 시릴 애슐리와 닐 크레이메이우드다.

"뭐냐, 이건?!"

"와왓, 괜찮으신가요? 노튼 양?! 온몸이 흠뻑 젖었잖아요!"

어질러진 실내, 흰자위를 드러낸 채 뻗은 피트먼, 목에 멍 자국이 있는 버니, 흠뻑 젖은 모니카. 아무리 봐도 일반적인 상황은 아니다.

시릴이 겉옷을 벗어서 모니카에게 걸쳐 주며 버니에게 물었다.

"미네르바의 버니 존스. 어쩌다 다친 건지 이유를 설명해 주겠나."

시릴은 의심 어린 눈으로 버니를 바라봤다.

이런 상황에서는 버니가 피트먼과 모니카에게 해를 끼친 것처럼 보이니까 의심하는 것도 무리는 아니다.

버니는 어디까지나 차분한 태도로 당당하게 대답했다.

"누군가가 유진 피트먼의 몸을 빌려 위장한 모양입니다. 제가 정체를 간파하자 절 덮치기에 격퇴했습니다. 모니카 노튼 양은 우연히 그 타이밍에 대기실에 와서 말려든 피해 자고요."

버니의 고백을 들은 시릴과 닐은 말문이 막혔다.

버니는 피트먼으로 변장한 마술사를 내려다봤다.

"이 마술사는 육체 조작 마술을 썼습니다. 그러니 제국 사 람일 수도 있어요."

누군가가 미네르바 교사로 변장해서 세렌디아 학원에 침 입했다. 그것만으로도 성가신데 다른 나라까지 얽혔다면 사태는 더더욱 심각해진다.

그걸 짐작했는지 시릴이 험악한 표정으로 닐에게 지시를 내렸다.

"나는 현장 유지와 더불어 버니 존스에게 자세한 이야기 를 청취하겠다. 메이우드 서무는 이 일을 전하와 선생님에 게 보고하도록."

"네!"

"그리고 노튼 회계를 의무실로 데려가라. 관객석에 회계

마술사 양성 기관 미네르바 2학년
버니 존스

의 친구들이 몇 명 왔잖나. 곁에 있게 해."

닐은 고개를 끄덕이고는 모니카에게 "설 수 있겠어요?" 하고 말을 걸었다.

모니카는 시릴의 겉옷을 걸친 채 버니를 힐끔 바라봤다.

"버니, 저기, 그게……."

어째서 자신을 감쌌는가——. 모니카의 눈빛은 그렇게 말했다.

버니는 평소처럼 빈정대는 미소를 짓고는 기울어진 안경을 손끝으로 올리며 중얼거렸다.

"당신은 평생 나에게 감사하면 돼요."

시릴과 닐은 그 말뜻을 이해 못 하고 의아한 표정을 지었다.

모니카는 버니에게 깊이 고개를 숙이고는 닐과 함께 대기실을 나섰다.

* * *

세렌디아 학원과 미네르바의 체스 시합은 선봉인 모니카가 승리했다. 중견은 미네르바 측이 승리했다. 1승 1패인 지금, 승패를 좌우하는 건 대장 시합의 결과다.

그 대장전도 이제 곧 끝나려 했지만, 라나는 체스 시합보다도 모니카가 신경 쓰여서 견딜 수 없었다.

미네르바의 버니 존스가 모니카에게 패배하고 대회장을 뛰쳐나가고 얼마 안 있어 모니카도 살며시 대회장을 나갔다. 아마 버니를 쫓아간 것이리라.

라나는 버니가 모니카에게 화풀이를 하지 않을까, 또 심한 말을 하지 않을까 걱정했다.

시릴과 닐이 낌새를 보러 대기실에 간 모양이니까 어지간하면 그런 일은 없으리라 생각하지만 왠지 모르게 가슴이 술렁거렸다.

그러는 사이에 자리를 떠났던 닐이 돌아왔다. 닐은 자기 자리로 돌아가지 않고 재빨리 펠릭스에게 다가가 뭔가를 속삭였다.

(애슐리 부회장은 같이 안 왔나?)

시릴이 이 자리에 없다는 사실과 닐의 심각한 표정이 점점 라나의 불안감을 증폭시켰다.

그 타이밍에 마침 대장전이 끝났다. 승자는 엘리엇 하워드. 2승 1패로 세렌디아 학원 측의 승리다.

원래대로라면 잠시 휴식을 갖고 원과 미네르바의 시합이 진행되었어야 했다.

"시합이 막 끝난 참에 미안한데 내 말을 들어 줬으면 해."

펠릭스가 일어나서 목소리를 높였다. 그 얼굴에는 평소의 부드러운 미소가 없었다.

"이 학원에 침입자가 있다는 정보가 들어왔어."

예상 밖의 말을 듣고 라나는 말문이 막혔다. 놀란 건 이 자리에 있는 사람 모두 마찬가지였다. 다들 불안한 표정이었다.

그런 모두를 진정시키려고 펠릭스가 조금 목소리 톤을 낮췄다.

"하지만 안심해. 이미 침입자는 구속되었고 이 방 밖에는 경비병이 대기하고 있어. 만약을 위해 경비병에게 학원 안을 돌라는 지시를 내릴 테니까 한동안 이 자리에서 대기했으면 좋겠어."

펠릭스의 말을 듣고 모두가 수군거렸다. 그래도 이 방 바깥에 경비병이 있다는 말을 들어서 그런지 혼란에 빠지는 사람은 없었다.

(잠깐 기다려. 모니카는? 이 방에 없는 모니카는 어떻게 된 거야?)

라나가 외치려던 그때, 라나 쪽으로 조용히 다가온 인물이 있었다. 닐이다.

닐은 "잠깐 괜찮을까요?"라며 라나, 클로디아, 글렌에게 손짓하고는 목소리 톤을 낮추고 속삭였다.

"침입자를 억류한 현장에 노튼 양이 있었어요."

'에엑?!' 하고 외치려던 글렌의 입을 닐이 재빨리 막았다. 요즘에 닐은 글렌의 입을 막는 솜씨가 날로 좋아지는 것 같았다.

닐은 "쉬잇~." 하고 강조하고는 말을 이었다.

"다행히 노튼 양은 다치지 않았지만 충격을 받았을 테니까…… 다들 곁에 있어 주시겠어요?"

"모니카는 지금 어디에 있어?"

라나가 빠르게 묻자, 닐은 다른 사람에게는 안 들릴 작은 목소리로 답했다.

"의무실이에요."

이렇게 닐에게 부탁받은 라나, 클로디아, 글렌 세 사람은 몰래 대회장을 빠져나와 경비병의 경호를 받으며 의무실로 향했다.

"모니카, 있어? 들어갈게?"

의무실 문을 노크하고 안을 들여다보자, 그곳에는 상주하는 의사는 없고 모니카가 조용히 앉아있었다.

……속옷 위로 남성용 겉옷만을 걸친 채.

라나는 재빨리 뭔가 이유를 붙여서 글렌을 의무실에서 내쫓고는 클로디아와 본인만 남고 의무실 문을 닫았다.

복도에서 글렌의 "너무함다~!"라는 비명이 들렸지만 지금은 그럴 때가 아니다.

모니카는 글렌에게 속옷 차림을 보였어도 딱히 아무렇지 않은지 "아, 라나." 하고 의자에 앉은 채 태평하게 라나를 올려다봤다.

라나는 성큼성큼 모니카에게 다가가서 떨리는 목소리로 물었다.

"모니카. 그 겉옷은…… 누구 거야?"

"저, 시릴 님이 빌려주셔서……."

라나는 양손으로 얼굴을 가리며 하늘을 올려다봤다.

"내가 사람을 잘못 봤어! 시릴 부회장!"

"라, 라나……?"

"거기다 이런 차림을 한 여자아이를 내버려 두고 어딘가로 가 버리다니 최악이야!"

라나가 비통한 목소리로 외치자, 모니카는 오들오들 떨면서 눈썹을 내렸다.

혼자서 냉정했던 클로디아는 물에 젖은 모니카의 교복이 방구석에 걸린 걸 보고는 나지막하게 중얼거렸다.

"그 벽창호에게 그런 주변머리가 있을 리가 없잖아."

"하지만! 이 상황에서는 그렇게 생각할 수밖에 없다고!"

라나가 핏발선 눈을 하고 외치자, 클로디아는 방구석에 걸린 교복을 가리켰다.

그걸 본 라나가 어리둥절하며 눈을 동그랗게 뜨자, 모니카가 작은 목소리로 소곤거렸다.

"저기, 교복이 젖어서 추웠으니까, 벗어서 말리는 중이었어. 하지만 코르셋은 어떻게 벗는지 몰랐는데…… 라나가 와 줘서, 다행이야."

"……."

라나는 모니카의 어깨에 손을 올리고는 진지한 눈으로 바라봤다.

"다치지는 않았지?"

"응."

"아무 데도 안 아파?"

"응."

모니카가 고개를 끄덕이자, 라나는 그 자리에 주저앉으며 깊은 안도의 한숨을 내쉬었다.

라나가 코르셋을 벗기자, 모니카는 흠뻑 젖은 속옷을 벗고 의무실에 있는 간소한 잠옷으로 갈아입었다.

너무 추워서 견딜 수가 없었기에 침대에서 얇은 모포를 하나 빌려서 위에 걸쳤다.

클로디아가 말없이 찻잔을 내밀었다. 아무래도 모니카를 위해 따스한 음료를 만든 모양이다.

모니카는 고마운 마음으로 받아서 컵의 내용물을 홀짝이다가 이내 입을 굳게 다물고 경직됐다.

"매, 매워…… . 으, 으으…… ."

"생강과 고추, 감귤 껍질을 넣었어. 몸이 따스해질 거야."

몸을 따스하게 만드는 것에만 특화되어 맛은 고려하지 않은 조합이었지만, 조금씩 마시자 몸 안쪽부터 따스해졌다.

모니카가 숨을 내쉬자 그제서야 안으로 들어오는 걸 허락받은 글렌이 물었다.

"그래서 결국 무슨 일이 있었던 검까? 학생회장은 침입자가 있다고 했지 말입다."

모니카는 어디부터 이야기해야 좋을지 잠시 고민했다.

아무래도 체스 대회장에 있던 사람들에게 침입자가 있다는 정보가 전해진 모양이다.

그럼 모니카가 아는 정보가 소문으로 도는 것도 시간문제일 것이다.

(제국 마술사가 미네르바 교사로 변장했었다는 건, 일단 덮어두는 게 낫겠지?)

버니가 즉석에서 기지를 발휘한 덕분에, 모니카는 지나가던 피해자가 될 수 있었다.

암살자는 자신이 모니카의 무영창 마술에 당한 걸 눈치 못 챘을 테니까, 버니가 말을 맞춰 준다면 모니카는 아직이 학원 생활을 계속할 수 있다.

그런데 단 하나, 모니카가 알 수 없는 게 있었다.

(버니는, 어째서 나를 감싼 걸까…….)

그렇게나 모니카를 미워했으면서. 학생 놀이라니 팔자 좋다면서 비웃었는데.

이제 와서 버니는 모니카의 정체가 들키지 않게 거짓말을 했다.

『당신은 평생 나에게 감사하면 돼요.』

빈정대듯이 그렇게 웃으면서.

(처음 만났을 때부터 줄곧 버니에게 고마워했는데…….)

역시 잘 모르겠다. 모니카는 한숨을 내쉬면서 더듬더듬 사정을 설명했다.

"그게, 버니…… 미네르바의 대장을 쫓아서 대기실에 갔더니 침입자와 전투 중이어서…….”

“그랬던 검까. 그래서 말려든 검까? 옷이 흠뻑 젖은 건 물 마술 같은 거에 당해섭까?”

“응. 물로 된 구체에 가두는 듯한 마술이어서…….”

그래서 교복이 젖었다고 모니카가 설명하자, 클로디아는 감성을 읽을 수 없는 눈으로 모니카를 가만히 바라봤다.

“다과회에서는 독을 마시고, 쓰러지는 목재에 휘말리고, 이번에는 침입자와 조우…… 충실한 학원 생활이네.”

“으…….”

다과회 때 있었던 독살 미수는 둘째치더라도 후자의 두 가지 일은 펠릭스의 암살과 관련이 있다.

호위 역할이니 사건 현장에 있는 게 당연하지만 옆에서 보면 처절하게 운이 나빠 보이겠지.

아니, 실제로 조금…… 상당히…… 무척, 운이 나쁜 것 같기도 하지만.

모니카가 새삼스레 자신이 얼마나 운이 나쁜지 곱씹자, 글렌이 의자 위에서 예의 없이 다리를 휙휙 흔들면서 말했다.

“이래서는 역시, 체스 대회가 중지되는 검까? 모처럼 모니카가 이겼는데.”

글렌이 중얼거리자, 라나가 수긍했다.

“그러는 게 타당하겠지. 금방 대소동이 벌어질 거야.”

“그럼 학원제도 중지되는 검까?”

“그렇지. 이런 사건이 일어나면 학원제도 중지될 게 분명

해……."

학원제의 무대 의상을 담당하던 라나는 매우 의기소침해졌다. 당연하다. 모두가 학원제를 기대했으니까.

글렌 역시 실망한 표정으로 어깨를 떨궜다.

그러나 의외로 클로디아가 두 사람의 염려를 부정했다.

"학원제는…… 결행될 거야."

그건 결코 라나와 글렌을 격려하는 말투가 아니었다.

클로디아는 말 그대로 클로디아다운 어두운 표정으로 우울한 사실을 입에 담는 것처럼 학원제 결행을 단언했다.

라나가 의아한지 반론했다.

"원래라면 펠릭스 전하의 신변 안전을 최우선시해서 중지해야 하잖아."

라나의 말이 옳았다.

그러나 클로디아는 설명이 귀찮은지 찌푸린 표정으로 작게 중얼거렸다.

"크록포드 공작은, 무조건 학원제를 강행할 거야."

크록포드 공작── 펠릭스의 외조부에 해당하는 대귀족.

이 세렌디아 학원이 공작의 지배 아래에 있는 건 모두가 아는 사실이다.

그러나 그 크록포드 공작이 자신이 비호하는 제2왕자의 신변 보호를 소홀히 하면서까지 학원제를 강행할까?

모니카가 조심조심 클로디아에게 물었다.

"저기, 크록포드 공작은, 전하의 뒷배잖아요? 그럼, 전하의 안전을 최우선시해야 하는 게······."

"크록포드 공작은, 그럴 사람이 아니야."

클로디아가 낮은 목소리로 단언했다.

모니카는 크록포드 공작과 면식이 없기에 소문으로 들은 인물상밖에 모른다.

'결계의 마술사' 루이스 밀러의 말에 따르면―― 목적을 위해서라면 수단을 가리지 않는 잔인한 야심가.

"경비는 강화하겠지만 학원제는 반드시 열려. 왜냐하면 학원제는 제2왕자를 선전하는 행사니까. 크록포드 공작은 반드시, 제2왕자의 신변 보호보다 선전 행사를 우선할 거야."

크록포드 공작이 그렇게까지 해서 제2왕자를 선전하는 행사를 우선하는 건 무슨 수를 써서라도 제2왕자를 왕위에 올리고 싶어 하기 때문이다.

제2왕자가 왕이 되면 그 배후에 있는 크록포드 공작의 권력은 지금보다 더욱 확고해진다.

실질적인 국왕이라고 해도 좋을 만큼.

"그리고 제2왕자는 그걸 거부할 수 없어······. 제2왕자는 크록포드 공작의 꼭두각시니까."

모니카는 클로디아의 말을 듣자 어째서인지 찌릿찌릿하며 등에 소름이 돋았다.

제2왕자는 크록포드 공작의 꼭두각시. 그건 케이시도 했던 말이다.

하지만 모니카가 생각하기에 펠릭스에게 꼭두각시라는 말

은 도저히 안 어울리는 것 같았다.

(뭔가, 안 좋은 예감이 들어……)

묘하게 가슴이 술렁이는 걸 느낀 모니카는 컵 안 음료를
살짝 홀짝였다.

6장 이 이름을 역사에 새기기 위해

침입자 사건으로 대소동이 벌어진 체스 대회 다음 날, 세렌디아 학원에 한 남자가 찾아왔다.

기품 있는 옷을 입은 백발이 섞인 금색 머리의 남자다. 나이는 예순을 조금 넘긴 정도지만 호리호리했으며 장신에다 자세가 좋았다. 나이를 먹었는데도 콧날이 선 얼굴은 젊은 시절에는 화려했음을 느끼게 한다.

응접실에서 그 남자와 마주 본 학원장은 살면서 제일 위가 쓰렸다.

그 손님의 이름은 다리우스 나이틀리.

제2왕자 펠릭스 아크 리디르의 외조부이자 이 나라에서 가장 권위 있는 대귀족, 크록포드 공작 본인이었다.

어제 체스 대회에서 다른 학교 교사로 변장한 인물이 세렌디아 학원에 침입했다.

얼마 전에 애보트 상회를 가장한 절도범의 침입을 허락한 것도 모자라 이런 꼴이라니. 세렌디아 학원의 경비가 불안하다는 비난을 피할 길이 없다.

학원장은 떨면서 크록포드 공작의 안색을 엿봤다.

학원장보다 노령인 공작은 연한 금발에 백발이 섞이기 시작했지만 늙어서 쇠약해졌다는 인상은 없었다.

젊은 시절에는 수많은 귀부인이 그 미모에 빠졌다고 들었다. 그런 단정한 얼굴에는 늙었어도 녹슬지 않은 칼날 같은 예리함이 감돌았다.

엄격하고 냉혹한 크록포드 공작의 매서운 수완은 리디르 왕국 귀족 중에 모르는 이가 없다.

"보고는 들었다."

크록포드 공작이 입을 연 순간, 실내의 분위기가 무거워지는 것 같았다.

학원장은 마치 어깨와 머리를 위에서 짓누르는 듯한 위압감이 들어서 무릎 위에 올린 주먹을 떨었다.

"학원제는……."

"물론 전하의 신변 보호가 최우선입니다. 학원제는 중지하기로……!"

"결행하라."

학원장의 빠른 말을 가로막은 짧은 명령. 학원장은 그에 거스를 수 없다.

어째서? 그런 의문을 가지는 것조차 이 공작 앞에서는 허락되지 않는다.

일찍이 크록포드 공작의 명령에 의문을 제기했던 사람이 이 나라에서 쫓겨난 적이 몇 번 있었으니까.

학원장은 솟구치는 의문을 감추고 즉시 대답했다.

"경비를 강화해서 학원제를 반드시 결행하겠습니다!"

"그럼 됐다."

크록포드 공작이 고개를 끄덕이자마자 영빈실의 문을 노크하는 소리가 들렸다.

들어오라고 입실을 재촉한 것은 학원장이 아니라 크록포드 공작이었다. 그 사실이 이 자리의 지배자가 누구인지를 여실히 보여 주었다.

"실례합니다."

문을 열고 들어온 것은 공작의 손자── 이 나라의 제2왕자인 펠릭스 아크 리디르.

펠릭스는 평소와 다름없는 부드러운 표정을 짓고 아주 약간 미안한 기색을 보이면서 조부에게 고개를 숙였다.

"오랜만에 뵙습니다, 할아버님. 이번 일로 걱정을 끼쳐드렸군요."

진지한 태도로 인사하는 손주를 본 조부가 조용한 목소리로 물었다.

"다친 데는 없나."

"네. 할아버님께서 달려와 주시니 든든하군요. 바쁘신 와중에도 감사합니다."

펠릭스가 정중하게 감사 인사를 하자, 크록포드 공작이 말없이 고개를 끄덕였다.

그 대화는 쌀쌀맞았지만 크록포드 공작도 손주를 사랑하기에 이 자리까지 달려왔으리라고 생각한 학원장은 몰래 가슴을 쓸어내렸다.

학원제를 강행하라고 했을 때는 조마조마했지만, 그것도 분명 뭔가 생각이 있기 때문일 거다.

(그래. 맞아. 분명 각하께서도 소중한 손주의 활약을 기대하실 게 분명해! 그러니까 학원제 결행을 명하신 거겠지!)

학원장이 혼자서 납득하는데, 크록포드 공작이 학원장을 힐끔 바라봤다.

"잠시 펠릭스와 이야기를 나누고 싶군."

학원장이 자리를 비키라는 은밀한 의도를 파악하고 곧바로 일어섰다.

아무리 이 학원의 학원장이라도, 크록포드 공작이 방에서 나가라고 한다면 따를 수밖에 없었다.

학원장이 방을 나가자, 크록포드 공작은 얼굴을 약간 일그러뜨렸다.

지겹다는 듯이── 그리고 짜증 난다는 듯이.

"창피한 녀석."

펠릭스는 그 낮게 내뱉은 말을 듣고도 안색 하나 변하지 않았다.

크록포드 공작을 보는 펠릭스의 시선은 조금 전까지 띠었던 부드러운 느낌이 아니었다. 빛을 잃은 유리구슬 같은 푸른 눈은 무기질하게 공작을 비췄다.

마치 인형처럼.

"외부인 경계를 게을리했군. 그 방심이 이번 사건을 일으
킨 거다."

"외람되지만 미네르바와 원은 세렌디아 학원과 오랫동안
친밀한 관계를 이어온 우호적인 기관입니다. 집요하게 경
계하는 것은 실례에 해당하지 않을까요."

"말대답하지 마라."

펠릭스의 반론을 한마디로 끊은 크록포드 공작이 차갑게
말했다.

"학원제에 제후들을 초대했으니 반드시 성공시켜라. 그
녀석들에게 펠릭스 아크 리디르의 가치를—— 나아가서는
우리 크록포드 공작가의 권위를 보여라."

차기 국왕이 결정될 날은 머지않았다.

가까운 미래에 국왕은 세 아들 중에서 차기 국왕이 될 자
를 지명할 것이다. 그렇기에 이 학원제에서 펠릭스는 그 존
재감을 어필해야만 한다.

크록포드 공작의 진의를 이해한 펠릭스는 조용히 허리를
숙이고 감정이 없는 목소리로 대답했다.

"분부대로 하지요. 각하."

* * *

원래 체스 대회 다음 날은 휴일이었지만 학생회 임원은

소집되었다.

아마 어제 체스 대회의 침입자 건에 관해 앞으로 어떻게 할지 전달할 것이리라.

모니카는 얌전히 학생회실의 의자에 앉아서 실내를 힐끔 돌아봤다.

실내에는 회장인 펠릭스만 없었다.

펠릭스는 어제 침입자 사건이나 학원제 개최 여부를 놓고 교사들과 협의한다고 한다. 다른 임원들은 그 결과를 기다리고 있다.

(클로디아 님이, 학원제는 결행된다고 했지만…….)

사실 모니카에게는 그 말이 여전히 와닿지 않았다. 일반 적으로 생각하면 중지하거나 연기하는 게 자연스럽다.

다른 학생회 임원은 각자 고민에 잠긴 표정으로 자리에 앉아 펠릭스를 기다렸다.

그렇게 약 한 시간 정도 지나자 학생회실 문이 열렸다.

"여어, 오래 기다리게 해서 미안해."

"전하!"

펠릭스가 안으로 들어오자, 시릴이 의자 소리를 내면서 일어섰다.

팔에 턱을 괴고 있던 엘리엇이 빈정대듯 웃으면서 펠릭스를 슬쩍 곁눈질했다.

"어차피 예정대로 개최하겠지."

"눈치가 빠르네."

펠릭스는 여느 때와 변함없이 부드럽게 대답하고는 자기 자리에 앉아 학생회 임원을 돌아봤다.

"먼저, 어제 체스 대회의 침입자 말인데 조사에 그리 협력적이지 않은 모양이야. 의뢰인이나 침입한 목적, 진짜 유진 피트먼 교사의 위치를 들으려면 시간이 걸리겠지."

모니카는 저번 침입자에 관해서 무척이나 신경 쓰이는 게 있었다.

그 침입자는 버니를 포함한 미네르바 학생이 눈치채지 못할 만큼 진짜 유진 피트먼과 흡사했다고 한다.

그러나 그 침입자는 몸의 윤곽이나 골격을 속이려고 얼굴에 뭘 붙이거나, 입안에 솜을 넣는 식의 위장을 하지 않았다.

(즉, 그 침입자는 원래부터 유진 피트먼 교사와 무척 닮았다는 건가? 하지만 그런 딱 들어맞는 일이 흔할까?)

모니카가 마음속으로 의아해하는 사이에도 펠릭스의 말이 이어졌다.

"학원제는 예정대로 개최할 거야. 단, 경비는 더 엄중히 하는 걸로. 이건 내 쪽에서 경비안을 재검토할게. 모두는 내일부터 예정대로 각자가 맡은 준비를 진행해."

"전하. 저도 경비안 재검토를 도와드리겠습니다."

곧장 시릴이 제안하자, 펠릭스는 고개를 가로저었다.

"오늘이 학원제 전 마지막 휴일이야. 내일부터는 바빠질 테니 시릴도 다른 모두도 오늘은 마음껏 쉬도록 해."

마지막으로 펠릭스는 시릴을 보면서 "명령이야."라며 싱긋 웃었다.

경애하는 전하의 명령이었기에 시릴은 괴로운 표정을 지었다. 시릴에게는 일이 늘어나는 것보다 펠릭스의 힘이 되지 못한 게 더욱 괴롭겠지.

시릴은 미간에 주름을 잡으면서 입술을 꽉 비틀었다.

"알겠습니다……. 내일부터 온 힘을 다해 전하를 모시기 위해 오늘은 쉬도록 하겠습니다."

시릴이 거기까지 말하고 온몸을 떨면서 신음했다.

"내일부터 전하의 업무는…… 모두 제가……!"

"응. 그렇게 심각하게 안 받아들여도 일은 순조롭게 처리하고 있어."

"전하. 무슨 일이 생기면 사양하지 마시고 불러 주십시오. 이 시릴 애슐리가 바로 달려와서……."

"괜찮아. 경비 인원도 내일부터 늘릴 테니까."

펠릭스가 타이르자, 시릴이 마지못해 납득하면서 오늘 학생회는 해산했다.

각자 학생회실을 나가는데, 시릴만이 불안해하며 펠릭스를 힐끔거리고 신경 쓰느라 쓸데없이 시간을 들여 서류를 정리했다.

모니카는 시릴에게 볼일이 있었기에 복도에 나와서 잠시 시릴을 기다렸다. 체스 대회 때 빌린 겉옷을 돌려주기 위해서다.

"어제는 겉옷을 빌려주셔서 감사했습니다, 어제는 겉옷을

빌려주셔서 감사했습니다, 어제는 겉옷을⋯⋯."

혀가 꼬이는 일 없이 감사 인사를 하기 위해 작은 목소리로 중얼거리며 연습하는데, 창밖에서 작은 새 한 마리가 내려왔다.

화사한 노란색 새는 모니카의 어깨에 훌쩍 내려앉았다. 그러나 필사적으로 감사 인사 연습을 하던 모니카는 눈치채지 못했다.

"'침묵의 마녀' 님."

"으아앗?!"

귓가에 목소리가 들리자 모니카가 괴성을 내지르며 어깨에 올라간 작은 새── 린을 봤다.

린이 학원 안에서 말을 걸어왔다는 건 긴급한 용건이 있다는 뜻이다.

모니카는 주변에 사람이 없는 걸 확인하고 린에게 물었다.

"어제의 침입자 건⋯⋯ 때문인가요?"

"아니요. 오늘은 다른 건으로 찾아왔습니다."

다른 건? 모니카가 허탈한 표정을 짓자, 린이 목소리를 줄여서 말했다.

"실은 ──님이 '침묵의 마녀' 님을 초대하고 싶다고 합니다."

"네⋯⋯?"

예상 밖의 이름을 듣고 모니카가 눈을 동그랗게 뜨자, 학생회실 문 너머에서 발소리가 들렸다. 아마 학생회실에서 버티던 시릴이 포기하고 방을 나오려는 것이리라.

린은 "잠시 뒤에 마중하러 오겠습니다."라는 말을 남기고 곧장 창문으로 날아갔다. 그와 거의 동시에 학생회실 문이 열리면서 시릴이 모습을 드러냈다.

시릴은 모니카를 알아채고는 놀랐는지 눈을 동그랗게 떴다. 모니카가 복도에 남아 있을 거라고 생각하지 못해서겠지.

"노튼 회계?"

"네, 넷!"

린과 이야기를 나누는 바람에 아까까지 연습했던 대사를 완전히 잊어버리고 말았다.

모니카는 품에 안고 있던 종이봉투를 시릴에게 내밀고는 입을 우물거렸다.

"저기, 시릴 님……! 저기…… 어제, 겉옷, 감사했습늬닷!"

연습한 보람도 없이 대놓고 혀가 꼬였다.

모니카가 귀까지 새빨개져서 부들부들 떨자, 시릴은 "아 아." 하고 그제서야 겉옷을 떠올렸는지 목소리를 내고는 봉투를 받았다.

(다행이다. 제대로, 감사 인사를 했어…… 혀가 꼬이긴 했지만.)

모니카는 남몰래 가슴을 쓸어내리면서 수줍게 중얼거렸다.

"저, 언제나 시릴 님한테 겉옷을 빌리……네요."

"응? 그랬었나?"

"그, 자료 반입 때도……."

케이시가 일으킨 암살 미수 사건이 있은 뒤에 모니카는 엉엉 울다가 그대로 잠들었다. 그 뒤에 일어났을 때, 모니카의 몸에는 시릴의 겉옷이 걸쳐져 있었다.

그때 일을 떠올리자 죄책감 때문에 마음이 무거워졌다.

"노튼 회계?"

(내가, 사실을 말하지 않아서, 시릴 님이 날 신경 쓰시는 거야…….)

분명 어제 체스 대회 때도 시릴은 모니카를 사건에 말려든 피해자라고 생각해서 걱정한 거다.

시릴은 언제나 엄격하게 말하지만 은근히 친절하고 배려도 하는 다정한 사람이다.

시릴의 그런 다정함을 접할 때마다 정체를 숨기는 모니카의 가슴에는 죄책감이 쌓였다.

(나는, 시릴 님에게 뭘 보답할 수 있을까.)

모니카는 시릴에게 정체를 밝힐 수 없다. 정체가 들킨 순간, 모니카의 거짓된 학원 생활은 막을 내린다.

그렇기에 '침묵의 마녀'가 아니라 학생회 임원 노튼 회계로서 뭔가 보답하고 싶었다.

(학생회 임원으로서, 내가 할 수 있는 것…….)

모니카는 구부정한 등을 곧게 펴고 시릴을 올려다봤다.

"저기, 시릴 님! 저, 열심히 노력할, 테니까……!"

열심히 노력한다──. 얼마나 엉성하고 못 미더운 말인가.

그래도 모니카는 시릴에게 꼭 자신의 의지를, 노튼 회계로서 할 수 있는 일을 전하고 싶었다.

"학원제, 반드시, 성공시켜, 요."

어찌어찌 끝까지 말했다. 그러나 모니카는 말을 끝내자마자 부끄러워져서 등을 구부리고는 손가락을 꼬았다.

등을 구부린 모니카는 머리 위에서 홋, 하고 숨을 내쉬며 웃는 소리가 들려서 앞머리 틈새로 힐끔 올려다보았다. 시릴은 입꼬리를 살짝 들고 웃고 있었다.

"당연하지."

시릴다운 거만한 대답이다. 모니카는 그게 묘하게 기뻤다.

(평소의 시릴 님이야…….)

모니카가 저도 모르게 헤벌쭉 웃자, 거만하게 몸을 젖힌 시릴이 학생회실을 힐끔 바라봤다.

그러자 곧바로 거만함은 자취를 감췄고 시릴의 얼굴은 고통스럽게 일그러졌다.

"허나 학원제를 위해 온 힘을 쏟아야 할 때이건만, 어째서 나는 지금 전하의 곁에 없는 거냐……. 큭, 전하께서 업무를 보시는데 정작 나는 쉬고 있다니……!"

"시릴 님, 내일! 내일부터 도와드려요!"

대담하고 강경한 태도를 보이는 것도, 펠릭스가 얽히면 폭주하기 쉬운 것도 '평소의 시릴 님'이었다.

펠릭스는 복도에서 시릴의 목소리가 들려오자 키득키득

웃으며 펜 끝을 잉크로 적셨다.

"저렇게 신경 쓰지 않아도 이 정도쯤이야 짬짬이 할 수 있는데 말이지."

펠릭스의 중얼거림에 응하듯이, 교복 주머니에서 하얀 도마뱀으로 변신해 있던 물의 정령 윌디아누가 기어 나왔다.

펠릭스는 글을 쓰던 손을 멈췄다. 그리고 작은 손발을 열심히 움직이며 책상을 올라오려는 윌디아누를 손에 올려서 책상 위에 내려놨다.

"자, 이 일을 끝내면 나도 한숨 돌리기로 할까."

펠릭스의 말을 듣자, 윌디아누가 작은 물색 눈으로 펠릭스를 올려다봤다.

"마스터, 정말로 가시려는 겁니까?"

"오늘은 1년에 한 번 있는 특별한 날이니까. 부재중일 때 생기는 일은 네게 맡길게."

"빈번하게 밤놀이에 가셨다가는 크록포드 공작 눈치챌지도……."

"그걸 막으려고 네가 있잖아?"

윌디아누는 물의 상위 정령. 전투나 감지에는 약하지만 주변에 환상을 보이는 마법이 특기다.

펠릭스가 방을 빠져나갈 때, 윌디아누는 방에 남아서 마법을 사용해 주변의 눈을 속였다.

"우수한 아군이 있어서 정말 다행이야."

윌디아누는 뭔가를 말하려는 듯이 펠릭스를 올려다봤다.

펠릭스는 걱정이 많은 정령에게 부드럽게 말했다.

"걱정하지 않아도, 나는 제일 중요한 목적을 그르치지는 않아."

펠릭스는 흰 눈꺼풀을 감았다가 천천히 열었다.

물색에 녹색이 한 방울 섞인 듯한 아름다운 눈에 깃든 것은 어두운 결의의 빛.

"'펠릭스 아크 리디르── 이 이름을 역사에 새기기 위해서라면 뭐든지 하겠다.' ……. 그 맹세는 10년 전부터 한 번도 변한 적이 없어. 그렇지?"

어둡게 웃는 주인을 바라보던 윌디아누는 머리를 조아리며 "분부대로."라고 대답했다.

* * *

"모니카 언니! 콜랩튼에서 열리는 축제에 가요!"

모니카가 요 며칠 사이에 있었던 일을 보고하려고 임무 협력자인 이자벨의 방을 찾아가자, 이자벨은 작은 종을 울리고 활짝 웃으며 말했다.

딸랑딸랑 종을 흔든 이자벨은 사복 드레스 위에 살쾡이 귀가 달린 후드를 썼다.

평소와는 분명하게 다른 복장이어서 모니카는 고개를 갸웃했다.

"저기, 콜랩튼이라는 건……."

"이 학원 동쪽에 있는 도시에요. 오늘 밤에 그곳에서 타종 축제가 열려요!"

가을이 되면 리디르 왕국 이곳저곳에서 대지의 정령왕 아크레이드에게 감사하는 의미로 수확제나 풍양제가 열린다.

이런 축제는 지역마다 특색이 있다. 동부 지방에서는 대지의 정령왕의 권속인 동물 가죽을 쓰거나 가장한다는 긴 모니카도 들은 적이 있었다. 이자벨이 입은 살쾡이 후드가 그것이다.

하지만 '타종'은 완전히 처음 듣는 이야기였다.

"그 종에는 뭔가 의미가 있는 건가요?"

"이건 죽은 자를 배웅하는 종이에요."

"죽은 자를, 배웅한다?"

수확이나 풍양과는 관계없는 말이었기에 모니카가 의아한 표정을 짓자, 이자벨 전속 메이드인 애거서가 홍차를 준비하며 가르쳐 주었다.

"동부 지방에서는 이런 말이 전해진답니다. '축젯날 밤, 인간들이 너무 즐거워 보인 나머지 명부의 파수꾼들이 일을 게을리하고 몰래 축제에 오고 말았다. 그 결과, 명부의 문틈을 지나 죽은 자들도 이 세계로 돌아오고 말았다'."

명부의 파수꾼은 어둠의 정령왕의 권속으로 검은 발톱과 날개를 가졌으며 얼굴에는 하얀 가면을 쓴 꺼림칙한 생물이다.

어린이용 책에는 무척 무섭게 그려지며, 어른은 나쁜 짓을 저지른 아이들에게 "나쁜 아이는 명부의 파수꾼에게 영원히 쫓기게 된다."라는 말을 하며 겁준다.

그러나 일을 게을리하고 축제에 오는 걸 보면 명부의 파수꾼도 의외로 인간미 있는 성격일지도 모른다.

"축제가 끝난 동시에 명부의 파수꾼과 죽은 자도 명부로 돌아가지요. 그자들을 배웅하려고 울리는 것이 배웅의 종이랍니다."

애거서의 설명을 듣고 고개를 끄덕이던 이자벨이 손에 든 종을 높이 들었다.

"그러니까 동부 지방의 가을 축제에는 동물을 본뜬 가장과 배웅의 종을 빼놓을 수 없어요!"

이자벨은 백작 영애지만 매년 이 축젯날에는 가장하고 애거서와 함께 몰래 축제에 참가했었다고 한다.

즐거워 보이는 이자벨과 애거서의 이야기에 맞장구를 치던 모니카가 고개를 수그렸다.

이렇게 무척 즐거워하는 이자벨에게는 대단히 미안했지만, 모니카는 이 뒤에 뺄 수 없는 볼일이 있었다.

"저기, 이자벨 님. 저……."

"저, 사실은 체스 대회를 응원하러 가서 맨 앞줄에서 언니를 응원하고 싶었어요! 하지만 저는 언니를 괴롭히는 악역 영애니까 그럴 순 없었죠. 하지만 학원 밖에서 하는 행사라면 문제없겠죠! 게다가 타종 축제 때는 가장도 하니까 몰래 놀기에 딱 알맞아요!"

모니카는 미안한 마음을 가지면서 작은 목소리로 말했다.

"미안해요, 이자벨 님. 저, 이 다음에, 용건이 있어서……."

모니카의 말을 듣고 이자벨의 움직임이 우뚝 멎었다.

이자벨은 몇 초 경직되어 있었지만 이윽고 조용히 살쾡이 후드를 벗고는 들떴던 것을 부끄러워하듯이 뺨을 물들이며 작게 말했다.

"들떠서 죄송해요. 언니에게는 중요한 임무가 있는데 저도 참……."

이자벨의 커다란 눈에서 살짝 눈물이 배어 나왔다.

이자벨에게는 언제나 도움받는데 이렇게 신경을 쓰게 하다니! 모니카는 죄책감에 시달리면서 목소리를 쥐어짜 냈다.

"저기, 제가, 케르벡에 갈 일이 생기면…… 이자벨 님하고 같이 축제, 가고 싶, 어요. 이자벨 님에게는, 도움을 많이 받았으니까, 그때, 잔뜩 답례할게요."

정작 그렇게 말하고 나니, 모니카는 이 제안이 이자벨에게 민폐이지 않을까, 실례이지 않을까 싶어서 얼굴이 새파래졌다.

그러나 그건 모니카의 기우였다.

"언니, 답례라뇨! 언니는 저희의 은인인걸요. 답례 같은 건 받을 수 없어요. 하지만……."

수그리고 있던 이자벨이 고개를 들고 눈을 반짝거렸다.

"축제가 열릴 계절이 되면 꼭 케르벡에 찾아오세요! 그때는 저도 전~력을 다해서 언니를 대접할 테니까요~! 언니,

저랑 맞춰서 가장하지 않으실래요? 종을 울리는 지팡이도 귀여운 걸로 맞춰서…… 앗, 그리고 절반씩 나눠 먹으면 언제나 친하게 지낸다는 전설의 과자가 있는데 말이죠!"

이자벨이 신나게 떠들자, 애거서가 다정한 언니 같은 표정을 하고 "잘됐네요, 아가씨."라며 웃었다.

* * *　　,

자기 방으로 돌아온 모니카는 교복을 벗고 예전에 루이스에게 받은 감색 드레스로 갈아입었다.

지금부터 만날 상대를 생각하면 칠현인의 정장을 입는 게 더 나을지도 모른다. 하지만 임무 때는 쓸 일이 없어서 로브와 지팡이는 산속 오두막에 두고 와 버렸다.

루이스에게 받은 드레스는 야회용이 아니라 잠깐 외출할 때 입는 옷으로 모니카의 사복 중에 제일 비싼 물건이었다.

마찬가지로 루이스에게 받은 하얀 코트를 걸쳐서 마무리한 모니카는 그 자리에서 빙글 돌았다.

"네로, 어울려?"

"그래, 어울려. 그래서 어디 가는 거냐?"

"응, 실은……."

그때, 다락방 창문을 똑똑 두드리는 소리가 들렸다. 창문을 열자 작은 노란 새가 날아들었다.

노란 새가 바닥에 착지함과 동시에 금색 머리의 아름다운 메이드로 변했다.

'결계의 마술사' 루이스 밀러의 계약 정령인 린즈벨피드는 치맛자락을 잡고 인사했다.

"마중 나왔습니다. 지금부터 '침묵의 마녀' 님을 '별을 읽는 마녀' 님의 저택으로 안내하겠습니다."

모니카를 초대한 인물은 모니카와 같은 칠현인 중 한 명인 '별을 읽는 마녀' 메리 하비.

리디르 왕국에서 가장 뛰어난 예언자다.

7장 '별을 읽는 마녀' 메리 하비의 두근두근 별점☆

'별을 읽는 마녀' 메리 하비의 저택은 세렌디아 학원에서 마차로 두 시간 정도 걸리는 거리에 있지만 린의 비행 마술을 쓰면 그리 시간이 걸리지 않는다.

네로에게 집 보기를 부탁한 모니카가 하비 저택에 도착한 건 해가 저물어가는 저녁 시간이었다.

"내 저택에 어서 오렴, 모니카."

그렇게 말하며 모니카를 맞이한 이는 긴 의자에 놓인 쿠션에 널부러진 자세로 기댄 은발의 미녀다.

성숙한 어른 여성 특유의 차분함과 꿈꾸는 소녀 같은 앳된 모습을 모두 겸비한 신기한 분위기의 여성이었다.

그녀가 바로 칠현인 중 한 명이자 이 나라 최고의 예언자인 '별을 읽는 마녀' 메리 하비, 모니카를 초대한 장본인이다.

몸매가 드러나는 얇은 비단 드레스 위에 칠현인 로브를 걸친 메리는 옆에 거느린 젊은 종자에게 와인 잔을 받아서 내용물을 쭈욱 들이켰다.

식사 시중을 들면서 교대로 찾아오는 사람은 모두 잘생긴 소년들이다. 업무복으로 보이는 옷은 드레스 셔츠와 무릎 높이 반바지로 통일되어 있다.

메리의 맞은편 자리에는 긴 밤색 머리를 세 갈래로 땋은 남자, '결계의 마술사' 루이스 밀러가 와인을 물처럼 마시고 있었다.

루이스도 칠현인용 로브를 입고 긴 의자에 지팡이를 세워 둔 걸 보면 칠현인 일로 저택에 불려온 것이리라.

루이스는 빈 잔을 테이블에 놓고는 모니카에게 시선을 돌리며 미소 지었다.

"어라, 동기님. 평안하셨습니까. 그 드레스, 잘 어울리는군요."

"오랜만입니다, 루이스 씨. 저기, 저기……."

모니카는 메리와 루이스를 교대로 바라보며 말을 흐렸다.

자신이 어째서 이 자리에 불려 왔는지는 모르겠지만 루이스가 있다는 건 분명 칠현인 다수의 힘이 필요할 만큼 커다란 문제에 직면한 게 아닐까? ……그런 생각이 머리를 스쳤지만 정작 메리와 루이스는 미소년이 따르는 와인을 우아하게 마시고 있다.

(어째서, 내가 불려 온 걸까…….)

모니카가 곤혹스러워하자, 메리는 싱글벙글 웃으면서 모니카에게 의자를 권했다.

"자자 앉으렴, 모니카. 와인은 좋아하니? 파르포리아의 좋은 와인이 있어. 올해는 와인이 잘 나온 해라서 무심코 사 버렸거든~."

리디르 왕국에서는 열여섯 살이면 준성인 대우를 받고 맥주나 와인 같은 술 종류를 마셔도 된다.

그러나 모니카는 술은 그리 좋아하지 않았다. 단적으로 말하면 굉장히 거북하다.

"저, 술은, 별로……."

"그러니이? 그럼 과즙 음료로 하자. 자자, 희귀한 과일도 있어. 저녁시간이라기엔 조금 이르지만 먹어, 먹어~."

"가, 감사합니다."

모니카는 미소년 웨이터가 따르는 과즙 음료를 홀짝홀짝 마시면서 저택을 관찰했다.

'별을 읽는 마녀' 메리 하비는 원래 귀족가 사람이기도 하고 오랜 시간 칠현인으로서 나라를 위해 일했기에 그 저택은 호화찬란하다고 부르기에 어울리는 규모였다.

특히 대단한 건 창문이다. 아름답게 장식된 창틀에는 커다란 판유리를 끼워서 바깥 경치가 잘 보였다.

메리가 별을 읽는 데 필요하니까 설치했겠지만 그걸 감안해도 사치스러운 구조다.

"저기이, 오늘은, 무슨 용건으로……."

모니카가 조심스럽게 묻자, 메리는 와인으로 젖은 입술을 슬쩍 핥고는 장난스럽게 미소 지었다.

"아이참, 그렇게 딱딱하게 있지 말렴. 모처럼 루이스가 왔으니까 함께 식사하면서 같은 칠현인끼리 교류를 다지려고 했을 뿐이야. 난 모니카하고 좀 더 친하지고 싶거든~? 그게, 칠현인 중에서도 여자아이는 둘뿐이니까."

네에, 하고 애매하게 맞장구친 모니카의 옆에서 루이스가 뭔가 말하려다가 입을 다물었다.

아마도 '그 나이를 먹고 여자아이라고 칭하는 건 무리가 아닐지.'라는 말을 하려던 거겠지. 그래도 그 말을 삼킬 정도면 루이스도 메리를 신경 쓰는 모양이었다.

뭐니 뭐니 해도 메리 하비는 잠정 최고령 칠현인이자 이 나라에서 가장 뛰어난 예언자니까.

마술사의 정점에 선 칠현인에게는 각각 특기 마술이 있다.

모니카가 무영창 마술, 루이스가 결계술에 뛰어나듯이 '별을 읽는 마녀' 메리 하비는 점성술이 특기였다.

점성술을 배우는 자는 드물지 않지만, 그중에서도 메리의 점성술의 정밀함은 무척 뛰어나다.

그렇기에 메리는 국왕에게도 절대적인 신뢰를 받는다. 칠현인 회의에서도 메리가 주도적으로 자리를 이끈다.

모니카는 문득 생각했다. 어쩌면 메리는 모니카가 칠현인 회의를 계속 빼먹었던 것을 넌지시 꾸짖는 게 아닐까?

왜냐하면 모니카가 칠현인으로 취임한 지 거의 2년이 지났는데도 몇 달에 한 번씩 열리는 칠현인 회의에 한 손으로 꼽을 정도밖에 참가하지 않았으니까.

"저기, 회의에 거의 얼굴을 못 내밀어서 죄송합니다⋯⋯."

모니카가 선수를 쳐서 사과하자, 메리가 크게 웃었다.

"그런 데는 무리해서 안 나와도 괜찮아~. 애초에 항상 루이스와 '보옥의 마술사(에마누엘)'가 빈정대는 말이나 주고받고 '가시나무의 마녀(라울)'는 느긋하게 채소나 먹고 있고 '포탄의 마술사(브래드포드)'는 코를 골며 자니까. 그리고 '심연의 주술사(레이)'는 모니카보다 출석률이 낮거든."

마술사의 정점에 선 두뇌파 집단이라는 이미지가 산산이 부서질 현실이었다.

모니카는 추천받은 포도의 껍질을 벗기면서 루이스를 곁눈질했다.

루이스도 메리도 칠현인 중에서는 사교적인 편이지만 개인적인 교류가 있다는 말은 못 들었다.

"루이스 씨는…… '별을 읽는 마녀' 님의 저택에 자주 오시나요?"

모니카가 묻자, 루이스는 천천히 고개를 가로저었다.

"아뇨. 오늘은 '별을 읽는 마녀' 님께서 봉인 결계 건으로 부탁을 하셔서요."

"그래그래. 그 답례로 식사와 술을 마련했는데 기왕 이렇게 됐으니까 모니카도 부르자는 이야기가 나왔거든. 그래서 루이스의 계약 정령에게 모니카를 데려오라고 한 거야~."

루이스는 이명 그대로 결계술이 특기이며 국내 주요 시설에 방어 결계를 친다. 아마 그것과 비슷한 일을 메리가 부탁한 것이리라.

속사정을 들어도 되나 싶어서 모니카가 망설이자, 메리가 "맞다!"라며 뭔가 떠올린 표정을 지었다.

"오늘은 말이지. 가까운 마을에서 축제가 열리거든~. 거기서 내가 마술 봉납 중에 마소 해방을 할 거니까 모니카도 보러 오렴~."

마술 봉납이란 축제나 식전 등에서 마술사가 모종의 마술을 보여 주면서 신이나 정령왕에게 마술을 봉납하는 의식이다. 그중에서도 토지의 마력을 흡수해서 방출하는 것을 마소 해방이라고 말한다.

특정 토지에 마력이 너무 고이면 정령이나 용 등 마력에 이끌리기 쉬운 체질을 가진 생물을 끌어들이기도 한다.

그게 아니더라도 마력 농도가 높은 토지는 마력 오염이 발생해서 인체에 해를 끼치기도 하기에 토지의 마력을 제거하는 마소 해방 의식이 필요하다.

모니카는 그런 의식이 있는 건 알았지만 실제로 본 적은 없다. 칠현인으로 취임하고 나서 줄곧 식전과 관련된 일에서는 도망쳤기 때문이다.

모니카가 대답하기 곤란해하자, 루이스가 재미있다는 듯이 눈을 가늘게 뜨고 모니카를 바라봤다.

"동기님. 마술 봉납은 칠현인의 책무 중 하나이니 견학해 둬서 손해는 없을 겁니다."

"윽……."

루이스의 말을 듣고 모니카는 표정을 흐렸다.

가능하면 마소 봉납은 하고 싶지 않다는 게 모니카의 본심이다. 왜냐하면 마술 봉납은 대부분 축제의 중심 행사로 취급해서 대단히 주목받기 때문이다. 눈에 띄는 게 거북한 모니카에게는 어깨가 무거운 일이다.

모니카가 허둥대자, 메리가 뺨에 손을 대고는 싱글벙글 웃으면서 말했다.

"뭐, 그렇게 어렵게 생각하지 말고 축제를 즐기러 오렴. 마소 해방은 말이지, 굉장히 예쁘거든~."

"으음. 저기, 그 축제는, 어디에서……."

"콜랩튼이라는 도시에서 열린단다."

그건 몇 시간 전에 이자벨에게 축제가 있다고 들었던 도시 아닌가. 우연이라고는 하지만 뭔가 인연이 있는 것처럼 느껴졌다.

모니카가 애거서에게 들은 축제의 유래를 떠올렸다.

"콜랩튼의 축제는, 동부 지방에서 유래된 타종 축제, 맞죠? 저기, 죽은 자가 이쪽 세계로 돌아온다는……."

"맞아맞아. 대지의 정령왕 아크레이드를 향한 감사와 죽은 자를 추도하기 위해 매년 작물이나 노래, 춤을 봉납하는데 말이지. 올해는 별의 순환이 굉장히 좋아서 마술 봉납을 한단다~."

모니카는 별이 순환하는 것과 마술이 어떤 관계가 있는지 잘 모르지만 이 나라에서 제일가는 점성술사인 메리에게 별의 순환은 마술의 위력이나 정밀도에 큰 영향을 준다고 한다.

메리의 마술 봉납에는 모니카도 조금 흥미가 있었다. 모니카가 루이스를 힐끔 보면서 물었다.

"저기, 루이스 씨도, 축제에, 가시나요?"

"아뇨. 저는 가지 않지만 린을 빌려드리죠. 린의 힘이라면 단시간에 축제 장소로 이동할 수 있을 겁니다."

마술사가 쓰는 비행 마술은 기본적으로 술자만이 날 수 있고 장거리 이동은 힘들다.

그러나 바람의 상위 정령인 린은 바람으로 여러 사람을 감싸고 고속으로 장거리를 이동한다. 이건 압도적인 마력량과 마력 조작 능력을 자랑하는 정령이기에 가능한 기술이다.

린의 힘이 있다면 모니카도 축제에 참가했다가 몰래 세렌디아 학원으로 돌아올 수 있다. 루이스의 제안은 그걸 내다보고 한 것이리라.

"상위 정령을 빌려주는 거니? 어머, 기뻐라~. 루이스가 15년만 젊었으면 뺨에 뽀뽀했을지도."

"하하하하하."

미소년을 좋아한다고 공언하는 걸 전혀 거리끼지 않는 메리의 말을 듣고, 루이스는 공허한 웃음으로 답하고는 모니카를 힐끗 바라봤다.

"뭐, 그렇게 되었으니 단념하고 남들 앞에 나서는 일도 익혀 두시죠. 동기님."

"어머, 그렇게 심술궂게 말 안 해도 되잖니. 모니카는 칠현인 중에서는 성실하게 일하는 편인걸~?"

메리가 몸을 내밀면서 모니카를 끌어안았다.

부드러운 감촉과 향수 냄새를 느낀 모니카가 어지러워서 휘청거리자, 메리는 모니카에게 뺨을 비비면서 말했다.

"저번에 우리 제자들이 관측한 기록을 계산하는 거 도와 줘서 고마워~. 덕분에 살았어~."

모니카가 산속 오두막에 틀어박혔을 무렵에 맡은 일 중 하나가, 메리 하비의 제자인 천문학자들이 관측한 별의 궤도를 계산하는 것이었다. 그건 모니카가 맡은 일 중에서도 최고난도라고 할 수 있었다.

그만큼 하는 보람이 있는 일이어서 모니카도 잘 기억하고 있었다.

"그러고 보니 별 하나의 기록을 몇 번이고 다시 계산하면서 10년 정도 거슬러 올라갔, 었죠. 그건, 어떻게 되었나요?"

모니카가 신경 쓰던 것을 묻자, 메리는 천천히 고개를 가로저었다.

"그게 영~ 힘들어. 역시 관측 결과와 점의 결과가 틀어지더라~."

메리는 별의 색, 깜빡이는 횟수, 궤도, 다른 별과의 거리로 사람이나 국가의 미래를 읽는다.

모니카는 관측 결과를 계산할 뿐, 그 숫자가 누구의 운명을 의미하는지는 모른다. 모니카는 어디까지나 관측 결과를 토대로 궤도를 계산해서 그 결과를 메리에게 제공했을 뿐이다.

다만 메리가 얼마 전부터 별 하나를 신경 쓴다는 건 알고 있었다.

"저기이, '별을 읽는 마녀' 님이 신경 쓰시던 그 별은, 어느 분의 운명을 나타내는 별이었나요?"

모니카가 묻자, 메리는 와인잔을 기울이던 손을 멈추고 한숨을 내쉬었다.

그리고 뜻밖의 이름을 입에 담았다.

"제2왕자, 펠릭스 아크 리디르 전하야."

모니카는 저도 모르게 숨을 삼켰다. 루이스는 표정은 변하지 않았지만 눈썹을 아주 약간 찌푸렸다.

그런 두 사람의 반응을 아는지 모르는지 메리는 뺨에 손을 대고는 우려 섞인 한숨을 내쉬었다.

"나는 나라의 미래와 왕족에 관한 부분을 중점적으로 보는데…… 10년 전쯤부터 펠릭스 전하의 운명만은 못 읽게 됐거든~."

메리의 별 읽는 마술은 만능이 아니라 모든 걸 내다보지는 못한다. 그러나 이 타이밍에서 펠릭스의 이름을 들은 모니카의 가슴이 술렁거렸다.

케이시의 암살 미수, 체스 대회의 침입자. 불온한 사건이 이어지는 가운데 학원제를 앞둔 것이다.

(뭔가, 안 좋은 예감이 들어…….)

모니카가 가슴을 누르고 고개를 수그리자, 메리는 안고 있던 모니카의 얼굴을 들여다봤다.

어딘가 초점이 맞지 않는 메리의 물색 눈이 수면처럼 모니카를 비췄다.

"저기, '별을 읽는 마녀' 님?"

"왠지 어두운 얼굴이네~. 후후, 그래~. 일을 도와준 답례로 모니카의 운명을 조금만 봐 줄게."

메리는 천천히 일어나서 얇은 비단 드레스를 끌며 창가에 섰다.

어느새 해는 저물고 하늘에는 아련한 별이 반짝이고 있었다. 그 별을 눈에 비춘 이 나라에서 제일가는 예언자가 모니카의 운명을 고했다.

"지금의 모니카는 연애운 절호조! 근사한 남성분과 뜨거~운 밤을 보낼지도!"

모니카는 당장에라도 토할 것 같은 얼굴로 축 늘어지더니 양손으로 얼굴을 덮었다.

"이미 충분해요오오오."

왜냐하면 어제, 체스를 전제로 한 약혼을 신청받은 참이니까.

칠현인의 예언치고는 싸구려군요. 루이스가 어이없다는 표정으로 중얼거렸다.

잠시 환담을 이어가다가 이동 시간이 가까워졌을 무렵, 메리는 화장을 고치겠다고 말하고는 자리에서 일어섰다.

메리가 방을 나간 걸 확인한 루이스는 고용인들에게 자리를 비워달라고 하더니 방 창문을 멋대로 열었다.

그러자 해가 저물었는데도 불구하고 하늘에서 작은 노란 새—— 린이 내려왔다. 작은 새가 그 자리에서 빙그르르 돌면서 메이드복을 입은 미녀로 변했다. 사람으로 변한 린은 무표정한 얼굴로 덤덤히 말했다.

"주지육림은 만끽하셨습니까."

루이스는 미간에 깊은 주름을 만들면서 뺨을 실룩거렸다.

"지금 한 발언은 제발 아내 앞에서는 하지 말아요."

임신한 아내를 집에 두고 주지육림이라니 너무나도 남사스럽다.

루이스가 얼굴을 찌푸리고 말하자, 린은 진지한 표정으로 수긍했다.

"네. 로자리 님에게는 '루이즈 님이 미소년을 거느리고 술을 마셨다.'라고 보고하죠."

"입 놀리는 법부터 다시 교정할 필요가 있어 보이네요. 글러먹은 메이드? 하지만 그 전에 일부터 하시죠. '별을 읽는 마녀' 님과 '침묵의 마녀' 님을 콜랩튼까지 보내드리세요. 그 후에는 '침묵의 마녀' 님과 동행할 것. 축제가 끝난 뒤에는 세렌디아 학원까지 보내고요."

"알겠습니다."

방구석 폐인인 모니카는 그다지 비행 마술의 필요성을 느낀 적이 없지만 이럴 때는 비행 마술이 있으면 편리했겠다고 절실히 느꼈다.

글렌처럼 자유자재로 나는 것까지는 아니더라도 아주 조금만이라도 날 수 있다면 기숙사를 빠져나갈 때 편리하다.

(역시 비행 마술을, 연습하는 게 좋으려나.)

아직 미네르바에 있었을 무렵, 모니카는 딱 한 번 비행 마술을 쓴 적이 있다.

비행 마술은 술자의 신체 능력—— 주로 균형 감각이 필요한 마술인데, 그걸 동시 전개해서 바람 마술로 보조할 수 없을까 실험한 거다.

결론부터 말하자면 실험은 실패했다. 모니카는 조금 날아올라서 공중을 한 바퀴 반 돈 끝에 지면에 얼굴부터 착지했다. 모니카의 탁월한 계산 능력보다 절망적인 운동 신경이 앞선 순간이었다. 가능하면 두 번 다시 하고 싶지 않았다.

모니카가 씁쓸한 표정으로 당시를 회상하는데, 루이스가 창문을 닫고 "동기님."이라며 말을 걸었다.

밤의 어둠을 투과한 판유리가 거울처럼 루이스의 모습을 비췄다. 루이스는 험악한 기색으로 눈을 가늘게 뜨고 있었다.

"'별을 읽는 마녀' 님이 말씀하신 제2왕자의 운명을 읽을 수 없다는 말이 약간 신경 쓰입니다."

"네……."

"체스 대회의 침입자는 조만간 왕도로 보낼 예정입니다. 그러면 이쪽에서 마음껏 조사할 수 있죠. 어떠한 수단을 써서라도 흑막을 실토하게 하겠습니다. 그 침입자에게 조금 신경 쓰이는 점이 있어요."

그렇게 말한 루이스는 장갑을 낀 손가락에서 뚜둑, 하는 소리를 냈다.

루이스의 손은 귀족처럼 섬세하고 아름답지만 중지의 마디에 어엿한 굳은살이 있다는 걸 모니카는 알고 있다.

모니카는 지금부터 루이스에게 조사받을 침입자를 몰래 동정했다.

"동기님. 한동안 이 글러먹은 고물딱지 메이드를 빌려줄 테니 마음껏 부려 먹으세요."

"네. '침묵의 마녀' 님의 보좌는 이 우수한 메이드장 린즈벨피드에게 맡겨 주시길."

루이스는 뻔뻔한 계약 정령을 노려보고는 살짝 헛기침했다.

"그리고 학원제 당일에는 나도 얼굴을 내밀 겁니다. 경비를 위해서이기도 하지만…… 뭐, 그 밖에도 볼일이 있어서요."

광범위를 커버할 수 있는 린과 결계술에 뛰어난 루이스가 와 준다면 이렇게 든든할 수가 없다. 모니카가 잘 부탁한다며 고개를 숙이자, 루이스는 웬일로 부드러운 표정을 지으며 말했다.

"뭐, 오늘은 큰일을 앞두고 숨을 돌린다고 생각하고 축제를 즐기고 오세요. 땡땡이…… 숨 돌리기는 중요하죠. 그리고 무엇보다 오늘 마술 봉납에서는 고대 마도구를 사용합니다. 당신은 그런 거 좋아하죠?"

"어, 고대 마도구를, 쓰는 건가요!"

모니카는 저도 모르게 몸을 내밀면서 눈을 반짝였다.

광석이나 금속 등에 마술식을 새겨서 마술 지식이 없는 사람이라도 새겨진 마술식을 발동할 수 있는 마도구는 한정적인 제작자만이 만들 수 있는 고급품이다. 칠현인이 만든 물건이라면 집 한 채 값이 든다.

그러나 현대의 마도구는 부여할 수 있는 마력량에 한계가 있다.

케이시가 펠릭스 암살에 사용한 '나염'은 현대 마도구 중에서도 최정상급의 위력이지만 그럼에도 효과 범위가 좁다는 결점이 있다.

현대의 마도구 중에서 맨몸의 마술사보다 강한 물건은 거의 없다.

그러나 고대 마도구는 다르다. 마술이 신비로 여겨지던 구세대의 마술사들이 만든 고대 마도구는 격이 다른 강한 힘을 숨기고 있다.

덤으로 지금과는 계통이 다른 구시대 마법 기술로 만들어졌기에 재현은 물론이고 해석도 불가능하다고 전해진다.

역사적 가치가 있는 강력한 마도구는 마술사라면 누구나 한 번쯤 보고 싶어 한다. 모니카도 예외는 아니었다.

(현대에 남은 고대 마도구는 거의 국보 취급하거나, 상위 귀족이 보관한다고 들었는데…… 실제로 쓰는 모습을 볼 수 있다니!)

모니카는 들떠서 두근거리는 마음으로 루이스에게 물었다.

"저기, 오늘 쓰는 고대 마도구는, 어떤 물건인가요?"

"'별을 자아내는 미라'라고 불리며 토지의 마력을 흡수해서 해방하는 장신구죠. 내가 이번에 불려온 것도 '별을 자아내는 미라'의 봉인을 해제하기 위해서입니다."

강력한 힘을 가진 고대 마도구는 물건에 따라서는 봉인 조치하기도 하며 그걸 해제하려면 나라의 허가가 필요하다. 루이스가 불려온 건 그 봉인을 해제하기 위해서인 모양이었다.

"고대 마도구의 봉인이라면, 일급 봉인 결계잖아요. 분명히, 해제가 무척 힘든……."

"그렇죠. 뭐, 나는 '결계의 마술사'니까 봉인 결계를 해제하는 것 자체는 대단한 수고가 아닙니다만……."

거기까지 말한 루이스가 시선을 아래로 내렸다. 그 얼굴은 기분 탓인지 진저리 치는 것처럼 보였다.

"고대 마도구가 의지를 가진 도구라는 건 아십니까?"

"네, 넷. 인격이 깃들어 있……죠."

현대 마도구와 고대 마도구의 가장 큰 차이점이 그것이다. 고대 마도구에는 의지가 있고 때로는 사용자를 시험하기도 한다.

도구에 의지가 깃들다니 대체 어떤 기술인지 흥미가 샘솟는다. 모니카가 눈을 반짝이자, 루이스는 어째서인지 아련한 눈으로 나지막하게 중얼거렸다.

"'별을 자아내는 미라'는 소유자가 남자라면 그 남자를 죽여 버린다는 전과가 있는 고대 마도구입니다."

꽤 꺼림칙한 전과였다.

"봉인 조정 작업 중에 말을 걸어오던데 꽤 강렬한 인격이더 군요. 네. 그야말로 신경쇠약에 걸리는 줄 알았습니다……."

평소의 루이스답지 않은 피곤한 모습이어서 모니카가 당혹스러워하자, 린이 덤덤히 말했다.

"정신력이 강한 걸로는 정평이 나 있는 루이스 님을 당황하게 한 고대 마도구라니 무척 흥미롭네요."

"너하고는 다른 의미로 이야기하고 있으면 골치 아파지는 인격이었습니다. 나는 마음의 평온을 위해 즉시 돌아가야 겠어요."

루이스는 긴 의자에 세워놨던 지팡이를 들고 한숨을 섞어가며 "로자리를 만나고 싶네……."라고 중얼거렸다.

그 뒷모습에서는 뭐라 말 못 할 애수가 감돌았다.

* * *

콜랩튼은 왕도 동쪽에 위치한 역참 마을이다.

주요 도로 옆에 있는지라 평소에도 사람의 출입이 많은 마을인데 가을 축제가 한창인 오늘 밤은 더더욱 사람이 많았다.

통행인은 저마다 모피나 가면으로 가장하고 종 달린 지팡이를 든 채 포장마차를 오갔다.

그런 가운데 지면에 돗자리를 깔고 밀짚 공예 인형을 파는 남자가 있었다.

나이는 20대 중반. 짧은 흑발에 반다나를 두른 윤곽이 뚜렷한 얼굴의 남자로 턱수염을 길렀다. 입고 있는 건 주머니가 많은 작업복으로 허리에 찬 벨트에는 세공 도구가 든 주머니가 매달려 있었다.

"하아, 왜 안 팔리는 걸까. 역시 가장하면 떠오르는 가면이나 지팡이로 했어야 했나. 하지만 싸게 입수할 수 있는 재료가 이것밖에……."

돗자리 위에 책상다리로 앉아 전혀 팔릴 기색이 없는 밀짚 인형을 들고 투덜대자, 돼지 세는 노래를 부르면서 걷던 소년이 돗자리 앞에서 발을 멈췄다. 소년이 보고 있는 건 밀짚으로 만든 수탉이다. 남자는 붙임성 있는 미소를 지으며 간드러진 목소리를 냈다.

"어이쿠, 안목이 높구나. 꼬마야. 이건 이 실력 있는 장인 바르톨로메우스 님 특제 수탉이다. 용맹한 벼슬이 예술적이지?"

"이상한 인형!"

"뭐라고 이 망할 꼬맹이가!"

공예품 팔이 남자—— 바르톨로메우스가 거칠게 외치자, 소년은 낄낄 웃으며 인파 속으로 도망쳤다.

네 이놈, 망할 꼬맹이 같으니라고…… 악담을 내뱉은 바르톨로메우스는 담배에 불을 붙였다.

바르톨로메우스가 혼신의 힘을 다해 만든 수탉은 엄청나게 커다란 벼슬이 특징이다.

어엿한 벼슬은 수탉의 상징. 그럼 큰 게 낫겠지. 그래서 부풀리고 부풀린 벼슬은 너무나도 자기주장이 심해서 쓰러지지 않고 서 있는 것이 기적일 정도의 비율이었다.

그 이외의 밀짚 세공품도 두 다리로 서서 이상한 자세를 한 돼지라든가, 극단적으로 역동감을 추구한 나머지 원형이 남지 않게 된 말 등등. 아무튼 개성이 너무 강해서 애초에 돼지나 말이라는 걸 알아볼 수조차 없었다.

밀짚은 매우 촘촘하게 엮여 있어서 높은 기술력이 엿보였……지만 완성품이 정체를 알 수 없는 물건으로 전락해서 구입하는 이가 없었다.

바르톨로메우스는 코에서 연기를 뿜어내고 짜증 난다는 듯이 가슴속에서 중얼거렸다.

(아아, 젠장. 모제스 그 멍청한 놈이 붙잡히지만 않았어도 도망칠 필요가 없었을 텐데!)

바르톨로메우스는 이른바 해결사다.

해결사라고 뭉뚱그려서 이야기했지만 그중에서도 검을 휘두르는 게 특기인 놈, 연극이 특기인 놈 등등 여러 사람이 있는데, 기술자 출신인 이자가 맡은 일은 주로 세밀한 도구 제작이나 집 수선 등등, 그야말로 돈이 된다면 악기 조율부터 마구간 수리, 뜨개질에 구두닦이까지 뭐든지 한다. 그렇게 이곳저곳을 여행하며 하루하루 먹고살았다.

그런 바르톨로메우스가 최근에 맡은 일은 어느 상회의 문장을 재현하는 일이었다.

의뢰인은 이쪽에서는 유명한 소악당인 모제스라는 남자로, 그 문장이 제대로 된 일에 쓰이지 않으리라는 건 분명했다.

그래도 자신이 만든 물건이 어떻게 쓰이는지는 알 바가 아니었다. 돈만 받으면 뭐든 만들어주는 게 그의 방식이니까.

그러나 의뢰인 모제스는 바르톨로메우스가 만든 모 상회의 문장을 들고 놀랍게도 세렌디아 학원에 침입을 시도했다. 무모한 것에도 정도가 있지.

지금 세렌디아 학원에는 이 나라의 제2왕자가 재학 중이다. 당연히 경비는 엄중하고 붙잡히면 무단 침입에 왕족 반역 혐의까지 덤으로 따라온다. 너무 끔찍한 덤이었다.

(그러고 보니 서둘러 만들라고 재촉하는 바람에 그 황소…… 꼬리 그리는 걸 잊어버렸었지. 설마 그것 때문에 붙잡힌 건 아니겠지……?)

붙잡힌 모제스가 어디까지 실토했는지는 모르지만 자칫하면 바르톨로메우스도 모제스와 공범이 될 수 있다. 그래서 바르톨로메우스는 황급히 거점을 정리하고 이 마을로 도망친 것이다.

축제가 열려서 사람의 출입이 많아지는 콜랩튼이라면 숨어 있기 쉽고 덤으로 장사도 하기 편하다.

그리고 혼신을 다해 만든 밀짚 공예품을 팔아 도주 비용을 마련하려고 계획했던 바르톨로메우스였으나 장사가 시원찮았다.

이대로 가면 언젠가 노잣돈마저 다 떨어지고 만다.

"이렇게 됐으니 이판사판의 도박에 나설까."

바르톨로메우스는 물고 있던 담배를 위아래로 흔들면서 식선회장 방향을 노려봤다.

식전회전에서 열리는 메인이벤트는 마술 봉납. 오늘 밤, 그곳에 칠현인이 온다고 한다. 게다가 '별을 자아내는 미라' 라는 고대 마도구를 가지고.

(그 고대 마도구를 훔쳐……본다! 그리고 복제품을 만들어서 팔아 치우겠어!)

고대 마도구는 공개할 기회가 적은 역사적 예술품이다. 그걸 본뜬 토산품을 만들어서 행운의 부적이라든가 '별을 읽는 마녀' 의 가호가 있다고 선전하면 틀림없이 엄청나게 팔릴 것이다.

위작은 결코 용서받지 못하는 범죄지만 싸구려 복제품을 토산품으로 팔아 치우는 거라면 아무런 문제도 없다.

(이거라면 아슬아슬하게 범죄가 되지 않을 거야. 내가 생각해도 끝내주는 발상이네!)

고대 마도구는 엄중하게 관리되며 관리 현장에 침입하는 것만으로도 범죄가 된다.

그러나 기술자인 주제에 대충 생각하는 성격인 바르톨로메우스는 "훔쳐 달아다는 것도 아니니까 상관없겠지."라며 낙관적이었다.

"하하! 좋았어. 그럼 바로 식전회장에 가 보실까!"

자신은 결코 숨어드는 게 아니다. 길을 잃은 바람에 잘못해서 들어갔을 뿐이니까 범죄는 아니다. 범죄는 아니야. 바르톨로메우스는 그렇게 자신을 타일렀다. 물론 이것은 범죄다.

그러나 무슨 일이든 자기 좋을 대로 해석하는 남자 바르톨로메우스는 밀짚 공예품을 정리하고 아직 보지 못한 고대 마도구를 생각하면서 의기양양하게 식전회장으로 향했다.

8장 모니카, 불량아가 되다

바람의 상위 정령인 린의 고속 이동은 다수의 인간을 바람 결계로 감싸서 그대로 통째로 이동시키는 것이다. 인간의 마력량으로는 이런 규모의 결계를 장시간 유지할 수 없고, 고속으로 이동시키기도 힘들다.

모니카는 바람 마술로 물건을 띄울 수는 있지만 이 정도로 빠른 속도로 장거리를 날 수는 없다. 하물며 스스로를 띄우자면 이런 마술은 난이도가 극단적으로 올라간다.

20마리 이상의 익룡을 천천히 지면에 내리는 것과 자기 몸을 띄우는 걸 비교하면 후자가 압도적으로 어렵다.

그러니 견습인데도 가볍게 하늘을 나는 글렌은 상당히 특수한 경우다.

"굉장하네~. 역시 상위 정령이야~."

메리가 싱글벙글 웃으면서 가슴에 품은 상자를 어루만졌다.

금장식이 들어간 아름다운 보석 상자로 양손에 올라갈 정도의 크기다. 이 안에 고대 마도구 '별을 자아내는 미라'가 들었다고 한다.

도착하기까지 조금 시간이 있어서 모니카는 신경 쓰이는

점을 물어보기로 했다.

"저기 '별을 자아내는 미라'는 토지의 마력을 흡수하는 마도구라고 하셨죠? 그 규모는 어느 정도인가요?"

"'별을 자아내는 미라'의 힘은 별의 순환과 굉~장히 밀접해. 낮이라는 이유만으로도 흡수하는 마력이 밤의 10분의 1 아래지. 반대로 밤이면서 별의 순환이 좋을 때는…… 그래. 이 마을 두세 개 크기의 토지라면 충분히 마력을 흡수하지. 오늘 밤이 바로 그때야~."

모니카는 메리의 저택에서 '올해는 별의 순환이 좋다.'라는 말을 들었던 게 떠올랐다. 올해 축제에서 마술 봉납을 하게된 건 고대 마도구의 특성도 이유 중 하나인 모양이다.

모니카가 그렇구나, 하고 납득하자 메리가 스르륵 다가오더니 귓속말했다.

"이건 큰 소리로 말할 수 없지만 '별을 자아내는 미라'는 흡수한 마력을 공격 마술로 변환할 수도 있어. 사용하기에 따라서는 병기도 되지……. 그래서 일반적으로는 봉인하고 있는 거야~."

광대한 토지에서 흡수한 마력을 공격 마술로 변환한다——. 그 위력을 계산한 모니카는 얼굴이 딱딱하게 굳었다.

아마 모니카가 십여 번 정도 정령왕을 소환하는 것에 해당하는 위력일 거다. 마을 하나를 날려 버리는 건 식은 죽 먹기다.

과연, 메리의 말대로 이 고대 마도구는 조건만 갖춰지면

병기도 될 수 있다.

"저, 저기, 공격 마술로 변환할 수 있는 건, 꽤 중요한 비밀 아닌가요……? 저, 저 같은 사람한테 이야기해도 되나요?"

"우후후. 이 나라의 정점에 선 칠현인이라면 알고 있어도 문제없잖니? 언젠가 모니카가 '별을 자아내는 미라'를 쓰는 날이 올지도 모르니까."

모니카가 가능하면 그런 날은 오지 않았으면 좋겠다고 생각하는데, 전방을 응시하던 린이 입을 열었다.

"마을이 보입니다. 착륙은 어느 쪽으로 하시겠습니까?"

"그게 말이지~. 하늘에서 제단으로 착륙하면 굉장히 눈에 띄고 근사하지 않겠니~?"

메리의 제안을 듣고 모니카는 눈을 번쩍 뜨고 고개를 붕붕 내저었다.

"저, 저기, 저기, 가능하면 눈에 띄지 않는 곳으로, 부탁, 합늬닷!"

하늘에서 내려오는 칠현인이라는 광경은 확실히 축제 연출로는 근사……하지만 모니카는 제단에 올라갈 생각은 전혀 없었다.

마술 봉납 의식도 가능하면 사람이 적은 곳에서 조용히 보고 싶었다.

"그러니이? 그럼 식전회장이 되는 교회 뒤로 하자. 린, 아슬아슬할 때까지 교회 벽에 붙어 줄래? 눈에 띄지 않게 환술을 쓸 테니까."

그렇게 말한 메리는 빠르게 영창을 시작했다. 그리고 가느다란 손가락을 한번 휘두르자, 아련한 은색 빛 입자가 모니카 일행을 감쌌다.

환술 영역 안에 있는 모니카에게는 안 보이지만, 아마 모니카 일행은 교회 벽과 똑같은 문양의 환영으로 뒤덮였을 것이다.

(그 누구에게도 들키지 않는…… 투명해지는 환술이 있으면 좋을 텐데.)

환술은 매우 고도의 마술이다. 모니카도 조금은 쓸 수 있지만 마력 소비가 심한 데다 아무래도 제약이 많아서 좀처럼 쓰지 않는다.

환술을 유지하는 메리도 자신의 환술 완성도에 납득이 가지 않는지 조금 입술을 삐죽였다.

"환술은 어렵단 말이지~. 밤하늘이라면 매일 보고 있으니까 완벽하게 재현할 자신이 있는데."

메리는 환술에 자신이 없는 모양이지만 해가 저문 지금이라면 어지간히 가까이 오지 않는 한 간파당할 일은 없다.

교회를 둘러싼 철책 너머에는 어느 정도 통행인이 있었지만 이쪽을 주목하는 사람은 아무도 없다.

린은 소리 없이 천천히 착지했다. 린도 평소라면 참신한 착지 방법을 모색했겠지만 오늘은 눈에 띄고 싶지 않다는 모니카의 뜻을 받아들인 것이리라.

"자, 이대로 벽을 따라 빙 돌아가자."

메리에게 재촉받아 걸어간 모니카는 별생각 없이 철책 너머로 눈을 돌렸다가 얼어붙었다.

(어? 어? 저건…….)

모니카가 시선을 빼앗긴 것은 인파 속을 걷는 한 인물이었다.

그 인물은 얼굴 절반을 하얀 가면으로 가리고 검은 깃털이 달린 망토를 걸쳤다. 아마도 명부의 파수꾼 가장이리라.

문제는 그 망토 속에서 보인 긴 다리다.

모니카가 저 다리 길이와 완벽한 황금비로 구성된 몸을 잘못 볼 리가 없었다.

"저, 전……!"

"어머, 왜 그러니~? 모니카."

갑자기 모니카가 목소리를 높이자, 메리와 린이 의아하다는 듯이 바라봤다.

이 자리에 린뿐이었다면 '저곳에 전하가 있었어요.'라고 말하며 쫓아갔겠지만, 메리는 모니카의 극비 임무를 모른다.

"저기, 그게, 저쪽에 아는 사람이 있어서…… 이, 인사하고 올게요!"

모니카는 바로 옆에 있는 교회 뒷문으로 뛰쳐나가서 황금비── 아니, 펠릭스의 모습을 찾았다. 그러나 인파에 섞여서 좀처럼 보이지 않았다.

명부의 파수꾼 가장을 한 사람은 드문드문 있지만 금색 머리에 몸이 황금비율인 사람은 없었다.

(어째서, 이런 곳에 전하가…… 곁에 호위 같은 사람은 없었는데 혹시 이자벨 님처럼 몰래 왔나?)

평상시였다면 모니카도 이렇게 초조해하지는 않았을 거다. 그러나 어제 체스 대회에서 침입자 소동이 있었기에 아무래도 불안이 쌓였다.

모니카는 펠릭스의 호위다. 펠릭스가 혼자 돌아다니는 이 상황은 간과할 수 없었다.

(전하를 찾자.)

모니카가 고개를 들고 주변을 돌아보는데 곧장 인파에 이리 치이고 저리 치이고 말았다.

이미 해가 저문 지 어느 정도 지났지만 마을 안은 어디나 등이 빛을 비추고 길 구석구석까지 사람으로 가득했다. 아무래도 이 관광객 모두가 '별을 읽는 마녀'의 마술 봉납을 보러 온 모양이다.

체구가 작은 모니카는 한 발 내디디면 옆으로 떠밀렸고 원래 위치로 돌아왔나 싶다가도 어느새 후방으로 떠밀려서 마침내 길가로 굴러 떨어지고 말았다.

"흐아앙. 으, 으으……"

최근에는 낯가림이 꽤 나아진 모니카지만 그래봤자 네로나 라나가 함께 있을 때 어찌어찌 거리를 걷는 정도였다. 혼잡한 축제에 혼자 말려들고 침착할 수는 없었다.

길가로 나온 모니카는 겨우 호흡법을 떠올린 사람처럼 울상을 지으며 거친 호흡을 반복했다.

고개를 들면 시선 너머에는 사람, 사람, 사람……. 너무나도 많은 사람에 모니카는 현기증이 났다.

인파는 모니카에게 있어서 가장 무서운 기억을 떠올리게 한다.

이곳은 축제 현장이다. 기억 속 장소와는 다르다. 그건 알지만 모니카에게는 오가는 사람의 소란스러운 소리가 기억 속 목소리와 겹쳤다.

죄인을 불태워라──. 그런…… 군중의 목소리로.

귓속에 들리는 목소리가 점점 커졌고 시야가 일그러졌다.

"아버……지."

감춰 둔 기억이 조금씩 선명해졌다.

모니카가 새파란 얼굴을 하고 우두커니 서 있는데 누군가와 어깨가 부딪쳤다.

엉덩방아를 찧은 모니카는 바로 양손을 들어서 머리를 가렸다.

"허억, 으, 아……."

모니카가 머리를 누르며 신음하자 팔을 부딪친 누군가가 말을 걸어왔다.

"오, 미안하다. 괜찮냐, 꼬마야."

머리 위에서 들리는 목소리는 모니카의 귀에 들어오지 않았다.

모니카와 부딪친 남자는 곤란한 듯 머리를 긁적였다.

검은 머리에 반다나를 두른 수염 난 남자다. 삼백안에 입술은 두껍고, 이 주변에서는 보기 힘든 윤곽이 뚜렷한 얼굴이었다.

남자는 떠는 모니카 앞에 쪼그려 앉더니 짐에서 뭔가를 꺼내 모니카의 눈앞에서 움직였다.

그것은 밀짚을 엮어서 만든 인형이다. 수탉으로 보이기는 하지만 그런 것치고는 벼슬이 쓸데없이 컸다. 너무 크다.

"자~아, 꼬끼오~ 수탉이다~ 꼬끼오~꼬꼬꼬꼬~!"

남자는 수탉 인형을 흔들면서 목을 젖히고 입술을 내밀더니 마침내 눈까지 뒤집으며 수탉 울음소리 흉내를 냈다.

박진감 넘치는 연기를 보고 모니카가 멍하니 있자, 남자는 한 건 해냈다는 표정을 하고 이마의 땀을 닦았다.

"흐흥. 어때? 내 수탉 흉내가. 어릴 적에 우는 여동생을 폭소하게 만든 필살기라고."

남자는 씨익 웃으면서 모니카에게 물었다.

"여어, 꼬마야. 혹시 미아냐?"

"저기, 미아라기보다는, 사람을, 찾고 있는데……."

"어떤 녀석이야? 가장하고 있냐?"

"명부의 파수꾼 가장을 한, 금발인 사람, 이에요."

겨우 진정된 모니카가 두근거리는 시끄러운 심장을 달래면서 대답하자, 남자는 고개를 끄덕이고는 주변을 돌아봤다.

"이 주변에는 없는 모양인데. 어쩔 수 없지. 같이 찾아 줄게. 그러니까 울지 말라고? 울지 마라? 난 너 정도 나이의 여자애가 울면 아무래도 진정이 안 된단 말이지."

"감, 사합, 니다…….”

모니카가 콧물을 훌쩍이며 감사 인사를 하자, 남자는 모니카의 머리를 마구 쓰다듬었다.

남자는 몇 발짝 걸을 때마다 모니카가 인파에 휩쓸리지 않았나 확인했다. 모니카는 남자의 반다나를 표식 삼아서 놓치지 않게 필사적으로 발을 움직였다.

그대로 잠시 걷자, 남자는 전방의 인파를 보더니 "오.”하고 목소리를 높였다.

아무래도 인파 안쪽에서는 연극을 하는 모양이었다. 체구가 작은 모니카에게는 연극하는 모습이 안 보였지만 가까스로 대사는 들렸다.

『자, 받아주시지요. 마리아벨 공주. 이건 당신을 위한 물건입니다.』

『아아── 이 밤하늘보다도 짙은 흑마노의 광채…… 틀림없어요. 이것이야말로 사룡(邪龍)에게 도둑맞은 우리 왕가의 비보!』

모니카는 딱히 연극에 흥미가 있는 건 아니었지만, 남자는 모니카가 연극에 흥미를 보인다고 생각한 모양이다.

발을 멈춘 모니카의 겨드랑이 아래로 손을 넣고는 "자,” 라고 말하면서 몸을 가볍게 들어 올렸다.

"흐아악?!”

긴장과 공포로 몸을 굳힌 모니카에게 남자가 자랑스레 웃었다.

"어때? 이러면 잘 보이지!"

간소한 무대 위에서는 갑옷을 입은 모험가 같은 남자와 드레스 차림의 공주님이 대화를 나누고 있었다.

남자는 모니카를 든 채로 멋지게 중얼거렸다.

"'바솔로뮤 알렉산더의 모험'이네. 저 이야기 좋지. 뭐니 뭐니 해도 주인공의 이름이 좋아."

모니카가 "네에." 하고 애매하게 맞장구치자, 남자는 모니카를 땅에 내려놓고 느끼하게 윙크했다.

"내 이름이 바르톨로메우스거든. 리디르 왕국식으로 말하면 바솔로뮤지. 멋있지?"

얼굴을 보고 어느 정도 느꼈지만 아무래도 그―― 바르톨로메우스는 리디르 왕국 사람이 아닌 모양이다. 이름의 발음으로 추측하자면 제국 출신일까.

모니카가 그렇게 생각하는 순간 다시 인파에 휩쓸릴 뻔했다. 바르톨로메우스는 황급히 모니카의 코트 옷깃을 잡았다.

"이크. 멍하니 있으니까 죽은 자가 명계로 데려가려고 하잖아. 오늘 밤의 축제는 죽은 자가 찾아오는 날이니까."

바르톨로메우스는 흰자위를 확 드러내면서 턱을 내밀고 무서운 표정을 지었다. 수탉 흉내를 낼 때도 그랬지만 연기 하나하나 진심이었다.

모니카가 움찔거리며 얼어붙자, 바르톨로메우스가 껄껄 웃었다.

"내 고향에도 비슷한 축제가 있거든. 죽은 자가 놀러 온다고나 할까, 원한을 풀러 온다는 느낌이지. 죽은 자가 오면 위협하려고 무서운 가면을 쓰기도 해."

나라가 다르면 문화도 다르다. 죽은 자를 위협하다니 꽤 흥미로운 풍습이었다.

모니카가 감탄하자, 바르톨로메우스는 거리에 장식된 종을 바라보며 눈을 가늘게 떴다.

"뭐, 그건 그것대로 재미있었지만…… 죽은 자를 추도하는 배웅의 종이라. 좋은 풍습이네."

바르톨로메우스의 만감이 교차하는 듯한 목소리로 중얼거렸다. 이 남자도 배웅하고 싶은 사람이 있는 걸까?

모니카도 바르톨로메우스의 시선 너머에 있는 종을 바라보며 멍하니 생각했다.

소중한 사람이 떠날 때 제대로 작별인사를 할 수 있는 사람이 얼마나 될까.

제대로 무덤을 만들고 꽃과 기도를 바치며 추도할 수 있는 사람이 얼마나 될까.

일찍이 전쟁과 기아가 있던 시대에는 그러지 못한 사람이 많았을 거다. 그런 사람들의 소원과 기도가 이런 풍습을 만들었을지도 모른다.

작별 인사도 못 하고 추도도 할 수 없었던 괴로움은 모니카도 잘 안다.

(아버지…….)

종을 울리는 게 추도가 된다면, 그건 남은 이들에게도 일종의 구원이 될 것이다.

"이크, 슬슬 연극이 끝날 것 같은데. 사람이 움직일 거다. 떨어지지 마라, 꼬마야."

"네, 넷!"

황급히 바르톨로메우스의 뒤를 쫓아가려던 모니카의 어깨를 누군가가 두드렸다.

가볍게 돌아본 모니카는 말문이 막혔다.

모니카의 뒤에 서 있는 건 명부의 파수꾼 가장을 한 장신의 청년이었다.

밤바람에 흔들리는 화사한 금색 머리. 망토 속의 균형 잡힌 몸은 황금비.

"여어, 이런 곳에 있었어? 찾았다고."

명부의 파수꾼은 부드럽게 말하면서 입가만 움직여 미소 지었다.

"전, 으으읍……!"

모니카가 외치려고 하자, 명부의 파수꾼은 두꺼운 장갑을 낀 손끝을 내밀어 그 입술에 툭 댔다.

바르톨로메우스는 영문을 모르겠다는 듯이 명부의 파수꾼과 모니카를 번갈아 바라보다가 금세 표정이 확 밝아졌다.

"뭐야, 혹시 네가 찾던 녀석이냐?"

"어, 어어…… 그게에……."

모니카가 식은땀을 줄줄 흘리면서 시선을 이리저리 돌리자, 명부의 파수꾼이 입을 열었다.

"응, 맞아. 이 아이를 보호해 줘서 고마워."

"그래. 이제 떨어지지 마라. 꼬마야."

바르톨로메우스는 껄껄 웃으면서 모니카에게 손을 흔들고는 인파 속으로 사라졌다.

남겨진 모니카는 어색하게 명부의 파수꾼을 올려다봤다.

반짝이는 금색 머리, 매끈하고 긴 손발. 검은 장갑을 낀 손이 가면을 벗자 달콤하고 다정해 보이는 아름다운 얼굴이 드러났다.

그곳에 있는 건 이 나라의 제2왕자이자 모니카의 호위 대상인 펠릭스 아크 리디르 본인이었다.

몰래 찾아서 호위하려고 했는데 갑자기 들키고 말았다.

(어, 어쩌지이이이이…….)

모니카가 식은땀을 줄줄 흘리자, 펠릭스는 허리를 살짝 숙여서 모니카와 시선을 맞췄다.

"저 남자랑 아는 사이야?"

"아뇨, 저기, 미아가 됐을 때, 말을 걸어서……."

"처음 보는 사람을 쉽게 믿으면 안 돼. 축제를 틈타서 못된 짓을 하려는 사람도 많으니까."

펠릭스의 말은 지당했다. 하지만 그보다도 모니카에게는 확인할 일이 있었다.

"저기, 어째서 전하가, 이런 곳에……."

"보면 모르겠어?"

모니카는 펠릭스의 모습을 머리 꼭대기부터 발끝까지 빤

히 바라봤다.

대단히 힘이 들어간 가장이다.

"축제를, 즐기는 것처럼, 보이는데요…….."

"정답이야."

모니카는 슬쩍 시선을 돌렸다. 역시 주변에 펠릭스의 호위는 보이지 않는다.

(어째서 왕자님이 호위도 없이 축제 같은 데 참가하는 거야. 으으, 위가 쓰려 와…….)

남몰래 가슴을 누르는 모니카에게 펠릭스가 물었다.

"그러는 너는 축제를 즐기기보다 누군가를 찾는 것처럼 보이던데. 누구를 찾고 있는 걸까?"

모니카의 얼굴이 굳어졌다.

혹시 펠릭스는 인파 속에서 오들오들 떨던 모니카를 알아채고 그 동향을 관찰했던 걸까?

순간 이자벨과 함께 왔다고 거짓말할까 했다. 하지만 거짓말이 들키면 이자벨에게 폐가 된다.

"저, 저 혼자예요. 동행은, 없어요."

"네가 혼자서 이 마을까지 놀러 왔다고?"

모니카를 놀리듯이 가늘게 뜬 눈이 '그건 거짓말이지?' 라고 말했다.

평소의 겁 많은 모니카를 안다면 의심하는 게 당연하다. 실제로 모니카는 누군가의 권유를 받지 않으면 축제 같은 데는 안 온다.

(전하가 수상하게 생각하고 있어. 어떻게든 변명해야 해. 내가 혼자서 축제에 와도 부자연스럽지 않은 이유⋯⋯이유⋯⋯.)

이렇게 해서 국내 최고봉의 두뇌를 가진 칠현인은 그 우수한 두뇌를 풀 가동시켜서 변명을 쥐어짜 냈다.

"저, 저⋯⋯ 실은, 전하에게 숨기던 게, 있어요."

"응."

펠릭스는 어딘가 재미있다는 듯이 모니카를 바라봤다.

모니카는 주먹을 움켜쥐고 입꼬리를 올렸다. '결계의 마술사' 루이스 밀러의 사악한 표정을 흉내 낼 작정이었다.

모니카는 익숙하지 않은 허세를 부리고 온몸을 부들부들 떨면서 힘차게 선언했다.

"실은, 저, 불량아에요!"

"⋯⋯⋯⋯."

"그러니까, 그래요. 불량아인 저는, 혼자서 밤놀이를, 하고 있었어요!"

펠릭스는 몇 초 정도 무표정으로 침묵했다. 그러더니 푸핫, 하고 숨을 뿜으며 웃었다. 그 어깨가 잘게 떨렸다.

"불량아⋯⋯ 네가 불량아⋯⋯ 풉, 후후, 그래. 그럼 나와 똑같네. 서로 불량아야."

"네, 넷! 서로 불량아네요!"

"그럼 제안할까. 불량아끼리 함께 밤놀이를 즐기지 않겠어? 밤놀이는 함께 즐기는 동료가 있으면 배는 즐겁거든."

이건 모니카에게는 바라마지 않은 제안이었다. 이러면 당당하게 펠릭스의 호위를 할 수 있지 않은가.

"넷. 잘 부탁합니다!"

마술 봉납은 나중에 생각하자. 모니카는 머리 한구석으로 그렇게 생각했다. 지금은 펠릭스의 호위가 최우선이다.

모니카가 도저히 불량아로 보이지 않게 성실하게 고개를 숙이자, 펠릭스는 키득키득 목을 울리며 웃었다.

여느 때의 부드럽고 다정한 웃음과는 다르고 재미있다는 걸 숨기지 않는 웃음이다.

"여기에서는 날 아이크라고 불러 줘. 알겠지?"

"아, 아이크, 님?"

펠릭스의 미들 네임인 아크에서 딴 가명일까?

아이크 님, 아이크 님. 모니카가 익숙하지 않은 이름을 발음하는 사이에 펠릭스는 모니카의 입술에 검지를 댔다.

"아이크 님이 아니라, 아이크. 너와 나는 불량아 동료잖아? 모니카."

"그래도⋯⋯."

곤혹스러워하는 모니카에게 손을 내민 펠릭스는 너무나도 즐거워 보이는 목소리로 말했다.

"자, 가자. 모니카. 밤이 지나가는 건 순식간이야. 오늘 밤에는 마음껏 놀아 보자고."

펠릭스는 다시 가면을 쓰고는 당혹스러워하는 모니카의 손을 쥐고 걸었다. 혼잡한 인파 속을 슬쩍슬쩍 누비며 걸어가는 모습은 모니카보다 훨씬 이런 상황에 익숙해 보였다.

"그런데 너는 평소에 어느 가게에서 놀아?"

"네……?"

펠릭스는 모니카를 바라보더니 왠지 평소보다 심술궂게 웃었다.

모니카는 밤놀이란 무엇인지 진지하게 고민했다.

기본적으로는 낮에도 밤에도 돌아다니지 않고 숫자나 마술식과 마주했던 모니카에게 놀이라는 건 미지의 영역이다. 하물며 밤놀이라니. 밤에 대체 뭘 하고 돌아다니는 걸까?

"너는 밤놀이에 익숙한 불량아잖아? 평소에 어느 가게에 가지?"

"저기, 그게…… 그건…….."

끙끙 앓던 모니카가 퍼뜩 뭔가를 떠올렸다.

맞다. 자신은 아까 밤놀이를 체험하지 않았던가. 게다가 서민들은 할 수 없는 귀족 계급이 하는 놀이를!

그것이 세렌디아 학원 학생이 하는 밤놀이의 모범 답안이 틀림없다. 모니카는 난해한 수식의 답을 발견했을 때처럼 눈을 빛내면서 자신만만하게 대답했다.

"미소년을 거느리고 주지육림이요!"

펠릭스는 마침내 배를 잡고 웃고 말았다.

평소의 펠릭스에게서는 볼 수 없는 행동을 목격한 모니카가 멍하니 있자, 펠릭스는 가면을 벗고는 웃음보가 터져서 흘린 눈물을 닦으며 말했다.

"그런 걸 좋아한다면 고급 가게로 안내할 텐데?"

"아뇨, 그런 건, 저기…… 이제, 배가 불러서……."

왜냐하면 아까까지 '별을 읽는 마녀'의 저택에서 미소년에게 대접을 받은 참이니까.

"그럼, 아이크 님…… 아이크 씨가 가고 싶은 곳으로……."

"아이크."

"으…… 아, 아이크가 가고 싶은 곳으로."

횡설수설하며 대답한 모니카는 살짝 재채기를 하며 몸을 떨었다.

축제의 열기에 들뜬 마을이었지만 겨울이 가까이 다가온 가을 밤바람은 쌀쌀했다. 길을 가는 사람들 중에는 모피를 걸친 이가 많아서 굉장히 따스해 보였다.

펠릭스는 가면을 쓰고는 모니카 앞에서 걸었다.

"먼저 너의 방한구를 골라볼까. 따라와."

* * *

미아 꼬마와 헤어진 바르톨로메우스는 "이야~ 좋은 일을 한 뒤에는 기분이 좋네."라며 개운한 기분으로 식전회장에 침입했다. 물론 이것은 범죄다.

식전회장은 마을에서 제일 커다란 교회. 그 교회 앞 광장에서 '별을 읽는 마녀'가 마술 봉납 의식을 진행한다고 한다.

교회에는 삼엄한 경비가 깔려 있었지만 바르톨로메우스는

제단을 수리하러 왔다는 엄청난 허풍을 떨어서 당당하게 안으로 들어갔다.

실제로 바르톨로메우스는 이 교회의 수도 관련 공사나 울타리 수리를 부탁받은 적이 있었고 지금도 기술자로 보이는 옷을 입었기에 의심받을 일은 없었다.

무엇보다 자신은 물건을 훔치러 온 게 아니다. 고대 마도구라는 걸 가까이에서 찬찬히 바라보려고 할 뿐이다──. 그렇게 정색한 이 남자의 태도가 너무나도 당당했기에 파수병도 의심하지 않았다.

교회의 구조는 예전에 수리하러 왔을 때 봤기에 기억하고 있다.

(고대 마도구를 안치한다면 아마 성구실(聖具室)에 했겠지. 예배당 바로 옆에 있는 작은 방이야.)

바르톨로메우스는 살금살금 성구실로 향했다.

목적지인 성구실에는 놀랄 만큼 쉽게 도착했다. 오는 도중에 사람과 마주치지 않았던 건 다들 축제로 바빠서일까?

불법 침입에 익숙한 사람이라면 경비 태세가 어설픈 것을 수상하게 여겼겠지만, 태평한 바르톨로메우스는 "평소 행실이 좋았던 덕분이겠지!"라고 생각하면서 성구실 문을 열었다.

문에는 자물쇠가 걸려 있지 않았다. 역시 태평한 바르톨로메우스는 "오늘은 운이 좋네!"라고 기분 좋게 생각하면서 성구실에 발을 들였다.

성구실에는 창문이 없어서 깜깜했다. 바르톨로메우스는 가져온 등에 불을 붙여서 안을 비췄다.

예배 때 사용하는 다양한 도구가 놓인 선반 앞에 작은 테이블이 있었고 그곳에 작은 상자가 놓여있었다. 척 봐도 수상하다.

"하하~ 이 녀석이군."

바르톨로메우스는 테이블에 등을 놓고 상자를 조사했다.

그 상자는 양손 위에 올라가는 크기의 보석 상자로, 자물쇠는 걸려있지 않았다.

뚜껑을 열자 벨벳 받침대 위에 섬세한 금세공이 된 팔찌와 반지가 얇은 사슬로 연결된 장신구가 들어 있었다. 손등 부분에 금색 사슬과 보석 장식이 덮인 고풍스러운 디자인이다.

"이게 고대 마도구……!"

바로톨로메우스는 크게 기뻐하며 '별을 자아내는 미라'를 들어서 등불로 비췄다.

섬세한 사슬이 흔들리며 내는 소리에 끈적한 여자 목소리가 섞여서 공기를 뒤흔들었다.

『사랑하는 그대…….』

"와하하! 역시 고대 마도구는 중후함이 다르네…… 으응? 방금 무슨 소리가……."

『아아, 아아, 사랑하는 그대. 갇힌 저를 구하러 오셨군요.』

바르톨로메우스의 중얼거림에 여자 목소리가 겹쳤다. 여

자 목소리는 바르톨로메우스의 손에서 들려왔다.

바르톨로메우스는 놀라서 바로 그 고대 마도구를 놓으려 했다. 그러나 의지와는 달리 손이 멋대로 그 팔찌를 들어서 자기 오른 손목에 끼웠다.

"뭐야 이거…… 몸이, 멋대로……."

팔찌는 바르톨로메우스에게 작아 보였지만 손을 넣자 멋대로 넓어지더니 관절을 지나자 다시 줄어들었다. 그렇게 고대 마도구는 피부에 딱 달라붙듯이 형태를 바꿨다.

바르톨로메우스의 왼손이, 팔찌와 연결된 반지 부분을 들어서 오른손 손가락에 끼웠다.

마침 손등 부분에 장식되어 있던 안에 하얀 별을 품은 루비가 불길하게 깜빡였다.

『이제 놓지 않겠어요. 네. 놓을 수 없죠. 아아, 사랑하는 그대. 사랑해요. 사랑해요.』

바르톨로메우스의 중지에 붉은 문양이 떠올랐다. 그것은 고대 마도구의 사용자로 인정받은 증표인 계약 인장.

고대 마도구 전문가가 아닌 바르톨로메우스도 뭔가 위험해졌다는 것만큼은 알 수 있었다. 이건 '잠깐 훔쳐봤다' 정도로는 끝나지 않을 사태다.

『자, 사랑의 도피행이에요. 사랑하는 그대.』

고대 마도구 '별을 자아내는 미라'에 덮인 오른손이 멋대로 올라가더니 바르톨로메우스의 몸을 밖으로 잡아끌었다.

그리고 예배당까지 나오자 바르톨로메우스의 오른손이 더

욱 높이 올라갔다. 마치 보이지 않는 신의 손에 이끌리는 것처럼 그 몸은 오른손부터 두둥실 떠올랐고……

"으아아아아아아아아아악!!"

예배당 스테인드글라스를 호쾌하게 깨부수고는 밖으로 날아갔다.

9장 다정한 유령

모니카의 방한구를 골라 주겠다고 한 펠릭스가 데려간 곳은 대로에 있는 무척 화려한 2층 구조의 가게였다. 화사한 장식이 들어간 문을 지나가자 호화로운 꽃병에 꽂힌 꽃이 향수 냄새와 섞여서 고혹적인 향을 풍겼다.

방한구를 고른다고 해서 틀림없이 옷 가게로 갈 줄 알았는데, 이 가게에서 취급하는 상품이 의류가 아니라는 건 누가 봐도 확실했다.

이 가게의 상품은 아름답게 꾸민 레이디와 보내는 자극적인 시간이다.

"여, 여여, 여여……!"

"무슨 흉내야?"

고개를 갸웃한 펠릭스에게 붕붕 고개를 내저은 모니카가 필사적으로 목소리를 쥐어짰다.

"여기는……."

"마담 카산드라의 저택."

펠릭스가 가면을 벗으며 대답하자, 가게 안에서 한 여자가 나타났다. 체리 블론드색 머리를 헐렁하게 묶고 어깨와 가슴을 대담하게 노출한 드레스를 입은 여자다.

여자는 마치 진수성찬을 발견한 고양이처럼 씨익 웃고는 펠릭스의 목덜미에 달라붙어서 뺨에 열렬하게 입맞춤을 날렸다.

"나리! 오랜만이잖아. 요즘에는 전혀 얼굴을 안 비쳐서 쓸쓸했다고."

"여어, 도리스. 미안하네. 요즘엔 좀 바빴어."

"오늘 밤에는 나를 지명해 줘. 나리가 왔으니 오늘 밤의 다른 예약은 전부 거절할 테니까."

펠릭스는 도리스의 뺨에 입맞춤해서 답하고는 태연하게 말했다.

"미안해. 먼저 마담 카산드라에게 볼일이 있어."

"흐으응?"

도리스는 그제야 모니카가 있는 걸 눈치챘는지, 펠릭스의 몸에 달라붙은 채로 고개만 움직여서 모니카를 봤다.

"으~음. 나리가 데려온 것치고는 영 손님을 못 받을 것 같은데……."

도리스가 나지막하게 중얼거리고 펠릭스를 올려다봤다.

"뭐, 됐어. 그래. 마담 카산드라는 안쪽에 있어. 여기야."

도리스는 그렇게 말하고 펠릭스의 왼팔에 자기 팔을 휘감으며 걸었다.

모니카가 허둥지둥하자, 도리스는 어이없다는 듯이 모니카를 보며 고함쳤다.

"자, 뭘 멍하니 있어! 나리의 오른팔이 비었잖아?"

"네⋯⋯?"

도리스는 모니카에게 손짓하고 펠릭스의 오른편에 세웠다.

그리고 모니카의 팔을 잡아서 억지로 펠릭스의 오른팔을 잡게 하고는, 자기는 다시 펠릭스의 왼팔에 달라붙었다.

"팔 잡는 법은 이렇게 좀 더 가슴을 밀어붙여서⋯⋯ 아니, 아아. 너는 밀어붙일 가슴이 없네."

자신은 대체 뭘 하고 있는 걸까.

모니카는 곤란한 얼굴로 펠릭스를 올려다봤다. 펠릭스는 웃음을 참으며 말했다.

"우선은 마담에게 인사할까."

"네, 네에⋯⋯."

모니카는 애매하게 대답하고 펠릭스의 팔에 자기 팔을 휘감았다⋯⋯기보다는 손을 대고만 있는 상태로 걸어갔다. 왠지 보호받는 미아가 된 기분이다.

마담 카산드라의 저택은 이 주변에서는 가장 북적거리는 가게로, 기둥이나 문의 장식, 융단 등등 모두 눈이 아플 만큼 호화로웠다.

'별을 읽는 마녀' 메리 하비의 저택도 호화로웠지만, 이 가게에 비하면 대단히 기품이 있었다. 모니카는 그걸 절실하게 느꼈다.

이윽고 복도 안쪽에 있는 방 앞에서 도리스가 발을 멈췄다.

"마담! 마담 카산드라! 오랜만에 좋은 남자가 마담을 만나러 왔어!"

"들어와."

방 안에서 들려온 건 술기운에 절은 듯한 여자의 목소리였다.

도리스는 기분 좋게 문을 열고 펠릭스와 모니카를 안으로 들였다.

이곳에 오기까지 지나온 복도도 무척 호화로웠지만 들어온 방은 그 이상이었다.

붉은색을 바탕으로 한 융단, 벨벳 커튼. 장식이나 태슬은 금실과 은실을 잔뜩 사용했다.

방 중앙에 놓인 훌륭한 소파에는 한 여자가 앉아 있었다.

그 여자는 회색 머리를 아름답게 모아 묶고 화사한 비색 드레스와 챙이 넓은 모자를 썼다. 중년이라기에는 조금 나이를 먹었지만 노년이라기엔 너무나도 생명력이 넘쳤다.

번뜩이는 강한 광채가 깃든 눈이 펠릭스를 바라보자, 새빨간 루주로 칠한 입술이 씨익하고 짙은 미소를 지었다.

"어라~ 나리. 오랜만이잖아. 나 참, 요즘에 거의 얼굴을 안 내밀어서 가게 애들이 의욕이 안 난다고 해서 곤란했다고."

"그건 실례했군요. 마담. 요즘에 볼일이 많아서요."

볼일이고 뭐고 펠릭스는 학생이다.

그러나 지금의 펠릭스를 보고 학생이라고 생각하는 사람은 아마 없겠지. 펠릭스는 너무나도 밤거리에 익숙했다.

(쓸데없는 말은 하지 않는 게 좋아 보여…….)

모니카가 한 발짝 물러나서 펠릭스 뒤에 숨자, 마담 카산드라라고 불린 여자가 고개를 돌려서 모니카를 봤다.

"그 계집애는 누구지?"

"이 아이의 옷을 골라 주셨으면 해서요."

일단 모니카의 방한구를 구한다는 건 거짓말이 아니었던 모양이다.

일반적인 옷가게라면 벌써 닫을 시간이다. 옷을 구하려면 이런 가게에서 돈을 내는 편이 빠르다.

도리스는 "그런 거라면 나한테 맡겨."라고 말하더니 모니카의 손목을 잡았다.

"자, 이쪽이야!"

"어, 저, 저기……!"

모니카가 당황하면서 펠릭스와 도리스를 번갈아 바라보자, 펠릭스는 싱글벙글 웃으면서 모니카에게 손을 흔들었다.

"귀여운 걸 골라 달라고 해."

"저기, 그게……."

"자, 똑바로 걸어!"

허둥대는 모니카의 손목을 꽉 붙잡은 도리스가 큰 보폭으로 걸었다.

모니카는 도리스에게 끌리다시피 해서 다른 방으로 갔다.

모니카가 도리스에게 끌려가는 것을 바라본 펠릭스는 마

담 카산드라의 맞은편 소파에 앉았다.

마담 카산드라는 자물쇠 달린 작은 서랍장을 열어서 몇 장의 봉투를 꺼내 펠릭스 앞에 놓았다.

"당신이 이 가게에서 알게 된 귀족님들한테서 온 거야."

"언제나 감사합니다. 마담."

펠릭스는 감사를 표하면서 봉투를 받아 품에 넣었다.

봉투에 적힌 귀족의 이름에는 공통점이 있다. 그건 모두 크록포드 공작 산하의 귀족이라는 것. 그리고 크록포드 공작에게 적잖은 불만이나 반의를 가졌다는 것.

눈치가 빠른 마담 카산드라는 당연히 알고 있으리라.

"나는 네가 누구인지 캐물을 생각은 없지만…… 이제 이 가게에는 오지 않으려는 건가?"

"아마도요."

마담 카산드라가 "귀중한 큰손이……."라면서 한숨을 내쉬자, 펠릭스는 금화가 든 주머니를 마담 앞에 놓았다.

"오늘 밤은 이걸로 성대하게 연회라도 여세요. 죽은 자를 보내는 타종의 밤에 어울리도록 떠들썩하게요."

"당연히 그 연회에 당신도 참가하겠지?"

"아뇨. 저는 따로 가야 할 곳이 있는지라. 오늘 밤은 잘 곳만 빌려주시면 그걸로 충분합니다."

마담 카산드라는 불쾌한 듯한 표정으로 담배를 꺼내서 새빨간 입술에 물었다.

"마지막이잖아. 마음껏 우리 가게 애들을 침상에 들여."

"그것도 나쁘지 않다고 생각했죠. 하지만 오늘은 생각지도 못하게 밤놀이 동료가 생겨서 그 아이를 우선할까 해요."

"응……?"

마담 카산드라는 불쾌한 듯이 가늘어졌던 눈을 크게 뜨고는 깜빡거렸다.

"혹시, 아까 그 시원찮은 계집애가……."

"제 친구입니다."

펠릭스가 태연하게 대답하자, 마담 카산드라는 이마에 손을 대고 하늘을 올려다봤다.

"이게 무슨 일이야. 나는 틀림없이 그 계집을 우리 가게에 팔려는 줄 알았는데……."

마담 카산드라가 투덜댄 그때, 복도를 달리는 소리가 들렸다.

문을 열고 안으로 뛰어든 것은 모니카를 옆구리에 낀 도리스였다.

"마담, 마담, 마~담~!"

목소리를 높인 도리스의 팔 안에서는 모니카가 공허한 눈으로 중얼거리며 숫자를 읊고 있었다.

그런 모니카의 모습을 본 펠릭스가 눈을 동그랗게 떴다.

모니카는 이 가게에서 일하는 여자들이 입을 법한 속옷처럼 얇은 드레스를 입었다.

도리스처럼 육감적인 여성에게 어울릴 노출이 많은 드레스는 심하게 마른 모니카가 입자 빈약함이 눈에 띄어서 무척이나 추워 보였다.

연한 와인색 천은 모니카의 창백한 피부를 두드러지게 만들 뿐이고 어깨끈은 이미 절반 정도 풀려서 당장에라도 조그만 가슴이 드러날 것 같다.

펠릭스가 놀라자, 도리스가 머리를 긁적이며 말했다.

"미안해, 나리. 당신이 팔려고 데려온 이 아이한테 남자를 기쁘게 하는 법을 시연해서 잠깐 가르치려 했더니…… 갑자기 이렇게 됐지 뭐야. 이거 어쩌지? 머리를 두드리면 나을까?"

도리스의 시연 섞인 지도는 모니카에게 자극이 너무 강했으리라.

그 결과, 모니카는 예전처럼 숫자의 세계로 떠난 모양이다.

"미안해, 도리스. 내 설명이 부족했던 모양이야."

"응? 어딜 봐도 피붙이 없어 보이는 이 아이를 우리 가게에 팔러 온 거잖아? 뭐, 너무 말라서 남자들한테는 별로 인기가 없을 것 같지만 제~대로 손님을 받게 가르쳐놓을 테니까 안심하고 맡기라고. 이 도리스 씨가 잘 돌볼 테니까."

"아니, 그게 아니라……."

그 뒤로 펠릭스가 도리스의 오해를 푸는 사이, 모니카는 공허한 눈으로 계속 숫자를 중얼거렸다.

말랑. 모니카는 뺨에 닿는 부드러운 감촉을 느끼고 정신을 차렸다.

"헉, 발바닥 젤리……!"

분명 네로가 부드러운 발바닥 젤리로 뺨을 꾹꾹 누르는 거다.

모니카는 그렇게 생각했지만 주변을 돌아보자 그곳은 산속 오두막도 다락방도 아니라 붉은색과 금색으로 된 눈이 아픈 방이었다.

발바닥 젤리가 닿은 왼쪽 뺨을 돌아보자, 펠릭스가 복잡한 표정으로 모니카를 보고 있었다.

"정신 차렸어?"

"전전전……."

전하, 라고 말하려던 모니카의 입술을 펠릭스가 검지를 세워 막았다.

모니카는 지금 펠릭스에게 기댄 채 호화로운 소파에 앉아 있었고 맞은편 소파에서는 마담 카산드라가, 그 옆에는 도리스가 대기했다.

도리스는 모니카와 눈이 마주치자 체리 블론드색 머리를 손가락으로 빙글빙글 꼬면서 쓴웃음을 지었다.

"아이고~ 미안해. 난 틀림없이 네가 우리 가게에 팔려 온 줄 알았거든."

"네, 네에……."

그제야 모니카는 자신의 차림새를 알아챘다.

얄팍한 속옷 같은 와인색 드레스. 아까 도리스가 떠넘겼던 옷이다.

모니카가 에취, 하고 재채기를 하자 도리스가 히죽 웃었다.

"미안, 미안. 아주 따스한 모피를 빌려줄게. 그리고 장갑도 끼는 편이 좋겠네."

"저기, 저, 제 옷만 돌려주시면, 그걸로…… 에취."

재채기를 하다가 완전히 어깨끈이 풀린 드레스가 허리까지 툭 떨어졌다.

모니카는 드레스를 잡아서 "영차." 하고 어깨끈을 다시 어깨에 멨다.

펠릭스와 도리스가 그런 모니카의 모습을 아연실색한 표정으로 바라봤다.

마담 카산드라가 입술에서 담배를 떼고는 눈썹을 찌푸렸다.

"이상한 아이네."

"저기이, 제 옷은……."

"도리스, 돌려주거라."

마담 카산드라가 턱짓으로 신호를 보내자, 도리스는 알았다고 말하고 모니카에게 손짓했다.

모니카가 주저하자, 도리스는 곤란한 듯이 뺨을 긁적였다.

"그냥 옷을 돌려줄 뿐이야. 자, 이리 와."

"네, 넷……."

"나리를 기쁘게 하는 법을 가르쳐 달라고 하면 몰래 전수해 줄 텐데."

모니카가 거의 목이 부러질 기세로 고개를 내젓자, 도리스는 즐거운지 깔깔 웃었다.

도리스는 모니카의 감색 드레스와 하얀 코트를 돌려주었고 코트 위로 걸칠 모피 케이프와 장갑, 축제 참가자가 다들 가지고 있는 종 달린 물푸레나무 지팡이를 빌려줬다.

케이프는 진한 갈색으로 후드 부분에 동물 귀를 본뜬 장식이 달려있었다. 축제 가장이리라.

모니카는 후드를 쓰고 달려 있는 귀를 쭉쭉 당겨 봤다. 앞부분이 조금 뾰족하고 가느다란 갈색 귀는 토끼 귀보다는 조금 짧았다.

(말의 귀인가?)

축제 가장은 대지의 정령왕의 권속인 땅에 발을 대고 있는 동물을 본뜨는 것이 일반적이라고 한다. 말은 그 대명사다.

분명 말의 귀겠지. 모니카가 그렇게 납득하자, 펠릭스가 싱글벙글 웃으며 말했다.

"아기 다람쥐네."

"으엑?! 이, 이건, 말의 귀라고, 생각하는데요……."

"아기 다람쥐네."

펠릭스의 말에 도리스와 마담 카산드라마저도 "다람쥐야.", "다람쥐네." 하고 동의했다.

모니카는 눈썹을 내리면서 펠릭스를 올려다봤다.

"아기 다람쥐라고는, 안 부른다고……."

"미안, 미안. 자, 가볼까. 모니카."

펠릭스는 왼팔을 모니카 앞으로 살며시 내밀었다.

이건 아까 도리스에게 배운 것처럼 팔을 휘감는 게 정답이겠지. 그러나 체구가 작은 모니카와 꽤나 장신인 펠릭스는 아무래도 키 차이가 너무 난다.

모니카는 고민을 거듭한 끝에 물푸레나무 지팡이를 든 손의 반대쪽 손끝으로 펠릭스의 옷소매를 붙잡았다. 이러면 펠릭스와 떨어질 염려도 없다.

펠릭스는 그런 모니카의 행동을 꾸짖지 않고 보폭을 맞춰서 걸었다.

마담 카산드라의 저택을 나온 펠릭스는 다시 가면을 쓰고 큰길로 나왔다. 그 발걸음에 망설임은 없었다. 역시 밤놀이에 익숙한 걸까.

"가고 싶은 가게가 있는데 가기 전에 잠시 걸을까. 포장마차나 노점을 보는 것도 의외로 즐거운 법이거든."

펠릭스는 그렇게 말하더니 포장마차와 노점이 많은 길을 골라서 걸었다.

포장마차는 꼬치구이나 과즙 음료를 제공하는 가게 말고도 다른 나라의 융단이나 액세서리를 파는 가게도 드문드문 있었다.

"여어, 거기 나리. 우리 가게를 보고 가라고. 좋은 액세서리를 팔아. 그쪽 아가씨에게 귀여운 팔찌 하나 선물하는 거 어때?"

"보기로 할까."

펠릭스가 발을 멈추고 매대 위에 있는 액세서리에 시선을 돌렸다.

점주는 큰손이 왔다는 듯이 씨익 웃으면서 손을 비볐다.

"우리 가게의 액세서리는 말이지, 아주 귀한 거라고. 뭐니 뭐니 해도 고명한 마술사님의 가호가 붙었거든."

"흐응. 마도구인가?"

"아아, 응. 그런 셈이지."

아무래도 마도구라기보다는 주문이나 가호라고 말하는 게 젊은이들의 반응이 좋은 모양이다.

점주는 이쪽 목걸이에는 매력이 올라가는 주문이, 저쪽 반지에는 재앙을 쫓는 효과가 있다면서 그럴싸하게 말을 늘어놓았다.

앞쪽 등불에 비친 상품은 모두 반짝이며 아름답게 빛났다. 낮보다 어두운 밤에 팔 때가 싸구려와 고급품의 분간이 어려움을 점주도 잘 아는 것이리라.

모니카는 진열된 상품을 조용히 바라봤다.

(모두 마도구의 효과는 없어 보여…….)

반지의 보석을 받치는 부분이나 잠금쇠에는 그럴싸한 마술 문자가 새겨졌지만 모두 엉터리뿐이다.

아마 펠릭스도 그걸 알고 있겠지. 흥미로워하는 척하지만 상품을 보는 눈에는 진심이 없었다. 정말로 그냥 눈요기만 할 뿐이다.

별생각 없이 액세서리를 보던 모니카는 안쪽에 놓인 브로치에 시선을 돌렸다. 저 브로치에 새겨진 마술식만이 진짜였다.

(간단한 방어 결계. 그다지 정밀도는 높지 않아 보이지만…….)

모니카가 브로치를 바라보자, 점주가 이때라는 듯이 목소리를 높였다.

"이거~ 아가씨는 보는 눈이 있네. 이 브로치는 다른 것과는 다르게 특별한 거거든."

점주는 거기서 말을 끊고 허리를 살짝 앞으로 숙이더니 비밀 이야기를 하듯이 목소리를 낮췄다.

"이 브로치는 놀랍게도! 칠현인이신 '보옥의 마술사' 님이 만든 거야."

"어…….."

모니카는 칠현인이라는 말을 듣자 무심코 가슴이 두근거렸다.

펠릭스가 턱에 손가락을 대고 중얼거렸다.

"'보옥의 마술사' 에마누엘 다윈…… 마도구 제작의 천재라고 들은 적이 있는데."

"나리, 박식하네. 바로 그거야! '보옥의 마술사'가 만든 마도구 같은 걸 정식으로 사려면 왕도에 집을 살 금액이 필요하다고. 그걸 여기서는 특가에 제공하는 거지…… 어때?"

"브로치 좀 살펴봐도 될까?"

펠릭스가 그렇게 말하자, 점주는 붙임성 있게 여기 있다고 말하며 브로치를 천으로 감싸서 내밀었다.

브로치를 받은 펠릭스는 등불 빛에 브로치의 보석 부분을 비췄다. 아마 안에 마술식이 떠올라 있는지 확인하는 것이리라.

그 마술식 안쪽에는 아주 작게 에마누엘 다윈의 이름이 새겨져 있었다.

일반적으로 생각하면 가짜다. 마술식의 정밀도가 낮고, 애초에 칠현인이 만든 마도구를 이런 노점에서 팔 리가 없다.

그러나 모니카는 브로치 장식이 괜히 신경 쓰였다. 모니카는 이것과 아주 닮은 브로치를 본 적이 있다.

(시릴 님의 브로치와…… 비슷해.)

마력을 모으기 쉬운 체질인 시릴 애슐리는 체내의 마력을 흡수해서 방출하는 마도구 브로치를 항상 착용한다.

모니카는 그 브로치를 직접 만져 본 적이 있기에 잘못 볼리가 없었다.

(시릴 님의 브로치에도 '보옥의 마술사' 님 이름이 새겨져 있었어.)

보호 술식이 없었던 시릴의 브로치.

그리고 지금 펠릭스가 손에 든 조잡한 방어 결계가 걸렸을 뿐인 브로치.

이 두 개는 브로치 장식도, 마술식의 규칙도 흡사했다.

"응. 마음에 들었어. 이 브로치를 사 갈까."

"헤헤. 통이 크시네, 나리. 매번 감사합니다."

펠릭스는 노점에서 내기에는 어마어마한 액수의 돈을 내고 브로치를 받았다.

그리고 가면 안에서 푸른 눈을 돌려서 모니카를 봤다.

"있잖아, 모니카. 너는 뭔가 갖고 싶은 액세서리 있어? 마음에 든 게 있으면 뭐든 사 줄게."

"아뇨. 저는 없어요⋯⋯."

모니카가 천천히 고개를 내젓자, 펠릭스는 조금 몸을 수그려서 모니카의 얼굴을 들여다봤다.

"체스 대회가 있던 날에 화장했었지. 굉장히 잘 어울렸어."

"네에."

"그때의 너와 잘 어울리는 액세서리를 받아 주지 않을래?"

펠릭스가 끈적하고 달콤한 목소리로 속삭이면 대부분의 귀부인은 몽롱해져서 뺨을 물들이리라.

그러나 모니카는 별로 마음이 움직이지 않았다.

모니카는 그 이유를 자기 나름대로 고민하다가 어색하게 말했다.

"저기, 처음 만났을 때 있었던 일을, 기억하시나요?"

"구 정원에서 너는 나무 열매를 떨어뜨렸었지."

"그때, 나무 열매를 주워 주셔서, 저는, 굉장히⋯⋯ 굉장히, 기뻤어요."

학교에 막 온 참이라 친한 사람도 없고, 앞뒤 분간도 못하던 모니카에게 라나가 준 리본과 펠릭스가 주워 준 나무 열매는 보물처럼 보였다. 나무 열매를 먹는 게 아깝다고 생각했을 정도다.

"저기, 말로 잘 표현할 수는 없지만…… 지금, 여기서 액세서리를 받아도, 분명, 그때의 나무 열매처럼 기뻐할 수는 없을 것 같다는…… 생각이 들어요."

"그런가……."

펠릭스의 목소리는 어딘가 쓸쓸했다. 그건 학생회실 의자에 앉아있을 때와는 다른 목소리였다.

모니카는 매우 미안한 마음이 들었다. 이유야 어찌 됐든 모니카가 펠릭스의 호의를 거절했다는 건 변함이 없으니까.

그래서 모니카가 황급히 말을 이었다.

"저기, 그래서 말이죠. 저, 요즘에 꾸미기에 흥미가 생긴, 꾸미기 초심자라서! 저기, 액세서리는 아직, 벽이 높다고 할까요……. 그래요, 액세서리는 꾸미기 상급자의 물건이니까 저에게는, 아직 이르다고 생각해요!"

모니카의 주장을 듣고 펠릭스는 놀랐는지 가면 속에서 눈을 동그랗게 떴다.

모니카가 무례했나 싶어서 손가락을 꼬자, 펠릭스는 살짝 미소를 머금었다.

"그럼 그런 걸로 해 둘까."

그렇게 말한 펠릭스는 옆쪽 포장마차로 발길을 돌렸다.

옆쪽 포장마차에서 구운 과자를 팔고 있었다. 손바닥 크기에 동그랗고 납작하게 구운 과자로, 표면에는 공들인 문양이 새겨져 있다.

"예쁜 문양의 과자, 네요."

음식을 앞에 두고서도 가장 먼저 문양에 주목하는 모니카를 본 펠릭스가 웃으면서 말했다.

"타종 축제 때 먹는 전통 과자야. 반으로 나눠 먹지."

펠릭스는 그 구운 과자를 하나 사서 두 개로 나눠 절반을 모니카에게 내밀었다.

"이 정도는 받아 주겠어?"

"저기, 자, 잘 먹겠습니다……."

벌꿀로 단맛을 더한 빵 같은 반죽 안에는 건포도나 무화과, 호두 같은 게 가득 들어 있었다.

거북함을 얼버무리듯이 우물우물 과자를 씹자, 옆에서 손가락이 튀어나와 모니카의 입가에 묻은 과자 부스러기를 뗐다.

"묻었어."

펠릭스의 손가락이 입가에 닿은 순간, 무의식적으로 모니카는 얼굴이 굳어지면서 어깨를 흠칫 떨었다.

모니카의 목이 떨리면서 나온 히익 소리를 들었는지 펠릭스가 조금 쓸쓸한 목소리로 물었다.

"예전에 네가 말은 안 무섭다고 했었지. 말은 안 무섭지만 사람은 무서워?"

펠릭스의 말대로였다.

모니카는 동물도 곤충도 무섭지 않지만 인간은 무섭다.

그건 버니와 만나기 전—— 미네르바에 들어가기 전부터 계속 그랬다.

특히 거북한 건 키가 큰 남성이다. 장신의 남성이 자신의 곁에서 손을 들면, 그 손이 자신에게 향하는 순간이 머리에 스쳐서 공포를 느끼고 다리가 움츠러든다.

바르톨로메우스와 만났을 때가 그랬다. 모든 사람이 자신에게 폭력을 휘두르는 건 아니지만, 몸이 멋대로 반응하고 만다. 머릿속이 새하얘져서 공포에 지배당한다.

(나는 언제나, 다른 사람의 호의를 뿌리치기만 해…….)

죄책감이 들어서 얼굴을 흐린 모니카는 떨리는 목소리를 쥐어짰다.

"죄송, 합니다……."

펠릭스는 그런 모니카를 꾸짖지 않고 입가에 다정한 미소를 띠었다.

"만약 네가 사람이 무섭다면 날 유령이라고 생각하면 돼. 오늘은 죽은 자가 찾아오는 축제—— 타종의 밤이니까."

펠릭스는 모니카가 쥔 지팡이로 손을 뻗었다.

도리스가 빌려준 물푸레나무 지팡이 끝에는 귀여운 금색 종이 흔들리고 있다. 펠릭스는 그 종을 손끝으로 잡아서 살짝 튕겼다.

딸랑거리는 이 청량한 소리는 축제에 온 죽은 자를 추도하고 배웅하기 위한 소리다.

"너의 친구인 아이크는 사실은 어디에도 없는 유령이야.

그러니까 너를 상처입히지 않아.”

장난스러운 목소리와 가면 속 푸른 눈에는 다정함과 쓸쓸함이 배어 나왔다.

모니카는 입을 뻐끔거렸다. 뭔가 말해야겠다고 생각한 거다. 그러나 할 말이 전혀 떠오르지 않아서, 그저 하얀 숨결만이 밤하늘에 떠올랐다 사라졌다.

“목이 좀 마르네. 과일 음료를 사 올 테니까 잠깐 기다려.”

그렇게 말한 펠릭스는 망토를 휘날리면서 인파 속으로 사라졌다.

자신은 그의 호위니까 쫓아가야 한다.

그렇게 생각한 모니카가 허둥대면서 한 발을 내디딘 그때, 뒤에서 목소리가 들렸다.

“ ‘침묵의 마녀’ 님.”

깜짝 놀라서 돌아보자, 모니카의 바로 뒤에 메이드복을 입은 미녀—— 바람의 정령 린이 서 있었다.

린은 변함없이 무표정으로 덤덤히 말했다.

“이건 ‘내 여자한테 손대지 마라’ 건일까요?”

린의 첫마디는 이러했다.

아무래도 린에게는 가장한 펠릭스가 모니카를 곤란하게 만든 나쁜 남자로 보인 모양이다.

이런 상황에서 체스 대회 때 있었던 일—— 화려한 예복 차림으로 ‘내 여자한테 손대지 마라’ 발언이 재현된다면 큰일이기에 모니카는 황급히 린의 말을 부정했다.

"아, 아니에요. 저건 전하라고요."

"뭐라고요."

린의 목소리에는 평소처럼 감정이 없었지만 일단 놀라기는 한 모양이었다.

린은 고민하는 것처럼 입가에 손을 대고는 고개를 살짝 오른쪽으로 기울였다. 그리고 3초 후, 다시 고개를 원래 위치로 되돌리고 입을 열었다.

"그럼 오늘 밤에는 이대로 펠릭스 전하의 호위를 하신다고 봐도 될까요?"

"네, 넷. 린 씨는 떨어진 곳에서 지원해 주시면 고맙겠어요……."

"알겠습니다…… 어라?"

린이 뭔가를 눈치챘는지 시선을 위로 향해서 모니카도 덩달아 위를 쳐다봤다. 그리고 밤인데도 날개를 펼치고 이리로 날아오는 새의 그림자를 보고는 눈을 동그랗게 떴다.

이윽고 그 새는 밤하늘을 활공하더니 린의 머리 위에서 멈추고는 "호우~!" 하고 울었다. 올빼미다. 잘 보니 작은 통이 달린 발찌를 차고 있었다.

통에 새겨진 별의 문장은 모니카도 본 기억이 있었다.

"이 아이는 '별을 읽는 마녀' 님의 사역마……? 저기, 린씨. 허리 좀 숙여 주실래요?"

"그러죠."

모니카는 흠칫거리며 올빼미의 발찌에 달린 통에 손을 뻗었다. 통 안에는 작게 접힌 종이가 들어 있었다.

종이에는 왕궁에서 온 초대장인가 싶을 만큼 아름다운 글씨체로 이렇게 적혀있었다.

『'별을 자아내는 미라'를 도둑맞았어. 부탁이야 도와줘~!』

"에, 에에에엑?"!

모니카는 입을 뻐끔거리며 표지에 적힌 글을 바라봤다.

아름다운 글자로 적힌 가벼운 문장의 내용은 엄청난 내용이었다.

옆에서 편지를 들여다본 린도 머리에 올빼미를 올린 채 낮은 목소리로 "비상사태군요." 하고 중얼거렸다.

어떻게 하지. 이것이 모니카의 솔직한 감상이었다.

펠릭스의 호위와 도둑맞은 고대 마도구를 되찾는 것. 둘 다 중요하다.

'별을 자아내는 미라'는 이 토지 일대의 마력을 흡수해서 그걸 공격 마술로 변환할 수 있다.

(만약 나쁜 사람이 '별을 자아내는 미라'로 이 마을을 공격하면…….)

상상만으로도 등골이 얼어붙는다. 오늘 밤의 '별을 자아내는 미라'는 콜랩튼 정도 규모의 마을은 손쉽게 멸망시킬 테니까.

(루이스 씨는 1급 봉인은 이미 풀렸다고 했어. 그러니 언제 피해가 발생하더라도 이상하지 않아…….)

강대한 힘을 가진 고대 마도구로부터 마을을 지키는 건 칠현인인 모니카의 책무다.

일단 모니카는 자기 가슴에 손을 대고 눈을 감았다.

뒤에서 들려오는 건 마을 곳곳에 장식된 종에서 들리는 청량한 소리. 그것은 죽은 자를 배웅하고 추도하는 소리다.

(이렇게 추도해서 구원받는 사람이 있어…… 나처럼.)

그렇기에 이 축제를 엉망으로 만들 수는 없었다.

모니카는 천천히 앞을 바라봤다. 그 눈에 망설임은 없었다.

"린 씨. 마력 감지가 가능한가요?"

"아뇨. 저는 소리를 줍는 건 특기지만, 마력 감지는 그렇게 특기가 아닙니다."

모니카는 마력 감지 마술을 쓸 수 있다.

그러나 감지 술식은 전문가가 있을 만큼 특수한 술식이다. 술식 전개가 어려운 데다가 정보를 읽으려면 숙련된 감이 필요하다.

모니카는 술식이야 완벽하게 재현할 수 있지만 감지 결과를 해석하는 건 그리 잘하지 못했다. 굳이 따지자면 이런 마술은 실전에 강한 마법병단 출신자의 특기다.

(그래도, 해야 해.)

모니카는 눈을 감고 의식을 집중해 감지 술식을 발동했다.

지금 모니카의 눈꺼풀 속에 펼쳐진 광경은 칠흑의 밤하늘에 떠오른 별과 비슷했다.

눈을 가늘게 뜨고 바라봐야 보이는 작은 별 하나하나가

마력 덩어리로. 별의 크기나 색상의 차이로 마력량과 속성을 판단한다.

그러나 아무리 마력량이 많은 상위종인 용이나 정령이라도 힘을 감추면 감지하지 못하는 경우가 종종 있다.

예전에 케이시가 사용한 암살용 마도구 '나염'처럼 기동하지 않으면 감지에 안 걸리는 물건이 많다.

(도둑맞은 고대 마도구 '별을 자아내는 미라'는 마력을 흡수하는 성질이 있다고 했어. 그러니까 조금씩 마력량이 부풀어 오르는 반응을 찾으면…….)

모니카는 조금씩 탐색 범위를 넓혔다. 그러나 이런 건 범위를 넓힐수록 놓치기 쉬워진다.

모니카는 이마에서 땀을 주르륵 흘리면서 눈꺼풀 속에서 펼쳐지는 수많은 별들을 관찰했다.

그것은 밤하늘을 무질서하게 오가는 혜성을 관측하는 셈이다. 눈을 가늘게 뜨고 바라봐야 보이는 별이 움직이니까 고도의 집중력이 필요하다.

그런 가운데 모니카는 딱 하나 부자연스러운 움직임을 보이는 별을 발견했다.

무척이나 빠른 속도로 마을 중심부에서 바깥으로 올곧게 향하는 그 별은 조금씩 광채가 늘어났다. 주변의 마력을 흡수하는 거다.

"찾았다!"

반응이 있는 곳은 지금 모니카가 있는 지점에서 꽤 멀다.

이대로 가면 모니카가 따라잡기 전에 범인이 마을 밖으로 나가고 만다.

모니카가 해야 할 일은 도둑맞은 고대 마도구를 재빨리 되찾고 다시 이곳으로 돌아와 펠릭스의 호위를 이어가는 것.

"제가 고대 마도구를 되찾으러 간 동안에 린 씨는 여기 남아서 전하를 호위해 주세요. 그리고…….''

모니카는 물푸레나무 지팡이를 꽉 움켜쥐고 자신이 가야 하는 방향을 똑바로 바라봤다.

고대 마도구를 훔친 범인이 향한 곳에는 가늘고 높은 종루가 있었다. 표식으로 삼기에 딱 좋았다.

"저를 저 종루를 향해 힘껏 날려 주세요."

"'침묵의 마녀' 님은 비행 마술을 못 쓴다고 들었는데요?"

"네. 그래도 착륙만이라면, 어떻게든…… 될 거예요. 아마도.''

바람 마술로 쿠션을 만들면 다치지는 않을 거다.

무엇보다 둔해빠진 모니카가 이 인파 속을 달렸다가는 절대로 범인을 따라잡지 못한다. 범인을 따라잡으려면 이 방법밖에 없었다.

"알겠습니다. 그럼…….''

미모의 메이드는 머리에 올빼미를 올린 채 살짝 끄덕이고는 한 손을 들었다.

모니카의 발밑에서 바람이 불어서 코트 옷자락이 펄럭였다.

"상공 일대에 소음 결계를 칠 테니 얼마든지 비명을 질러도 됩니다."

"네……?"

"몸이 아슬아슬하게 안 망가질 정도의 속도입니다."

"아뇨, 저기, 가능하면 적당한 속도로———— 으, 흐아아아아아아아아아아아아아!!"

다음 순간, 모니카의 몸은 힘차게 솟아올라 밤하늘을 가르는 유성처럼 날아갔다.

10장 하늘을 나는 아기 다람쥐, 밤하늘에서 춤추다

살쾡이 후드를 쓰고 콜랩튼 마을 포장마차 거리를 돌던 이자벨은 방금 산 과자를 손에 들고 맛있게 먹고 있었다.

"아가씨. 품절되기 전에 사서 다행이네요."

암행에 따라온 시녀 애거서가 말하자 이자벨은 "응." 하고 활짝 웃으면서 끄덕였다.

케르벡에 있던 시절에도 몰래 축제에 간 적이 있었다. 그러나 고향 마을에서 이자벨은 대부분의 사람에게 얼굴이 알려져 있어서 거리에 나설 때마다 "어라, 이자벨 아가씨. 암행이십니까.", "우리 가게의 과자도 가져가세요." 등등 다정한 말을 듣는 게 일상이었다. 즉, 암행 자체가 성립되지 않았다.

그러나 오늘 축제는 정말로 암행이다.

"여기에 모니카 언니가 계셨다면 더 즐거웠을 텐데……."

이자벨은 입 밖으로 꺼낸 말을 취소하려는 듯이 고개를 가로저었다.

"아냐. 내가 어리광을 부려서는 안 되겠지. 언니는 열심히 중요한 임무를 하고 계실 테니까!"

모니카가 축제에 못 왔으니 선물이라도 사서 가고 싶었다.

그래서 이자벨은 이렇게 포장마차 거리를 돌고 있었다.

포장마차 거리에 와서 맨 먼저 산 것은 동그란 반죽에 문양을 새긴 전통 과자. 이건 친한 사람과 반반씩 먹으면 언제나 사이좋게 지낼 수 있다는 말이 전해진다.

돌아가면 동경하는 언니와 이걸 반반씩…… 이자벨이 그런 생각을 하는데, 앞에서 아이들이 말다툼하는 소리가 들렸다.

"거짓말쟁이! 거짓말쟁이!"

"거짓말 아냐! 진짜로 봤는걸!"

말다툼을 벌이는 건 열 살 정도의 소년과 그보다 몇 살 어린 소년이었다. 얼굴이 닮았으니 분명 형제이리라.

어린 동생이 하늘을 가리키며 뭔가 주장했다.

"정말로 봤어! 커다란 다람쥐가 저쪽 지붕 위를 휘~잉, 하고 엄청난 속도로 날아갔다고!"

"다람쥐가 하늘을 날 리 없잖아. 커다란 새를 착각한 거야."

"다람쥐인걸. 다람쥐 귀였는걸."

어린 소년의 눈에 점점 눈물이 맺혔다.

보다 못한 이자벨은 빠르게 두 사람 사이에 끼어들었다.

"거기까지! 축제 날인데 싸우는 건 슬플 뿐이에요."

갑자기 난입자가 나타나자 동생은 눈을 동그랗게 떴고, 형은 눈꼬리를 세우며 이자벨을 노려봤다.

그러나 이자벨은 겁먹지 않고 당당한 태도로 종이봉투에 든 전통 과자를 꺼냈다. 그리고 과자를 절반으로 나누고 방긋 미소 지었다. 무척이나 가련하고 귀여운 웃는 얼굴로.

"이거 먹고 화해하기예요?"

형제는 얼굴을 새빨갛게 물들이며 과자를 받고 우물거리면서 감사 인사를 했다.

애거서는 그 광경을 흐뭇하게 지켜봤다.

* * *

'침묵의 마녀' 모니카 에버렛은 등불로 채색된 밤거리 상공을 탄환과도 같은 기세로 날고 있었다.

모니카는 "흐아우와우와우와우."라는 한심한 소리를 내면서도 의식만큼은 날아가지 않은 채 물푸레나무 지팡이를 꽉 움켜쥐었다.

불어오는 차가운 밤바람 탓에 노출된 뺨이 아팠다. 장갑을 빌렸기에 망정이지 안 빌렸으면 분명 손이 딱딱하게 얼어서 지팡이를 떨어뜨렸을 거다.

이윽고 전방에 종루가 보였다. 이 기세로 가면 종루에 부딪히는 게 당연했다.

모니카는 무영창으로 바람 마술을 써서 천천히 낙하하려고 했……지만 높은 높이와 빠른 속도의 공포가 모니카의 사고를 둔하게 했다.

평소였다면 정확하게 전개했을 마술식이 엉망진창으로 흐트러져서 바르게 전개되지 않았다.

"히이이이이익, 우왓, 우왓, 우왓, 우아우아우아우아우,

흐아아아아아아아아!"

모니카는 종루에 격돌하기 직전에 아슬아슬하게 바람 마술을 발동했다.

머리부터 종루에 처박힐 뻔한 몸이 뒤집히면서 시야가 빙그르르 돌았다. 모니카는 신발 바닥으로 종루 벽을 박차고, 그 반동으로 낙하 방향을 바꿔서 머리부터 종루에 처박히는 걸 피했다.

모니카는 땅에 발을 붙인 상태에서 마술을 쓰는 것과 불안정한 자세로 마술을 쓰는 건 전혀 다름을 새삼 실감했다. 아무튼 집중할 수가 없다.

다행히 낙하지점인 종루의 뒤편은 사람이 없는 탁 트인 공간이다.

(지면을 향해 바람 마술을 날리면 반동으로 낙하 충격을 줄일 수 있어!)

모니카가 혈안이 되어 마술식을 짜고 지면에 바람을 날리려던 그때, 근처에 있던 덤불이 크게 흔들리며 한 남자가 뛰쳐나왔다.

모니카는 낙하하면서 절규했다.

"안 돼에에에에에에, 비켜요오오오오오오!!"

* * *

『아아, 아아, 사랑하는 그대! 저를 어딘가 멀리 데려가요……!』

"아니, 이건 어디를 봐도 내가 멀리 끌려가는 상황이잖아아아?!"

바르톨로메우스의 오른손에서 빛나는 고대 마도구 '별을 자아내는 미라'는 바르톨로메우스의 몸을 질질 끌고 갔다.

옆에서는 오른손을 앞으로 든 남자가 발을 거의 움직이지 않고 전진하는 것처럼 보일 것이다. 길거리 공연의 일종이라고 착각한 통행인이 돈을 던졌다.

발밑에 떨어진 동전을 줍고 싶었지만 '별을 자아내는 미라'는 바르톨로메우스의 의지와는 관계없이 멋대로 쭉쭉 나아가고 말았다.

교회 예배당을 부수고 날아오른 탓에 바르톨로메우스의 몸에는 스테인드글라스 파편이 꽂혀있었다. 게다가 때때로 난폭하게 끌고 가는 바람에 이곳저곳에 타박상이나 긁힌 상처가 생겼다.

그러나 '별을 자아내는 미라'는 바르톨로메우스가 만신창이가 되어도 아랑곳하지 않았다.

"이봐, 조금 더 내 몸을 배려하라고! 네가 사랑하는 미남이 상처투성이가 됐잖아!"

『아아, 사랑하는 그대. 저를 도망치게 하려고 이렇게 상처투성이가 되다니…….』

이 고대 마도구, 언뜻 대화가 성립하는 것 같다가도 묘하게 성립되지 않는다.

꽤 위험한 상황이잖아. 바르톨로메우스는 식은땀을 흘렸다.

(이대로 가면 내가 고대 마도구를 훔친 범인이 되고 말아!)

그저 잠깐 고대 마도구를 훔쳐보고 복제한 기념품을 만들어서 한밑천 벌려고 했을 뿐인데!

아무튼 지금은 사람들 눈을 피해서 아무도 없는 곳으로 가 이 팔찌를 부수고 벗겨 내는 수밖에 없다. 오른손의 자유를 빼앗겼지만 다행히 왼손은 맘대로 움직인다.

바르톨로메우스는 왼손으로 공구 주머니를 살며시 어루만지며 '별을 자아내는 미라'에게 말을 걸었다.

"좋~아. 알았어. 그럼 우선 사람이 없는 곳에서 사랑을 나누자고. 사람이 있는 곳에서는 부끄러워서 사랑한다는 말도 못하니까……."

『아아, 사람이 없는 곳이라니. 대담한. 분. 이. 셔. 라.』

"하하하하하."

바르톨로메우스가 공허하게 웃자 '별을 자아내는 미라'는 사람이 적은 곳으로 끌고 갔다.

마침 전방에는 종루가 있었다. '별을 자아내는 미라'는 종루 주변에 난 덤불을 돌파해서 사람이 없는 곳으로 향했다.

덤불을 돌파한 탓에 나뭇잎투성이가 된 바르톨로메우스는 입에 들어간 나뭇잎을 뱉고 왼손을 공구 주머니로 뻗었다.

『자, 여기라면 저와 당신 둘뿐이에요. 사랑스러운 그대.』

"그래, 좋아좋아. 그럼 마음껏 사랑을 나누자……고!"

왼손에 움켜쥔 톱을 '별을 자아내는 미라'에게 휘두르려던 그때, 머리 위에서 비명이 들렸다.

"안 돼에에에에에, 비켜요오오오오오오!!"

"어……?"

올려다본 밤하늘에서 동그란 달과 겹친 실루엣은 지팡이를 쥐고 낙하하는 다람쥐…… 아니, 조그만 소녀였다.

바르톨로메우스가 멍하니 있자, 갑자기 상공에서 강한 바람이 불며 그를 날려 버렸다.

"끄아악?!"

바르톨로메우스는 바람에 휩쓸려 덤불에 처박히면서 봤다. 하늘에서 내려온 소녀의 몸이 보이지 않는 쿠션 위에 떨어진 것처럼 튕겨 나가는 것을. 저건 바람 마술이다.

그대로 멋지게 착지했다면 그럴싸했겠지만 바람 쿠션 위에서 튕겨 나간 소녀는 "흐아앙!" 하고 비명을 지르며 지면에 철퍼덕 쓰러졌다.

"무, 무서웠어…… 히이잉…… 으, 으에에…….'

꾸물꾸물 일어나서 콧물을 훌쩍이는 건 후드를 뒤집어쓴 조그만 소녀다. 잘 보니 아까 바르톨로메우스가 말을 걸었던 미아 꼬마이지 않은가.

"너, 아까 그 꼬마…… 마술사였나. 그보다 왜 하늘에서……."

간발의 차이로 바람 마술을 발동해 추락사를 면한 모니카는 덤불에 파묻힌 남자에게 시선을 돌렸다.

검은 머리에 반다나를 감은 남자── 미아가 된 모니카에게 말을 걸었던 바르톨로메우스다.

모니카는 말려들게 해서 죄송하다고 하려다가 멍하니 눈을 동그랗게 뜨고 입을 벌렸다.

바르톨로메우스의 오른손에는 팔찌와 반지를 사슬로 연결한 장식품이 끼워져 있었다. 그 황금빛 광채나 손등에 올라간 커다란 보석은 이 주변에서 손에 넣을 수 있는 물건이 아니다.

설마 싶어서 감지 마술을 발동하자 주변의 마력을 흡수해서 슬금슬금 팽창하는 강대한 반응이 눈앞에 나타났다.

"'별을 자아내는 미라' ──!"

모니카의 말을 듣자 바르톨로메우스의 얼굴이 새파래졌다. 오른손에서 여자 목소리가 났다.

끈적하게 휘감기는 독특하고 특징적인 목소리가 비장하게 외쳤다.

『아아, 큰일이야, 큰일. 추격자가 오고 말았어. 도망쳐요. 사랑하는 그대!』

바르톨로메우스의 오른손이 마치 다른 의지를 가진 것처럼 올라갔다.

바르톨로메우스는 혀를 차고 왼손으로 근처 나뭇가지를 붙잡고 버티면서 외쳤다.

"부탁이야, 구해줘! 나는 도둑이 아니야! 이 녀석이 멋대로 내 오른손에 달라붙었어!"

"에엑?!"

"정말이야! 나는 피해자라고!"

얼굴을 새빨갛게 물들이며 침을 튀기는 바르톨로메우스는 필사적인 모습이었다.

도저히 거짓말을 하는 것처럼 안 보여서 모니카가 당혹스러워하자, 바르톨로메우스의 오른손이 갑자기 축 늘어졌다.

『너무해…….』

당장에라도 울음을 터뜨릴 것만 같은 목소리였다.

『어째서 그런 말을 하는 거죠. 사랑하는 그대…… 아아, 아아, 마음이 찢어질 것만 같아.』

'별을 자아내는 미라'가 한 말을 듣자, 바르톨로메우스의 얼굴이 확 밝아졌다.

"오, 나한테 정나미가 떨어졌냐? 그래. 그럼 당장 나를 풀어 주고……."

『우리는 이 세상에서는 맺어질 수 없는 운명인가 보네요…….』

바르톨로메우스의 오른손이 천천히 올라갔다. 눈을 동그랗게 뜬 그의 몸은 오른손에 이끌려서 쭉쭉 올라갔다.

『같이 죽어요. 사랑하는 그대.』

"끄아아아?! 높아, 높아, 높아, 높아! 잠깐 기다려, 기다려, 기다려! 내가 잘못했어! 내가 잘못했으니까 다시 생각해…… 끄흑."

바르톨로메우스의 비명이 끊어졌다. 아무래도 손발을 파닥거리다가 종루 장식 기둥에 머리를 부딪친 모양이다. 흰자위를 드러낸 바르톨로메우스의 머리가 풀썩 늘어졌다.

모니카는 예상 밖의 전개가 연속으로 벌어져서 멍하니 있다가 문득 루이스의 말을 떠올렸다.

──'별을 자아내는 미라'는 소유자가 남자라면 그 남자를 죽여 버린다는 전설이 있는 고대 마도구입니다.

(그게 설마…… 이런 거였어어──?!)

모니카의 얼굴이 새파래졌다. 이대로 가면 바르톨로메우스가 '별을 자아내는 미라'에 죽는다.

"기다려!"

모니카는 즉시 무영창으로 결계를 쳐서 공중에 떠오른 바르톨로메우스를 가뒀다.

그러나 다음 순간, 흰자위를 드러낸 채 부글부글 거품을 문 바르톨로메우스의 오른손──'별을 자아내는 미라'에서 금색으로 빛나는 빛의 화살이 수없이 튀어나와 모니카의 결계를 파괴했다.

"이, 이럴수가……!"

모니카의 결계는 '결계의 마술사' 루이스 밀러보다는 떨어지지만 어지간한 마술사와는 비교도안 될 만큼 강고하다. 빛의 화살은 그것을 손쉽게 파괴했다.

토지 일대의 마력을 흡수할 수 있는 고대 마도구. 거기서 나오는 마력 화살이 어느 정도의 위력인지를 눈앞에서 목격하고 모니카의 뺨에 식은땀이 흘렀다.

『후후, 우후후후후후, 이 높이에서 떨어지면 분명 괴로움 없이 명부의 여신 곁으로 갈 수 있겠죠……. 하지만…….』

'별을 자아내는 미라'는 손등 부분에 루비가 장식되어 있다. 루비 안에는 하얀 별 문양이 떠올라 있었는데 그 별이 마치 모니카를 노려본 것 같았다.

『죽는다면 조용한 곳에서 단둘이……. 자, 가요. 사랑하는 그대.』

바르톨로메우스의 몸이 지붕 정도 높이까지 떠오르더니 그대로 마을 출구 쪽으로 날아가 버렸다.

(어, 어쩌지, 어쩌지, 어쩌지……!)

모니카는 멍하니 서 있었다.

모니카에게 공격 마술로 '별을 자아내는 미라'만을 격추하는 건 쉬운 일이다.

그러나 고대 마도구는 현대에 재현이 불가능한 기술──. 즉 부수면 두 번 다시 고칠 수 없다.

(폭주하는 고대 마도구를 부수는 것 말고 다른 방법으로 무력화한다고? 그런 건 들어본 적 없어……!)

하물며 마력을 흡수하는 '별을 자아내는 미라'는 마력이 고갈되는 일이 없다.

도저히 손쓸 방도가 없어진 모니카의 사고는 점점 혼돈의 극치에 이르렀다.

(사람처럼 사고하고 대화한다면 어떻게 설득할 수 없을

까…….)

설득. 그것은 말주변이 없고 내성적인 모니카가 가장 거북해하는 것이다. 하물며 '별을 자아내는 미라'는 바르톨로메우스에게 연모의 감정을 품고 집착하고 있다.

그때 모니카의 뇌리에 스친 건 세렌디아 학원에 막 왔을 무렵에 맞닥뜨린 화분 낙하 사건.

사랑하는 약혼자를 위해 사건을 일으킨 셀마 카쉬 양은 정신 간섭 마술로 착란에 빠져서 도저히 설득할 상태가 아니었다. 지금의 '별을 자아내는 미라'도 그때와 큰 차이가 없다.

(어……라.)

예전에 있었던 일을 떠올리던 모니카의 머리에 한 가지 생각이 스쳤다.

('별을 자아내는 미라'에게 의지가 있다면…… 혹시…….)

모니카는 머릿속으로 마술식을 계산했다.

(이론상으로는 가능할…… 거야. 하지만 전례가 없는 이상 승률은 반반이야.)

그래도 해 보기로 마음먹었다.

아무것도 하지 않은 채 '별을 자아내는 미라'를 놓치면 분명 후회하리라.

(그 마술은 원격으로는 쓸 수 없으니까 대상에 가까이 접근해야 해…….)

이미 '별을 자아내는 미라'는 바르톨로메우스와 함께 상공으로 날아갔다. 도저히 손이 닿을 거리가 아니다.

(지금부터 되돌아가서 린 씨에게 힘을 빌려 달라고 할까? 하지만 그러면 전하를 호위할 사람이 없어지고 무엇보다 돌아가는 사이에 놓칠지도 몰라. 그럼······.)

모니카는 떨리는 손으로 물푸레나무 지팡이를 움켜쥐고는 하늘을 올려다봤다. 그렇게 의식을 집중해서 짠 것은······ 모니카가 대단히 거북해하는 비행 마술.

(비행 마술······ 도전하는 게, 몇 년 만일까.)

솔직히 무섭다. 가능하면 하고 싶지 않다. 그러나 여기서 '별을 자아내는 미라'를 놓치고 축제가 엉망이 되는 건 더 싫었다.

모니카는 지팡이를 더 굳게 움켜쥐고는 배에 힘을 줬다.

"야압!"

주변에 바람이 불어오면서 지팡이 끝에 달린 종이 짤랑 소리를 냈다.

그리고 다음 순간, 모니카의 몸은 종루보다 더욱 높이 날아올랐다.

＊ ＊ ＊

"시작된 것 같네~."

교회의 어느 방에서 대기하던 '별을 읽는 마녀' 메리 하비는 창문을 열고 밤하늘을 바라봤다.

축제의 등불 때문에 밝아진 밤하늘은 평소보다 별이 잘 안 보였다. 그래도 메리는 눈을 가늘게 뜨고 별을 읽었다.

별은 메리에게 이렇게 말하고 있었다. 오늘 밤이 이 나라의 전환점이 된다고.

종루 옆에서 무언가가 강하게 빛났다. 드디어 '별을 자아내는 미라'가 흡수한 마력으로 공격을 시작한 거다.

메리는 벽에 세워둔 지팡이를 들고 밤하늘을 올려다보며 영창했다.

노래하듯이 경쾌한 영창과 함께 지팡이에서 은색 빛이 새어 나왔다.

은색 모래처럼 세밀한 빛의 입자가 밤하늘에 녹아내리듯이 흩날리며 콜랩튼 주변의 하늘을 뒤덮었다.

메리가 사용한 건 환술이다.

폭주하는 '별을 자아내는 미라'와 모니카의 모습을 감추기 위해 펼친 환상은 콜랩튼의 밤하늘이었다.

매일 별을 바라보는 '별을 읽는 마녀'가 사용한 교묘한 밤하늘의 환상은 하늘 위에서 일어나는 일을 모두 덮어서 가렸다.

메리는 지팡이 장식을 짤랑, 하고 울리면서 살며시 웃었다.

"자, 실력을 보여 주렴. '침묵의 마녀' 모니카 에버렛."

* * *

비행 마술로 하늘 높이 날아오른 모니카의 몸은 상상한

것보다 한참 대각선으로 날았다. 이대로 가면 '별을 자아
내는 미라'와는 먼 방향으로 날아가고 만다.

"와아…… 와, 와, 와앗."

모니카는 물에 빠진 사람처럼 손발을 버둥거리면서 궤도
를 수정하려 했지만── 균형이 무너져서 종루에 돌진했다.

"히이이익?!"

공중에서 파닥거리며 다리를 움직이고 몸을 기울이자, 모
니카의 몸은 아슬아슬하게 충돌을 피하고 종루 바로 옆을
빠른 속도로 지나갔다.

모니카는 히익, 하고 목을 떨면서 바르톨로메우스와 '별
을 자아내는 미라'를 쫓아가려 했다. 그러나 기울어진 몸
은 생각처럼 나아가지 않았다.

(무서워, 무서워, 무서워! 균형! 균형을 잡아야…… 균형
이 뭐였더라아아아.)

비행 마술이 특기인 글렌은 어떤 자세로도 부드럽게 날았
지만, 모니카는 일어선 자세를 유지하는 것조차 불가능했다.

지금 모니카의 상황은 한마디로 개헤엄을 치는 것과 같
다. 어중간하게 몸을 앞으로 숙인 자세로 손발을 파닥거리
는 모습은 강물에 휩쓸린 사람과 아주 흡사했다.

모니카가 공중에서 파닥거리는 사이에 바르톨로메우스의
모습은 점점 멀어져갔다. 이대로 가면 놓치고 만다.

(균형, 균형, 균형을, 잡으려며어어언…….)

모니카는 자신의 짧은 인생 경험을 돌이키며 균형을 잡는

별을 읽는 마녀
메리 하비

법에 관한 기억을 끄집어냈다.

마술이나 수학 지식이라면 막대한 양을 끄집어낼 수 있지만, 자기 몸을 쓰는 법에 관한 지식은 슬플 만큼 적었다.

(균형이 필요한 건…… 그래, 승마!)

모니카는 손에 든 물푸레나무 지팡이 위에 힘차게 걸터앉았다. 그렇게 해서 조금이나마 승마 자세를 상상하기 쉽게 만들었다.

(앞으로 기울어진 자세를 하면 쓰러지기 쉬워, 몸을 젖혀도 균형을 잡기 힘들어. 항상 똑바른 자세를 의식해서…….)

승마 수업에서 펠릭스에게 배운 내용을 의식하며 자세를 바로잡자, 좌우로 흔들리던 것이 조금 나아졌다. 아직 긴장은 풀 수 없지만 모니카는 아까까지 하던 개헤엄보다는 훨씬 나은 속도로 전진했다.

지팡이에 걸터앉은 모니카의 몸은 항상 위아래로 덜컹덜컹 흔들렸다. 전력으로 달리는 말에 타면 이런 느낌일까.

(말이 달릴 때는 이진법…… 하나, 둘의 리듬에 맞춰서 서거나 앉거나를 반복해. 그러면 진동이 줄면서 균형을 잡기 쉬워져…….)

속보, 펠릭스가 말했던 기술이다.

승마처럼 안장이 있는 건 아니라서 완전히 똑같지는 않지만 모니카는 의식해서 몸을 위아래로 움직였다.

처음에는 마구잡이로 몸을 흔들 뿐이었지만, 흔들림에 맞춰서 상하 운동을 반복하자 조금씩 균형을 잡기 쉬워지는 느낌이 들었다. 직진이라면 어떻게든 될 것 같았다.

모니카의 비행이 어느 정도 안정되자 바르톨로메우스와의 거리가 줄어들었다.

『'침묵의 마녀' 님.』

갑자기 귀에 목소리가 들려서 모니카는 무심코 "흐아악?!" 하고 괴성을 질렀다.

린의 목소리였다. 아마 직접 고막을 진동시켜 목소리를 전달하는 것이리라.

『비행 마술 습득, 축하합니다.』

솔직하게 말하자면 도저히 습득했다고는 말할 수 없는 모습이다. 갓 태어난 새끼 사슴이 땅을 걷는 것보다 훨씬 위태롭다.

모니카가 거친 숨을 내쉬면서 균형을 유지하자, 린의 말이 이어졌다.

『콜랩튼 상공에 광범위 환술이 펼쳐졌습니다. 아마 '별을 읽는 마녀' 님의 힘이겠죠. 저도 소음 결계를 유지하고 있으니 마을 주민들에게 들킬 걱정은 안 해도 될 겁니다.』

"가, 감사합니…… 아아악?!"

모니카가 말을 끝맺기보다 먼저, '별을 자아내는 미라'가 불길하게 반짝이면서 금색으로 빛나는 빛의 화살을 날렸다. 거의 십여 발이었다.

모니카는 즉시 방어 결계를 쳐서 빛의 화살을 막아냈다. 모니카의 방어 결계는 화살의 비를 얻어맞고 연약한 유리처럼 부서졌다. 약간의 시간이 지나자 다시 화살이 날아왔다. 모니카의 비행 마술 실력으로는 피할 수 없기에 방어 결계로 막을 수밖에 없었다.

방어 결계는 범위를 좁히는 대신에 그만큼 강도를 올렸는데도 바로 부서지고 말았다. 모니카는 '별을 자아내는 미라'의 위력에 다시금 전율했다. 연사가 빠르고 위력도 강하다.

모니카는 동시에 두 개의 마술을 유지할 수 있지만 비행 마술을 사용하는 지금 쓸 수 있는 마술은 하나뿐이다. 대응할 수단이 턱없이 부족하다.

『우리가 떠나는 사랑의 도피행을 방해하다니 가증스러워, 가증스러워……. 이번에야말로 격추하겠어요.』

'별을 자아내는 미라'가 한층 강하게 빛나자 다시 빛의 화살이 생겼다. 이번에는 모니카를 빙그르르 감싸는 돔 모양으로 빛의 화살을 만들었다.

고대 마도구의 적의에 둘러싸인 모니카는 자신에게 말했다.

(이건 전부, 숫자야. 빛의 화살도, 나도, 전부——. 세상은 숫자로 이루어져 있어.)

모니카의 의식이 숫자의 세계로 가라앉았다. 그렇게 모든 감정을 배제한 모니카는 자신을 둘러싼 빛의 화살을 숫자로 변환했다.

빛의 화살이 날아오는 속도를 계산한다. 모니카의 조잡한 비행 마술로는 회피가 거의 불가능하다.

방어 결계의 강도를 계산한다. 온몸을 둘러싼 방어 결계로는 강도가 부족하지만 방패 정도의 크기로 만들면 어찌 어찌 몇 발은 버틸 수 있다.

앞선 화살의 궤도를 계산한다. 저 화살에 추적 기능은 없으니까 계산하기 쉽다.

(그럼…….)

빛의 화살이 모니카에게 쏟아졌다. 그와 거의 동시에 모니카는 비행 마술을 해체했다.

낙하하면 빛의 화살은 그 위로 쏟아질 수밖에 없다——. 그러니까 방어를 위쪽에 집중할 수 있는 거다.

그리고 비행 마술을 해제하면 모니카는 방어 결계를 두 개 만들 수 있다.

방패 하나가 부서지면 다른 방패로 막는 사이에 다시 새로운 방패를 만든다. 모니카는 낙하하면서 방패 두 개를 만들어서 빛의 화살을 완벽하게 막았다.

영창이 필요한 마술사는 도저히 시간을 못 맞추기에 무영창 마술의 사용자인 모니카만이 쓸 수 있는 난폭한 기술이다.

그렇게 빛의 화살을 모두 막은 모니카는 다시 무영창으로 비행 마술을 발동했다.

모니카는 공격을 받아내면서 계속 세고 있었다.

('별을 자아내는 미라'가 다음 화살을 날릴 때까지 걸리는 시간은 아무리 빨라도 대략 3.5초.)

모니카는 비행 마술을 최대한 가속했다.

회피도 방어도 포기한 채, 모니카는 목표를 향해 그저 일직선으로 상승했다.

『오지 마요, 오지 마요, 오지 마요오!』

"당신의, 마술 봉납을 기대하는 사람이, 많이 있어요!"

모니카는 지팡이에 걸터앉은 자세로 바르톨로메우스의 오른팔에 달라붙었다.

『싫어요, 싫어요, 나는 사랑하는 사람과 이어지고 싶어요. 명부의 여신 슬하에서 언제나 함께…….』

망집에 사로잡힌 이 고대 마도구에게 모니카의 말은 닿지 않으리라.

그래도 모니카는 말하지 않을 수 없었다.

"축제를, 성공시키고 싶어요!"

종을 울리며 죽은 자를 추도하는 것으로 구원받는 사람이 있다——. 바로 모니카처럼.

'별을 자아내는 미라'의 이기적인 주장에, 모니카도 이기적인 주장을 반복했다.

그리고 별을 품은 루비에 손끝이 닿았다.

모니카가 무영창으로 짠 마술식은 하얗게 빛나는 무수한 나비가 되어 밤하늘에서 춤췄다.

그것은 반짝이는 인분(鱗粉)을 퍼뜨리며 '별을 자아내는 미라'를 뒤덮었다.

그 순간, '별을 자아내는 미라'는 꿈을 꿨다.

그녀는 아름다운 꽃밭에 서 있었다. 그녀는 장신구가 아니라 어디에나 있는 평범한 젊은 소녀의 모습이었다.

아아, 하고 숨을 내쉰 그녀는 그대로 꽃밭을 걸었다.

흩날리는 꽃잎 너머에 서서 손을 내미는 건 그녀가 사랑하는 사람.

역광이라서 얼굴은 보이지 않았지만 그래도 좋았다.

"아아, 사모하고 있답니다. 언제나, 언제나 당신의 곁에 있을게요…… 사랑하는 그대."

사랑하는 사람과 언제나 함께. 그것은 '별을 자아내는 미라'가 언제나 바라던 흔한 행복의 꿈이었다.

'별을 자아내는 미라'가 완전히 침묵한 걸 확인한 모니카가 안도의 한숨을 내쉬었다.

"토, 통했다……!"

모니카가 '별을 자아내는 미라'에게 건 건 상대에게 꿈을 보여 주는 정신 간섭 마술이다.

정신 간섭 마술은 사람을 상대로 거는 것이지 고대 마도구에게 걸었다는 전례는 없었다.

그러나 '별을 자아내는 미라'는 너무나도 자아가 강해서 마치 사람 같았다.

사람과 같은 정신력을 가졌다면 정신 간섭 마술이 통하지 않을까? 모니카는 그렇게 생각한 것이다.

결과적으로 그 방법은 성공해서 '별을 자아내는 미라'는 침묵했다. 여기까지는 모니카가 바란 그대로의 전개다.

하지만 그 순간, 지금까지 공중에 떠 있던 바르톨로메우스의 몸이 중력을 깨달은 것처럼 무거워졌다.

모니카는 황급히 비행 마술을 유지하려 했다. 그러나 커다란 바르톨로메우스의 몸은 비행 마술에 익숙하지 않은 모니카가 지탱할 중량이 아니었다.

모니카는 비행 마술을 유지하면서 바람 마술로 두 사람 몫의 체중을 지탱하려 했다. 그러나 마력이 얼마 안 남았다. 비행 마술은 마력 소비가 심하기 때문이다.

그 타이밍에 바람 마술을 사용한 순간, 마력이 비고 말았다.

"으윽?! 와왓, 우아, 아아아악······?!"

결과적으로 모니카의 몸은 바르톨로메우스와 엉켜서 떨어지고 말았다.

아래에는 축제로 떠들썩한 거리가 있다. 저곳에 떨어지면 대참사가 벌어진다.

아아, 모처럼 '별을 자아내는 미라'를 되찾았는데 이런 식으로 축제를 엉망으로 만들다니!

절망으로 눈앞이 깜깜해진 그때, 부드러운 바람이 두둥실 불어와 모니카의 몸을 받아 냈다.

모니카와 바르톨로메우스의 몸은 그대로 상공을 둥실둥실 떠다니다가 마을 한가운데 근처에서 천천히 하강했다. 결국 두 사람은 사람이 없는 뒷골목에 착지했다.

뒷골목에 서 있던 것은 머리에 올빼미를 올린 메이드――
바람의 상위 정령 린즈벨피드.

"린 씨!"

린이 바람을 조종해서 추락 직전이었던 두 사람을 구한
것이다.

모니카가 감사인사를 하려고 하자, 린이 아름다운 얼굴을
약간 찌푸렸다.

"저는 대단히 후회하고 있습니다."

"네……?"

"여기서는 '침묵의 마녀' 님을 공주님 안기로 받아 낼 시
추에이션이었는데요."

대단히 아무래도 좋은 후회였다.

린의 머리 위에서 올빼미가 호우호우, 하고 평화롭게 울
었다.

"공주님 안기는 일찍이 어느 왕가의 혼례에서 공주님을
옆으로 안고 결혼식장까지 데려간 것이 유래라고 하는 매
우 유서 깊은 방식이며 인간이 서로 포옹하는 방법의 정석
이라고 알고 있습니다. 무엇보다 공주님 안기로 옮기면 인
간은 두근거림을 느낀다던데요."

모니카는 17년 가까이 사람 노릇을 했지만 처음 듣는 말
이었다.

" '침묵의 마녀' 님을 공주님 안기로 들어서 두근거림을 느

겼는지 여쭤보고 싶었는데…… 유감입니다."

"저기이…… 그게……."

모니카가 답을 고민하는데 린이 가까이 왔다.

린의 얼굴은 평소와 다름없는 무표정이었지만 묘한 압박이 느껴졌다.

"지금부터 다시 시도해도 될까요?"

그건 즉, 모니카를 다시 높은 곳에서 내려 본다는 걸까. 온힘을 다해 사양하려고 모니카는 황급히 화제를 바꿨다.

"저기이, 그보다도 전하는……?"

"네. 저 큰길을 나오면 바로 계십니다. '침묵의 마녀'님을 찾으시던데요."

펠릭스와 헤어지고 나서 어느 정도 시간이 지났다. 분명 날 걱정하겠지.

모니카는 발밑에 누운 바르톨로메우스의 오른손을 가리키며 빠르게 말했다.

"이게 '별을 자아내는 미라'예요. 얌전히 만들려고 정신 간섭 마술을 걸었어요……. 앞으로 20분 정도면 풀릴 거예요."

정신 간섭 마술은 특정 상황에서만 사용을 허가하는 준금술이다.

모니카가 거북한 표정을 짓자, 린이 덤덤한 말투로 말했다.

"'별을 읽는 마녀'님은 융통성 있는 인물로 인식하고 있습니다. 비상사태라면 정신 간섭 마술을 써도 눈감아 주시겠죠. 그럼 저는 이 절도범을 '별을 읽는 마녀'님에게 넘기러 가겠습니다."

절도범이라는 말을 듣자, 모니카는 눈썹을 내리며 손가락을 꼬았다.

"저기, 몸을 빼앗겼을 뿐인 피해자라고 하던데요……."

모니카의 목소리가 닿았는지 아닌지는 모르겠지만 린은 바르톨로메우스의 몸을 옆으로 안았다.

이른바 공주님 안기다. 어지간히도 해 보고 싶었던 모양이다.

"그럼 실례합니다. 저는 식전회장에 머물 테니 돌아갈 때 말을 걸어 주세요."

린은 가볍게 인사하고는 머리에 올빼미를 올리고 바르톨로메우스를 공주님 안기로 든 채 하늘 높이 날아올랐다.

모니카는 한동안 그 뒷모습을 바라보다가 곧장 고개를 앞으로 향하고 큰길로 나왔다.

다행히도 펠릭스의 모습을 바로 발견했다.

펠릭스도 바로 모니카를 알아챈 모양이었다. 펠릭스는 인파를 뚫고 모니카에게 달려왔다.

"모니카, 다행이네."

펠릭스의 호흡이 약간 거칠었다. 그만큼 서둘러서 뛰어다녔던 거다.

죄책감이 들어서 가슴이 아파진 모니카는 우물거리며 입을 움직였다.

"저기, 죄송합니다. 저기, 갑자기 급한 용건이……."

"용건? 그래……. 무척 바빴던 모양이네."

펠릭스는 몸을 수그려서 손끝으로 모니카의 앞머리를 고쳤다. 비행 마술로 날아다니느라 앞머리가 부자연스럽게 엉킨 모양이다.

자신을 떠보고 있다는 건 아무리 둔한 모니카라도 알 수 있었다. 그리고 펠릭스는 그런 태도를 숨기려고 하지 않았다. 모니카가 무언의 압력에 약하다는 걸 아는 거다.

모니카가 몸을 떨면서 변명을 생각하는데, 펠릭스가 얼굴 위쪽 절반을 가리던 가면을 벗었다.

"아니면……."

언제나 부드럽게 웃던 얼굴이 지금은 눈썹을 내린 채 쓸쓸하게 웃고 있었다.

"나와 노는 게 싫었어?"

상처받은 듯한 목소리였다.

이 마을에서 만난 뒤로 펠릭스는 모니카를 즐겁게 하려고 계속 신경 썼다.

모니카가 사람을 무서워하는 걸 알고 자신은 유령이라고 말하며 함께 있어 줬다.

그런데 모니카는 제대로 감사 인사도 못 했다. 그뿐만 아니라 펠릭스 앞에서 멋대로 사라졌다.

모니카의 얼굴이 새파래졌다.

(나는 최악이야.)

머릿속에 스친 건 버니의 경멸하는 얼굴이었다.

『당신은 교활한 사람이야. 언제나 자기만 생각하고 타인에게는 무관심하지. 자기 이외의 사람이 어떻게 되든지 간에 조금도 마음 아파하지 않잖아요?』

사실이라고 생각했다.

모니카는 언제나 무서운 게 싫었고, 상처받기 싫어서 도망쳐서 숨었고, 그 상황을 벗어나는 것만 생각했다. 그렇게 자신에게 내미는 호의를 저버렸다.

눈앞에 있는 사람은 처음 만났을 때부터 모니카에게 손을 내밀었는데.

미안하다고 사과하면 분명 펠릭스는 부드럽게 웃으면서 신경 쓰지 말라고 하겠지. 그리고 평소처럼 대할 거다.

(하지만…….)

모니카는 물푸레나무 지팡이를 꽉 쥐고는 고개를 숙였다.

펠릭스는 시치미를 떼는 것처럼 쓸쓸하게 웃었다.

"지금 나는 어디에도 없는 유령이야. 무서우면 도망쳐도 돼, 아기 다람쥐. 유령은 산 자에게 거절당하면 떠나서 사라지는 존재니까."

"저, 저기!"

모니카답지 않게 큰 목소리가 나오자, 펠릭스는 웬일로 당황한 표정을 지었다.

모니카는 구부정해지려는 등을 펴고 펠릭스를 올려다봤다.

부끄럽다, 무섭다, 이상한 표정을 짓고 있으면 어쩌지——.

솟구치는 불안감을 떨쳐 낸 모니카가 말을 쥐어짰다.

"지금 저는 유령이에요! 어디에도 없는…… 그냥 유령 모니카예요. 그러니까……!"

'침묵의 마녀' 모니카 에버렛도, 학생회 회계 모니카 노튼도 아닌 아무런 간판이 없는 평범한 소녀로서 모니카는 떨리는 손을 펠릭스에게 내밀었다.

"유령끼리, 함께 밤놀이를 해요. 아……아이크!"

펠릭스는 살짝 눈을 크게 뜨고는 천천히 깜빡였다. 긴 금색 속눈썹이 오르내리고 속눈썹 아래 푸른 눈이 별을 품은 보석처럼 반짝였다.

펠릭스가 모니카의 손을 잡아서 살짝 당겼다. 발을 헛디딘 모니카의 머리에서 후드가 벗겨졌다.

모니카의 귀가 드러나자 펠릭스가 살며시 속삭였다.

"고마워."

펠릭스는 눈꼬리를 내리며 웃었다. 그건 평소에 펠릭스가 보여 주는 반짝거리는 왕자님의 미소가 아니라 축제를 즐기는 청년다운 꾸밈없는 웃음이었다.

11장 책의 가치

펠릭스는 모니카를 데리고 큰길에서 나와 좁은 길로 들어섰다.

오늘은 마을 이곳저곳에 등불이 장식되어서 큰길을 걸을 땐 등불이 필요 없었지만, 골목길에서는 그렇지 않았다. 축제의 소란에서 멀어지자 펠릭스는 가면을 벗고 허리에 단 등을 들어서 불을 붙였다.

"지금부터는 조금 걷자. 어두우니까 발밑을 조심하고."

"저기, 어디로 가는 건가요? 아이크."

"지금부터 가는 곳은 타종 축제와 상관없는 가게지만…… 내가 좋아하는 곳이야. 분명 너도 마음에 들 거야."

펠릭스는 장난스럽게 윙크했다. 그 목소리는 들떠서 즐거워 보였다. 밤길을 걷는 발걸음도 가볍다.

모니카는 익숙하지 않은 밤길에 당황하면서 펠릭스를 따라갔다.

"아이크는, 밤놀이에 능숙하네요."

"그렇지. 이 나라에서 유행하는 오락은 얼추 다 손댔을지도 몰라."

과연. 모니카는 진지한 표정으로 맞장구쳤다.

"밤놀이의 프로네요."

다른 말로 세간에서는 그걸 한량이라고 한다.

모니카의 말을 듣고 펠릭스는 어깨를 떨며 웃었다. 그에
맞춰서 손에 든 랜턴도 작게 흔들렸다.

"옛날에 친구한테 이런 말을 들었어."

펠릭스는 발을 멈추고 하늘을 올려다봤다. 그에 이끌려서
모니카도 하늘을 올려다봤다.

좁은 골목에서 올려다본 밤하늘은 마을 전체가 밝아서 그
런지 평소보다 별의 광채가 아련하게 느껴졌다.

그 아련한 별의 광채를 눈에 비춘 펠릭스가 중얼거렸다.

" '다른 누군가를 위해서가 아니라 너 자신을 위해서 푹
빠질 만한 것을 찾으면 좋겠어. 너만이 좋아하는 것, 즐거
운 것을 잔뜩 찾았으면 좋겠어.' ──그 말은 들은 뒤로 줄
곧 내가 푹 빠질 만한 것을 찾고 있어."

모니카는 밤하늘에서 시선을 돌리고 펠릭스를 바라봤다.

그 옆얼굴에는 공허함과 체념이 담긴 쓸쓸함이 있었다.

오늘 펠릭스는 처음 보는 표정을 지었다. 축제를 즐기는
꾸밈없는 웃음. 푹 빠질 만한 것을 찾는다고 말하면서도 그
걸 포기한 듯한 공허한 얼굴.

모니카는 그 모습이 묘하게 서툴러 보여서 당혹스러웠다.

(이 사람에게 즐겁다는 건 뭘까…….)

제2왕자 펠릭스 아크 리디르는 뭐든지 만능인 천재다. 모

든 분야의 재능을 타고났고 사교적이고 용모도 뛰어나다.

그런데도 펠릭스는 그 무엇에도 푹 빠질 수 없었다.

사람들이 원하는 오락다운 오락을 하나씩 접하고 겉핥기식으로 즐기는 척하지만…… 마음 한구석에서는 "이건 아니야."라며 한숨을 내쉰다.

그래도 펠릭스는 친구의 소원을 위해 푹 빠질 만한 걸 찾고 있다.

"언젠가 내가 왕이 되면 자유로운 시간은 사라지겠지. 그러면 이렇게 놀러 가는 것도 뜻대로 할 수 없어. 이렇게 유령으로 있을 수 있는 시간은 내가 나일 수 있는 여생 같은 셈이야."

"자유가 없어질 걸 알면서도…… 임금님이, 되고 싶나요?"

"임금님이 되고 싶냐고? 그건 아니야."

펠릭스는 천천히 고개를 내저으면서 모니카를 내려다봤다.

단정한 얼굴에서 표정이 사라지고 보석 같은 푸른 눈이 광채를 잃었다.

"나는 왕이 되어야만 해."

그렇다. 왕족으로 태어났다면 왕을 목표로 하는 건 당연한 일이다. 이건 분명 모니카는 평생 이해할 수 없는 감각이리라.

왕위 계승과 관련된 이야기는 매우 예민한 화제다. 질문하나만 잘못해도 너는 왕에 어울리지 않는다는 모욕으로받아들일 수 있다.

모니카는 펠릭스에게 깊이 고개를 숙였다.

"저기, 실례되는 질문을 해서, 죄송합니다."

"딱히 상관없어. 네가 나에게 흥미를 보이는 건 솔직히 기쁘거든. 뭐니 뭐니 해도 너는 놀라울 정도로 나에게 무관심했으니까."

모니카가 입을 우물거리자, 펠릭스는 시선을 앞으로 향하면서 무척 밝은 목소리로 말했다.

"아아, 저길 봐. 목적지인 가게가 보이네."

좁은 골목을 빠져나간 곳에는 낡은 벽돌로 된 집이 있었다.

문에는 작은 램프와 나무 명패가 걸려 있고, 램프의 오렌지색 불빛이 명패의 글자를 비추었다.

장식이 없는 명패에는 투박한 글자로 '포터 고서점'이라고 새겨져 있었다.

"모니카, 너에게 가르쳐 줄게. 이 가게가 내가 좋아하는 비장의 장소야. 여기에 내가 푹 빠질 만한 게 있어."

펠릭스가 노래하는 듯한 말투로 말하더니 문을 열었다.

가게 안에는 일정한 간격으로 책장이 놓여 있었다. 책장과 책장 사이는 좁아서 두 사람이 겨우 스쳐 지나갈 정도였다.

펠릭스는 망설임 없는 발걸음으로 오른쪽에서 두 번째와 세 번째 책장 사이를 나아갔다. 모니카는 뒤집어쓴 후드를 벗고 뒤를 따라갔다.

가게 안에는 낡은 종이 특유의 냄새와 벌레 쫓는 허브 냄새가 났다. 걸어가면서 힐끔힐끔 책장에 꽂힌 책에 시선을 돌리자 약초나 의학에 관한 학술서가 빼곡했다.

좁은 책장 틈새를 지나가니 작은 카운터가 나왔고, 그곳에 한 남자가 앉아 랜턴 불빛에 의지해 글을 쓰고 있었다.

갈색 피부에 심하게 곱슬거리는 흑발을 가진 안경을 쓴 남자다. 아마 외국의 피가 섞였으리라. 아몬드 모양 눈에 얼굴 윤곽이 뚜렷해서 나이를 가늠하기 힘들었다. 보기에 따라 20대로도, 40대로도 보였다.

낡은 가게 안은 걷기만 해도 바닥이 삐걱거리는지라 손님이 왔다는 건 눈치챘으리라. 그러나 남자는 종이에서 고개를 들려고 하지 않았다.

"여어, 포터. 안녕."

펠릭스가 말을 거는데도 남자는 고개를 들지 않았다. 그렇다고 손님의 목소리가 안 들릴 만큼 글쓰기에 몰두한 것도 아닌 모양이었다. 남자는 글을 쓰던 손을 멈추고 깃펜을 잉크병에 꽂은 다음에 입을 열었다.

"안녕……."

그렇게만 말한 남자는 다시 깃펜을 종이에 끄적였다. 아무래도 장부 같은 게 아니라 원고지에 뭔가를 적는 모양이다.

붙임성 좋은 펠릭스에게도 쌀쌀맞은 태도를 유지하다니 척 보기에도 괴팍한 남자다.

"모니카, 이 사람은 포터야. 이 가게의 점주 겸 소설가지. 1년의 절반 정도는 책을 사 들이느라 이곳저곳을 돌아다니지. 오늘 만나다니 운이 좋아."

"그래. 어제 사서 돌아온 참이야. 네가 기뻐할 책도 몇 가지 있지."

"정말이야?"

펠릭스는 얼굴이 확 밝아지더니 들뜬 목소리를 냈다.

포터는 깃펜으로 벽 쪽 책장을 가리켰다. 그곳에 펠릭스가 기뻐할 책이 있는 모양이다.

펠릭스는 포터가 가리킨 책장에서 책 한 권을 들고 "앗!" 하고 기쁜 목소리를 냈다.

" '미네르바의 샘' 과월호!"

펠릭스가 손에 든 잡지를 본 모니카의 눈이 동그래졌다.

마술사 양성기관 미네르바에서는 반년에 한 번, 각 학년이나 교수의 연구 성과를 정리한 잡지를 발행한다. 그것이 '미네르바의 샘' 이다. 당연히 특대생이었던 모니카의 논문도 몇 번 기재한 적이 있다.

(어째서 전하가 '미네르바의 샘' 을……!)

저 잡지에 실린 내용은 80%가 마술에 관한 것이다. 남은 20%는 교수가 취미로 쓴 에세이와 학교생활을 쾌적하게 보내기 위한 토막 지식 정도다.

(혹시 전하는 교수의 발모 기록 에세이의 열성 팬이라든가…….)

분명 그렇다. 그럴 게 틀림없다. 혹은 쾌적한 학교생활을 위한 지식을 찾는다든가, 분명 그런 이유일 것이다.

모니카가 그렇게 자신을 타이르는 사이에 잡지를 팔랑팔

랑 넘기던 펠릭스가 마치 어린애처럼 눈을 반짝반짝 빛내며 말했다.

"'침묵의 마녀'의 논문이 실렸어!"

모니카는 숨을 삼키고 비명을 참았다.

(지금 '침묵의 마녀'라고 했어? 분명 잘못 들은 거야······ 잘못 들은 기야······.)

새파래진 모니카 뒤에서 포터가 깃펜을 움직이는 손을 멈추고 입을 열었다.

"거기 있는 세 권은 전부 '침묵의 마녀'의 논문이 실렸어. 그리고 최신호에는 최근에 투고한 게 실렸지."

"포터! 너 정말 멋진 일을 해냈구나!"

펠릭스의 목소리는 명백하게 들떠 있었다. 그렇다. 들떠 있는 거다. 모니카는 이렇게나 눈을 반짝이는 펠릭스를 본 적이 없었다.

모니카가 다양한 충격을 받아들이지 못하고 아연실색하자, 펠릭스는 조금 부끄러운지 웃었다.

"놀랐어? 실은 마술에 흥미가 있거든······."

"저기, 그런데, 기초 마술학 수업은, 안 듣는다고······."

"조금 사정이 있어서. 마술 공부는 금지되어 있거든."

펠릭스가 한 말은 모니카에게 의외였다.

리디르 왕국 왕가에는 마술에 재능을 가진 이들이 많아서 역대 왕족 중에 우수한 마술사가 몇 명인가 있다.

지금 국왕은 지속성 마술을 쓰는 사람이고, 펠릭스의 형인 제1왕자는 마술사 양성기관 미네르바의 졸업생이다. 모니카는 일부러 마술을 금지하는 이유가 무엇일지 영 감이 안 잡혔다.

모니카가 곤혹스러워하자, 펠릭스는 기분 좋은 기색을 감추지 않은 채 잡지를 넘기며 말했다.

"마술서는 대부분 비싸고 두껍잖아? 게다가 물건에 따라서는 열람하거나 구입하는 데 자격이 필요해. 그러니까 몰래 들여오기도 방에 숨기기도 힘들어."

그래서 비교적 손에 넣기 쉬운 '미네르바의 샘'에 손을 댔다고 한다.

그러나 '미네르바의 샘'에 실린 것은 엄선한 논문뿐이다. 이해하려면 적어도 중급 마술사 정도의 지식이 필요하다.

펠릭스는 과연 마술 지식을 얼마나 갖고 있을까? 모니카가 의문스럽게 생각하자, 펠릭스는 '미네르바의 샘'의 페이지를 넘기면서 수다를 떨기 시작했다.

"전에 읽었던 '침묵의 마녀'가 쓴 광범위 술식에서의 위치 좌표에 관한 논문은 근사했어. 그걸 학생 시절에 쓰다니 도저히 믿을 수가 없더라. 간단하게 말하자면 광범위 술식에서 일부러 추적 술식을 집어넣지 않고 대상 바로 앞에서 핀 포인트로 마술을 발동하면 명중도가 더욱 올라간대. 위치 좌표를 산출하는 방식이 너무나도 획기적이어서 마술식을 대폭 단축시키고⋯⋯."

모니카는 얼굴을 실룩거리며 목소리를 내지 않고 맞장구

쳤다.

(아아, 네. 바로 그거예요……. 현재 쓰는 추적 술식에는 결점이 많아서 그걸 개선하기 전에 먼저 추적 술식을 안 넣은 명중률 높은 광범위 술식을 만들려던 건데……. 와아아아. 확실하게 이해하고 있어어어어.)

모니카가 흠칫거리며 떨자, 펠릭스는 조금 부끄러운 듯이 모니카를 바라봤다.

"미안하네. 실은 '침묵의 마녀'의 열성 팬이거든. 그 사람이 연관되면 떠들고 싶어져."

"패, 팬이신가요……."

"그래. '침묵의 마녀'는 틀림없이 우리 리디르 왕국의 마술 분야에 크게 공헌할 인물이야. 무엇보다 그녀의 무영창 마술은…… 너무나도 아름다워."

마지막 한마디를 입에 담은 펠릭스는 왠지 무척이나 몽롱한 표정이었다.

그러나 모니카는 그런 걸 따질 경황이 아니었다.

(제가 무영창 마술을 쓰는 걸 본 적 있는 건가요오──?! 대체 언제 본 거지?! 정체가 들키지…… 않았지? 않은 거 맞지이이이?)

"나는 그런 아름다운 마술을 지금까지 본 적이 없어. 아아, 다시 한번 이 눈으로 그 무영창 마술을 볼 수 없을까."

펠릭스가 멍하니 안타까운 한숨을 내쉬자, 포터가 나지막하게 중얼거렸다.

"지금 나는 신작 소설에서 어리석은 남자가 무대 여배우를 사랑하게 된 장면을 쓰고 있어. 주인공의 친구인 에이브럼은 여배우 캐서린을 애타게 사랑하면서 틈만 나면 이렇게 말하지. '다시 한번 이 눈으로 그 사람의 연기를 보고 싶어.' 지금의 너 그 자체로군……."

"아아, 포터. 어쩌면 그럴지도 모르겠네. 응, 분명 이게 첫사랑이라는 걸까."

(처, 첫사랑…….)

마침내 모니카는 온몸을 떨게 되었다. 이제 여러모로 충격적이라 머리와 얼굴 근육이 잘 움직이지 않았다.

어쩌지. 잠깐 숫자의 세계로 도망치고 싶어.

"놀랐어? 이게 지금 내가 푹 빠진 거야."

"저, 저기, 아이크는 '침묵의 마녀'와 만난 적이, 있나요?"

모니카가 흙빛이 된 얼굴로 묻자, 펠릭스는 뺨을 장밋빛으로 물들이며 몽롱하게 끄덕였다.

그리고 포터에게는 안 들리게끔 작게 귓속말했다.

"칠현인 취임식전과 신년 식전에서 만났지. 하지만 모니카는 언제나 후드를 깊게 눌러서 진짜 얼굴을 아는 사람은 거의 없어. 식전 뒤에 있는 파티에는 참가하지 않아서 직접 말을 나눈 적은 없고 맨얼굴도 본 적이 없어."

다행이다. 일단 정체는 들키지 않은 모양이다. 모니카는 가슴을 쓸어내렸다.

그러나 안심하기에는 일렀다.

"그래도 내가 국왕이 되면 언제든 만날 수 있으니까 문제 없겠지. 칠현인은 국왕의 상담역이니까."

큰 문제였다.

"국왕이 되면, 직접 그 사람과 이야기도 나눌 수 있을 거고…… 어쩌면 맨얼굴도 볼 수 있을지 몰라."

(그만두세요. 저는 국왕 폐하의 상담을 받아줄 사람이 아니에요. 오히려 저 같은 애가 '침묵의 마녀'라 죄송해요오오오오.)

마침내 모니카는 위를 누르며 고개를 수그렸다.

일단 지금부터 식전 출석은 최소한으로 줄이자. 그리고 후드는 절대로 빼앗기지 말자. 모니카는 굳게 다짐했다.

"그런데 모니카 너는 고서점에 흥미가 없어?"

"아, 저기, 있어요……!"

펠릭스의 충격적인 발언 탓에 위가 조금 쓰렸지만 모니카에게 고서점은 확실히 가슴 뛰는 공간이다.

비교적 최근에 나온 책부터 아직 인쇄나 제본 기술이 발달하지 않은 시대에 나온 고서라 불리는 물건까지 온갖 책들이 이곳에 모였기 때문이다.

가게 안을 슬쩍 돌아보니 책장에 꽂힌 책의 절반 정도는 대중적인 오락소설이지만, 나머지 절반 정도는 실용서나 학술서였다. 개중에는 절판된 희귀본도 있었다.

"저도, 책을, 봐도 될까요?"

"물론이지. 그러려고 데려왔으니까."

펠릭스는 고개를 끄덕이고 다시 '미네르바의 샘'을 뒤적였다. 어지간히 기대했던 모양이다.

펠릭스 앞에서 마술서를 읽을 수도 없었기에, 모니카는 수학책을 찾으려고 책장을 올려다봤다.

눈앞의 선반은 의학서나 물리학 책을 정리한 선반이었다. 그곳에 눈에 익은 이름을 발견한 모니카가 숨을 삼켰다.

'유전 형질에서 읽을 수 있는 마력 성질 저자 : 베네딕트 레인'

그것은 지금으로부터 5년 전에 발행된── 저자가 금술 연구죄로 처형당할 때 회수돼서 불태운 책이었다.

모니카는 빨려 들어가듯이 그 책을 들고 떨리는 손가락으로 표지를 넘겼다.

그 책은 모니카가 몇 번이고 들었던 한 문장으로 시작됐다.

'──세상은 숫자로 이루어져 있다.'

책의 내용은 생물학과 마술, 양쪽 지식이 없으면 이해하기 힘들어서 생물학을 전공하지 않은 모니카는 절반 정도만 이해했다.

그래도 표나 그래프의 숫자는 모니카도 이해할 수 있었다.

(아버지의, 책……!)

금술을 건드린 이단자가 되어 처형당한 아버지가 살아 있었던 증거. 불타 버린 책. 잿더미가 되어가는 페이지의 단편.

적어도 숫자만이라도 기억하고자 눈에 새겨 넣은 숫자가 지금 완전한 형태를 갖추고 여기에 있었다.

모니카는 책을 가슴에 안고 포터에게 달려갔다.

"저기, 이거…… 이 책을, 갖고 싶어요! 이거 주세요!"

포터는 원고지에서 고개를 들어 모니카를 바라봤다. 그리고 책 제목을 보더니 안경 속에서 눈을 살짝 크게 떴다.

"이건 내 친구가 남기고 간 책이다. 싸게 팔 생각은 없어."

모니카는 이 포터라는 남자가 세상을 떠난 아버지의 친구였다는 것에 놀랐다. 그러나 펠릭스 앞에서 아버지 일을 화제로 올릴 수는 없다.

모니카는 동요를 억누르면서 몸을 앞으로 내밀고 물었다.

"얼마, 인가요."

포터는 손가락을 두 개 세워서 모니카에게 내밀었다.

이런 전문서의 가격은 은화 한 닢 정도다. 포터는 그 두 배인 은화 두 닢을 요구하는 줄 알았는데…….

"금화 두 닢."

모니카는 말문이 막혔다. 금화 두 닢은 소박하게 살아가는 평민이 한동안 일하지 않고도 먹고살 액수다.

칠현인인 모니카는 왕도에 집을 지을 정도의 저축이 있다. 그러나 뭔가를 살 기회가 적어서 평소에 거금을 가지고 다니지는 않았다.

"언젠가 반드시 낼 테니…… 따로 빼 주실 수, 없을까요?"

"너 같은 어린애가 금화 두 닢을 벌려면 몇 년이 걸리지?"

"으으."

금화 두 닢이야 내려면 낼 수 있다. 그러나 여기서 그렇게 단언하면 모니카의 정체가 들킨다.

어떻게든 따로 빼 줬으면 해서 모니카가 필사적으로 대답을 고민하는데 어느새 모니카 옆에 선 펠릭스가 카운터에 금화 두 닢을 놓았다.

"이러면 문제없겠지?"

모니카는 저도 모르게 눈을 크게 떠 펠릭스를 올려다봤다.

"안 돼, 안 돼요! 이런 거금을, 대신 내 달라고 할 순……."

"내 밤놀이에 대한 입막음 비용이라고 생각하면 돼."

그렇게 말한 펠릭스는 고개를 살짝 기울이고 웃었다.

"너는 액세서리를 선물해도 기뻐하지 않겠지만 이건 받으면 기쁘지 않겠어?"

"그, 그건, 그렇지만. 금화 두 닢이라뇨!"

"나는 이 책의 가치를 모르지만 너에게는 그만한 가치가 있잖아?"

그 말을 들은 순간, 모니카의 눈에서 눈물이 주르륵 떨어졌다.

아버지의 연구 성과를, 불타오르는 책을, 대중은 무가치하다며 조소했다. 갈기갈기 찢어서 불 속에 던져 넣었다.

모니카가 아무리 그 가치를 호소해도 아무도 귀를 기울이지 않았다. 그뿐만 아니라 그 가치를 전하는 것조차 허락하지 않았고, 삼촌은 모니카를 때렸다.

쓸데없는 말을 하지 말라며 몇 번이고 집요하게.

펠릭스는 이 책의 가치를 모른다. 그럼에도 모니카가 이 책을 소중히 여기는 걸 인정했다. 그러는 걸 허락했다. 그게 모니카에게 얼마나 기쁜 일인가.

모니카는 펑펑 울면서 몇 번이고 고개를 끄덕였다.

펠릭스는 몸을 수그려서 모니카의 눈에 흐르는 눈물을 손끝으로 닦았다.

"곤란하네. 너를 울리려던 건 아니야."

모니카는 콧물을 훌쩍이면서 서툴게 입꼬리를 올렸다.

"고마워요…… 아이크."

모니카가 엉망진창으로 일그러진 얼굴로 웃자, 펠릭스는 다정하게 눈을 가늘게 떴다.

포터는 그런 두 사람은 신경 쓰지 않은 채 금화를 집어 들었다.

"금화 두 닢은 확실하게 받았다. 그 책은 네 거야."

포터가 모니카에게 책을 내밀었다. 금화 두 닢의 가치가 매겨진 아버지의 책이다.

옷소매로 눈물을 닦고 떨리는 손으로 책을 받았다.

그렇게 아버지의 책을 가슴에 안고 포터와 펠릭스에게 깊이 고개를 숙였다.

"이 책에…… 이 정도의 가치를 매겨 주셔서, 감사합니다."

"바가지를 쓴 쪽은 사기라면서 화내야 하는 것 아니냐?"

포터가 어이없다는 듯이 중얼거리자, 모니카는 고개를 내저었다.

분명 아버지는 책의 가치나 타인이 매긴 가격에 관심이

없었을 테지만, 모니카는 아버지의 책이 싸게 팔린 것보다는 훨씬 기뻤다.

펠릭스는 책을 가슴에 안은 채 코를 새빨갛게 물들이고 울면서도 기쁜 듯이 미소 짓는 모니카를 다정하게 바라봤다.

마치 대신할 수 없는 추억을 본 것처럼 옛날 일을 그리워하는 다정한 눈빛으로.

포터의 고서점을 나오자 마을 바깥의 분위기가 달라졌다.

조금 전까지 큰길에서 들려오던 축제의 소란이 조용해졌다.

"아아, 마술 봉납이 시작됐구나."

펠릭스의 중얼거림에 겹치듯 대~앵, 하고 종이 울렸다. 종루에서 들리는 커다란 종소리와 온 마을에 장식된 종의 경쾌한 소리가 합창하듯이 겹쳤다.

모니카는 주위의 마력 흐름이 달라지는 걸 느꼈다. 발밑을 보자 지면에서 금색 빛의 입자가 두둥실 떠올랐다.

빛의 입자는 작은 알갱이끼리 뭉쳐서 조금씩 커지며 소리 없이 하늘로 올라갔다.

('별을 읽는 마녀'님이 '별을 자아내는 미라'로 토지의 마력을 흡수하는 거야…….)

빛의 입자는 마을 전체에서 올라가면서 마치 의지를 가진 것처럼 교회 쪽으로 모였다.

이윽고 교회에 모인 빛은 연기가 하늘로 오르듯이 상공으로 퍼졌다. 토지에 모인 마력을 하늘에 돌려주는 거다.

원래 타종 축제는 대지의 정령왕에게 감사함을 바치는 수확제였다. 그러나 명부의 파수꾼이 몰래 놀러 와서 명부의 문을 열었다……라는 전승에 따라 축제를 즐기러 온 죽은 자를 추도하는 성격을 띠게 되었다고 한다.

마술 봉납에서 사용하는 마술은 몇 가지가 있지만 모니카는 이 마소 해방이 선택된 이유를 왠지 모르게 알 수 있었다.

밤하늘은 명부를 관장하는 어둠의 여신이 다스리는 영역.

밤하늘에 빛의 입자가 올라가는 광경은 죽은 자의 혼이 명부로 돌아가는 광경을 방불케 한다. 그렇기에 사람들은 이렇게 추도의 종을 울리는 것이리라.

모니카도 오른손의 지팡이에 달린 종을 울리면서 왼손으로는 아버지의 책을 가슴에 안고 눈을 감았다.

죽은 자가 찾아오는 축제의 밤에 모니카는 분명히 죽은 아버지와 만난 것이다.

(아버지, 저…… 언젠가 아버지에게, 열심히 했다며 가슴을 펴고 말할 수 있게, 노력할게요.)

언젠가 모니카가 명부의 문을 지났을 때, 옛날에 해 준 것처럼 머리를 쓰다듬으며 칭찬했으면 좋겠다.

(열심히 할게요…….)

죽은 아버지에게 기도를 바치는 모니카 옆에서 펠릭스가 살짝 중얼거렸다.

"마치 별 같네."

펠릭스는 눈도 깜빡이지 않고 밤하늘로 올라가는 광채를 바라봤다.

펠릭스 역시 이제 만나지 못하는 누군가에게 마음을 전하는 걸까.

"아이크도, 종을 울리실래요?"

모니카가 조심스럽게 말을 걸자, 펠릭스는 지팡이 끝에서 흔들리는 종을 무표정으로 바라보고는 딱 한 번 끄덕였다. 그리고 짧게 감사 인사를 하고는 지팡이를 받아서 종을 울렸다.

종소리가 울리는 것을 신호로 혼잣말 같은 중얼거림이 들렸다.

"친구에게 전하고 싶었어."

펠릭스는 묵도하지 않고 빛이 춤추는 밤하늘을 올려다봤다.

" '반드시 너의 소원을 이뤄줄게.' 라고."

그 친구는 아마 고인이겠지.

모니카는 그것을 깊게 알아보려고 하지 않았다.

그저 펠릭스가 이렇게 종을 울려서 누군가를 추도했으니 이 밤을 지키려고 노력한 보람이 있다고 생각했다.

* * *

펠릭스와 함께 마담 카산드라의 저택에 돌아가자 1층의 넓은 플로어에서 연회가 열렸다.

모니카는 평소에 이 가게가 어떤지 모르지만 분명 오늘은 축제의 밤이라서 한층 떠들썩하고 활기가 넘치는 것이리라.

펠릭스는 손짓해서 모니카를 부르고 2층 안쪽에 있는 개인실의 문을 열었다.

방 안은 모니카가 상상한 것보다 훨씬 넓었다. 귀족을 대접하기 위한 방이리라. 낮은 테이블에 놓인 접시에는 과일이 잔뜩 올라가 있었다.

손님이 언제 돌아와도 쓸 수 있게 배려했는지 난로나 촛대에도 불이 켜져 있다.

"그게 말이죠, 아이크. 저……저……."

모니카가 꾸물거리며 펠릭스를 올려다봤다. 모니카는 지금까지 계속 참아 왔다.

펠릭스는 그런 모니카의 마음을 모두 이해한다는 듯이 부드럽게 웃으며 끄덕였다.

"응. 실은 나도 너와 똑같은 생각을 하고 있었어."

추운 바깥에서 따스한 실내로 돌아온 두 사람의 뺨은 아주 약간 빨개져 있었다.

두 사람은 서로를 바라보고── 안고 있던 책을 들었다.

모니카는 아버지 책을, 펠릭스는 미네르바의 샘을 들었다.

"저, 이거 읽어도 되나요?"

"응. 나도 빨리 이걸 읽고 싶었어."

더 이상의 말은 필요 없었다. 두 사람은 부지런히 소파에 앉아서 책을 펼쳤다.

갓 구입한 책을 펼치는 순간은 각별하다. 갖고 싶어서 안달이 난 책이라면 더더욱 그렇다.

아버지의 책은 칠현인인 모니카가 읽어도 어렵다고 느끼는 수준이었다.

그래도 어린 시절에는 몰랐던 수식이나 마술식을 이해하게 된 게 기뻐서 정신없이 페이지를 넘겼다.

조용한 실내에 들리는 건 난로의 장작이 타는 소리와 페이지 넘기는 소리뿐.

그때 경쾌한 노크 소리가 들리더니 문이 열렸다.

"자아, 나리. 안주하고 술 가져왔어."

체리 블론드색 머리를 흔들면서 안으로 들어온 건 이 가게의 창부인 도리스다. 그 손에는 안주와 술이 든 바구니를 들고 있었다. 그러나 독서에 푹 빠진 모니카와 펠릭스는 책에서 고개를 들지 않았다.

도리스는 모니카와 펠릭스를 교대로 바라보더니 어이없다는 듯이 말했다.

"잠깐, 잠깐! 젊은 남녀가 둘이서 이런 밤늦게까지 독서회야?! 건전한 남녀라면 좀 더 할 일이 있잖아!"

도리스가 큰 소리로 외치자, 겨우 펠릭스가 고개를 들었다.

"아아, 도리스. 마실 거라면 이쪽에 놔두겠어? 지금 딱 재밌을 때거든."

그렇게 말한 펠릭스는 다시 책으로 시선을 내렸다.

도리스는 바구니를 낮은 테이블에 놓고 이번에는 모니카

에게 다가갔다.

"잠깐, 아가씨! 너 이래도 돼?! 나리에게 매력이 없다는 말을 들은 셈이잖아?!"

도리스가 갑자기 말을 걸어오자, 모니카는 뭐라고 물었는지도 모른 채 반사적으로 입을 열었다.

"네! 유전 형질은 지금까지 액체처럼 뒤섞이는 성질을 띠었다고 생각했지만, 이 책에서는 유전 입자라는 작은 입자라고 주장해서 말이죠. 이 유전 입자는 인간의 설계도 같은 셈이라, 이것에 따라 마력량이나 특기 속성이……."

"그런 색기 없는 이야기는 됐으니까!"

도리스는 바구니 안의 음료수를 잔에 따르고는 모니카에게 확 넘겼다. 따스한 과일 음료일까? 잘린 감귤이 떠 있었고 벌꿀의 좋은 향기가 났다.

"자, 이거 마셔!"

"아, 네."

뒤늦게 목이 마른 걸 떠올린 모니카는 딱 알맞게 미지근한 그 음료수를 꿀꺽꿀꺽 마셨다.

그리고 모니카의 의식은 뚝 끊어졌다.

"자, 나리도!"

펠릭스는 시선만 움직여서 자신에게 내민 잔을 힐끔 바라봤다. 화이트 와인에 감귤 껍질과 벌꿀을 넣어서 데운 음료다.

잔을 받아서 마치 핥듯이 한 모금을 마신 펠릭스는 살짝 눈을 가늘게 떴다.

"응. 독서하면서 마시는 와인도 나쁘지 않네."

"그걸 위한 와인이 아니라고!"

도리스가 고함친 그때, 모니카가 책을 닫고는 말없이 일어났다.

그 눈은 어딘가 멍했고 초점이 맞지 않았다.

"모니카. 왜 그래?"

펠릭스가 말을 걸자, 모니카는 우물거리며 입술을 움직이더니 불분명한 목소리로 말했다.

"더워……."

다음 순간, 모니카가 입고 있던 옷을 벗어 던졌다. 펠릭스가 말릴 새도 없이 순식간에 일어난 일이었다.

기행은 거기서 끝나지 않았다. 모니카는 휘청거리며 펠릭스에게 다가오더니 양손을 붙잡고 손바닥이 위로 오게 뒤집었다.

그리고 펠릭스의 손바닥을 꾹꾹 누르더니 불만스럽게 중얼거렸다.

"발바닥 젤리가 없어……."

"응?"

모니카는 펠릭스의 손을 잡아서 자기 뺨에 대고 눌렀다.

술기운으로 뜨거워진 부드러운 뺨을 꾹꾹 누르는 감촉은 기분 좋았지만, 모니카가 뭘 하고 싶은 건지 알 수 없었다.

펠릭스가 곤혹스러워하는데, 모니카가 슬픈 듯이 눈썹을 내렸다.

"발바닥 젤리가 없어어……."

모니카는 훌쩍거리며 코를 훔치더니 불안정한 발걸음으로 침대로 올라가서 속옷 차림으로 마치 동물처럼 몸을 말았다.

그리고 "고양이가 되고 싶어……."라는 수수께끼의 한마디를 남기고 숨소리를 내며 잠들었다.

도리스가 진지하게 펠릭스를 바라봤다.

"나리. 고양이라도 주웠어?"

"응. 저런 모습은 나도 처음 봤어. 놀랍네."

"그런데 발바닥 젤리가 뭐야?"

"글쎄?"

두 사람이 침대로 눈을 돌리자, 모니카는 무척이나 행복해 보이는 얼굴로 잠꼬대를 하고 있었다.

"아무래도 오늘 밤은 끝인 모양이야."

"나리도 지독하네. 이렇게 좋은 여자가 눈앞에 있는데."

도리스는 토라졌는지 입술을 삐죽이면서 테이블 위를 정리하기 시작했다. 똑똑한 도리스는 펠릭스에게 손댈 마음이 없는 걸 아는 것이리라.

방을 나가기 직전, 도리스는 애교 있는 키스를 날리고는 한쪽 눈을 감았다.

"나는 아래층에 있을 테니까 쓸쓸해지면 언제든 오라고."

그렇게 말하고 도리스는 바로 방을 나갔다. 펠릭스는 도리스의 이런 결단이 빠른 점을 좋게 생각했다.

침대에서 꾸물거리며 몸을 뒤척이는 소리와 잠꼬대가 들렸다.

어떤 꿈을 꾸나 싶어서 귀를 기울이자, 들려오는 잠꼬대는 숫자였다. 아무래도 꿈속에서도 숫자에 푹 빠진 모양이다.

"잘 자. 모니카."

펠릭스는 그렇게 속삭이고 촛대의 불을 껐다.

* * *

——오랜만에 꿈을 꿨다.

산뜻한 장식품이 놓인 방에서 한 소년이 손바닥에 목걸이를 올리고 뭐라 투덜거리고 있었다.

그 소년은 때때로 손에 든 마술서를 훑어보다가 다시 목걸이로 시선을 내려 마술서에 적힌 주문을 계속 영창했다.

"뭘 하고 계십니까? 펠릭스 님."

종자 소년이 말을 걸어오자, 펠릭스는 고개를 휙 들었다.

"어머님 유품인 목걸이에 상위 정령이 깃들었다고 들었어. 그러니 나도 그 정령과 계약하면 할아버님이 기뻐하시겠지!"

펠릭스의 말을 듣고 종자 소년은 고개를 가로저었다.

"불가능합니다."

"어?"

종자 소년은 경직된 어린 주인에게 타이르는 듯한 얼굴로 말했다.

"상위 정령과의 계약은 자신이 태어날 때부터 지닌 특기 속성과 정령의 속성이 동일할 때 성립합니다. 펠릭스 님은 속성이 다르시니 그 정령과 계약하실 수 없습니다."

"그럴 수가……."

펠릭스는 움켜쥔 목걸이를 시무룩하게 바라봤다.

펠릭스는 공부도 운동도 서툴다. 게다가 몸이 약해서 금세 컨디션이 안 좋아지고 너무 내성적이라 남들 앞에서 말도 제대로 못 한다. 언제나 조부의 기대에 부응하지 못하는 나약한 소년이었다.

"왜 나는 늘 할아버님의 기대에 부응하지 못하는 걸까."

펠릭스는 울먹이는 목소리로 중얼거렸다.

종자 소년은 어린 주인을 바라보며 나직하게 말했다.

"펠릭스 님. 잠시 눈을 더럽히는 걸 용서해 주세요."

"응……?"

종자 소년이 걸치고 있던 상의를 넘겼다. 상의 안쪽에는 책 한 권이 묶여있었다.

"이걸 받으시죠."

펠릭스는 종자가 내민 책의 제목을 보고 눈을 반짝였다.

그것은 천문학책이었다. 펠릭스는 밤하늘의 별을 무척이나 좋아했다. 그러나 어른들은 천문학 같은 건 왕자의 장래에는 필요 없다, 그런 것에 시간을 쓸 여유가 있으면 좀 더 도움이 되는 걸 공부하라며 입을 모아 말했다.

그리고 다들 펠릭스에게서 천문학책을 가져간다. 그래서 종자 소년은 두꺼운 책을 마른 몸에 묶어서 몰래 가져올 수밖에 없었다.

"다들 천문학책 같은 건 내게 의미 없다고 말하는데……."

펠릭스의 목소리는 기쁨과 불안으로 떨렸다.

좋아하는 천문학책을 마음껏 읽고 싶다. 그러나 주변에서는 그걸 허락하지 않는다. 가뜩이나 공부가 뒤처진 자신이 이 책을 받아도 되는 걸까—— 하는 불안이다.

고개를 수그린 펠릭스에게 종자 소년이 다정한 목소리로 말했다.

"그래도 당신께는 소중한 것이잖아요?"

펠릭스는 그 말을 듣고 주르륵 눈물을 흘렸다.

눈물이 헤픈 왕자님은 콧물을 훌쩍 삼키면서 엉망이 된 얼굴로 웃었다.

"헤헤, 에헤헤…… 고마워. 굉장히 기뻐."

종자 소년은 어린 왕자를 동생을 보는 눈으로 다정하게 바라봤다.

그날 밤, 조부인 크록포드 공작의 방에 불려간 펠릭스는 얼굴이 새파래진 채 우두커니 섰다.

공작의 발밑에 엎드린 것은 종자 소년. 그 상반신에는 아무엇도 입지 않았고 하얀 등은 채찍으로 체벌을 당한 흉터로 심하게 부풀어 올랐다.

"할아버님…… 대체 왜……."

"이놈이 너에게 쓸데없는 걸 준 모양이더군."

그렇게 말한 공작이 테이블 위의 책으로 시선을 돌렸다.

종자 소년이 가져왔던 천문학책. 펠릭스는 그걸 방에 숨겼지만 다른 고용인이 발견하고 말았다.

펠릭스는 얼굴이 새파래진 채 고개를 숙였다.

"죄, 죄송합니다. 아니에요. 이 아이는 잘못한 게 없어요. 제가 억지로 부탁해서……."

"즉, 이놈은 내 명령이 아니라 너의 명령을 따랐다는 건가. 고용인 따위가 주인을 바꾸다니."

공작은 종자 소년의 등에 채찍을 휘둘렀다. 찰싹, 하고 메마른 소리가 들리자 펠릭스는 울었다.

"그만두세요. 부탁입니다. 부탁입니다! 이제 천문학책 같은 건 원하지 않겠어요. 그러니……!"

"그 책을 난로에 던져라."

공작의 명대로 펠릭스는 테이블 위의 책을 들고 난로 앞에 섰다.

그리고 떨리는 손으로 소중한 책을 난로에 넣었다.

"죄송합니다…… 죄송합니다……."

펠릭스는 흐느껴 울면서 불타는 책을 바라봤다.

공작은 흥, 하고 콧소리를 냈다.

"오늘의 댄스 레슨에서 처참한 꼴을 보였다더군."

"죄, 죄송합⋯⋯."

찰싹, 하는 날카로운 소리가 나며 다시 채찍이 날아왔다. 펠릭스가 아니라 엎드린 종자의 등을 향해.

공작은 펠릭스를 때리는 것보다는 종자를 때리는 편이 효과적이라는 걸 잘 알았다.

"천문학 따위에 정신을 파니까 그런 거다."

"죄, 죄송합니다. 죄송합니다⋯⋯ 다음에는⋯⋯ 다음에는 잘하겠습니다! 이제 절대로 할아버님을 부끄럽게 하지 않겠습니다. 그러니⋯⋯!"

공작은 마지막으로 종자의 등을 후려치고는 낮게 내뱉었다.

"다음은 없다."

"네⋯⋯."

펠릭스가 덜덜 떨면서 고개를 끄덕이자, 공작은 겨울 호수보다도 차가운 시선을 보냈다.

"이런 덜떨어진 것이 아이린의 아들이라니 한탄스럽군."

* * *

굉장히 그리운 꿈이네. 눈을 뜬 펠릭스는 차가운 심경으로 생각했다.

커튼 너머는 아직 어둡다. 침대에 들어온 지 얼마 지나지 않은 것이리라.

문득 자신의 배 주변에서 무언가가 꾸물꾸물 움직였다. 모니카였다.

그리운 꿈을 꾼 건 모니카가 고서점에서 보여준 표정 때문이겠지.

책을 가슴에 안고 엉망진창으로 얼굴을 일그러뜨리고 울면서도 기쁜 듯이 웃었다──. 예전에 천문학책을 가슴에 안고 울던 어린 소년처럼.

모니카에게 책을 사다 준 것은 변덕이었지만 웃게 하고 싶다고 생각한 것도, 기쁘게 해주고 싶다고 생각한 것도 진심이었다.

"네가 기뻐해서 나도 기뻤어."

펠릭스는 배 주변에서 몸을 둥글게 만 소녀의 따스한 몸을 안고 평온한 마음으로 눈을 감았다.

* * *

교회의 어느 방에서 '별을 읽는 마녀' 메리 하비는 오른손을 덮은 장신구── '별을 자아내는 미라'에게 말을 걸었다.

"정말이지. 나쁜 아이구나, 미라."

『아아, 아아 너무해요. 나는 그저, 사랑하는 사람의 곁에 있고 싶을 뿐인데.』

'별을 자아내는 미라'는 자신과 맞닿은 자에게 간섭하는 힘을 가졌다. 마력 내성이 낮은 인간이라면 몸을 어느 정도 조종할 수 있지만 이 나라의 정점에 선 칠현인에게는 안 통한다.

메리는 구슬이 쟁반에 굴러가는 듯한 맑은 웃음소리를 내고는 '별을 자아내는 미라'를 자기 오른손에서 풀었다.

그리고 전용 상자에 조심스레 넣고 봉인 영창을 읊었다. 영창의 마지막 구절을 끝낸 메리가 부드러운 목소리로 속삭였다.

"잘 자렴, 미라. 좋은 꿈꾸렴."

'별을 자아내는 미라'의 훌쩍거리는 울음소리는 뚜껑을 닫음과 동시에 뚝 끊어졌다.

밤새 등불로 채색되었던 이 마을은 너무 밝아서 평소보다 별이 잘 안 보인다. 그래도 메리는 눈을 가늘게 뜨고 별을 좇았다.

별의 속삭임에 귀를 기울이고 이 나라의 앞길을 지켜보는 것이 '별을 읽는 마녀'인 자신의 사명이다.

메리가 지금 좇는 것은 '침묵의 마녀'를 가리키는 별.

오늘 밤 모니카의 만남이 이 나라의 미래에 크게 관여하게 된다.

그 사실 하나하나는 작은 별의 반짝임이지만 분명하게 이어져서 커다란 운명을 그리려 하고 있었다.

(그리고 신경 쓰이는 게 하나…….)

'침묵의 마녀'를 가리키는 별 근처에서 빛나는, 모니카의 운명과 깊은 연관이 있는 누군가의 별.

그 별은 상실의 운명을 끌어안은 위태로운 별이다.

(칠현인 중 누군가는 아니네. '침묵의 마녀'와 가까운 인물은 그리 많지 않을 텐데……. 대체 누구의 별일까?)

메리가 고민에 잠겨있는데 나무 뒤에서 누군가의 목소리가 들렸다.

눈을 돌리자, 메이드복을 입은 미녀──'결계의 마술사' 루이스 밀러의 계약 정령이 머리에 올린 올빼미에게 덤덤하게 말을 걸고 있었다.

저 올빼미는 메리의 사역마다.

"제 취미는 독서입니다. 최근에 읽은 책은 더스틴 귄터의 작품. 올빼미 님의 취미는 뭐죠?"

올빼미는 호우호우, 하고 울 뿐이었다. 당연하다. 사역마는 사람이 내린 지시는 이해하지만, 사람의 말을 할 수는 없다. 정령과는 다르다.

앵무새를 사역마로 삼으면 말할지도 모르겠지만, 메리는 앵무새를 사역마로 삼은 사람을 본 적이 없다.

그런데도 린은 덤덤히 올빼미에게 말을 걸었다.

즐거운 건가? 고개를 갸웃하면서 지켜보자 린이 메리를 눈치채고 고개를 갸웃했다.

몸은 그대로 두고 고개만 돌리는 동작이 머리 위의 올빼미가 하는 것과 비슷했다.

"외출이십니까? '별을 읽는 마녀' 님."

"아냐. 여기서 별을 보려고~. 그러는 린은 뭘 하는 거니?"

"올빼미 님과 친교를 다지고 있습니다."

정령의 감성은 잘 모르겠는 부분이 있다. 아니면 바람의 정령은 새가 하는 말을 알아듣는 걸까?

린은 곧장 메리 쪽으로 몸을 틀고는 입을 열었다.

"그런데 '별을 읽는 마녀' 님에게 여쭤보고 싶은 게 있습니다."

"뭔데에~?"

"어째서 '별을 읽는 마녀' 님은 '별을 자아내는 미라'를 일부러 도둑맞게 두신 거죠?"

메리는 부드러운 미소를 지은 채 아무 말도 하지 않았다.

린은 무기질적인 목소리로 덤덤히 말을 이었다.

"그 절도범 말입니다만, 자기 공구로 자물쇠를 부수고 갇혀있던 방에서 도망쳤다고 들었습니다."

"그랬어? 어머, 무서워라~."

"어째서 공구를 몰수하지 않으셨죠?"

규탄한다기보다 순수하게 의문을 그대로 입에 담는 듯한 말투였다.

메리는 '별을 자아내는 미라'를 넣은 상자를 만지면서 노래하듯 대답했다.

"모든 건 별의 인도야."

"과연. 별이라는 건 굉장히 설득력 있나 보군요."

"맞아. 하지만 별의 목소리는 무척 작아서 나도 모든 걸

들을 수는 없어."

그렇게 말한 메리가 동쪽 하늘로 시선을 돌렸다.

종루 저편의 하늘은 어렴풋이 밝아지기 시작했다. 앞으로 한 시간 정도면 아침이 되리라.

별의 반짝임과 속삭임이 작아져 갔다.

밤이 끝나고 삶을 받아 살아가는 이들의 새로운 하루가 시작되는 거다.

그리고 새로운 하루의 시작은 메리에게는 잠드는 시간이기도 하다.

슬슬 방으로 돌아가려고 멍하니 생각하던 그때, 교회 뒷문에서 서둘러 달려오는 발소리가 들렸다.

"이런 시간에 실례합니다! 여기에 린즈벨피드 님이 계십니까? '결계의 마술사' 루이스 밀러 마법백께서 빠른 말로 전령을——."

에필로그 아기 고양이에게 리본을 달아 주듯이

(추워…….)

모니카는 쌀쌀함에 몸을 떨면서 눈을 떴다. 겨울이 다가오는 이 계절의 이른 아침 추위는 모포 속 약간의 틈새로도 들어온다.

꾸물거리며 모포 안으로 들어간 모니카는 근처에 따스한 무언가가 있는 걸 깨닫고 무의식적으로 접근했다. 몸을 딱 붙이자 따끈따끈했다.

(그런데 네로치고는 큰 것 같은데…… 으~음.)

잘은 모르겠지만 따스하니까 뭐 됐어. 그렇게 생각하길 포기하고 꿈결에 잠기자, 누군가의 다정한 손이 모니카의 머리를 쓰다듬었다. 뺨에 말랑하고 부드러운 무언가가 닿았다.

모니카는 이 행복한 감각을 잘 알았다.

"아, 발바닥 젤리…… 좋은 아침, 네로."

"네로라니?"

바로 옆에서 목소리가 들리자, 모니카의 의식이 단숨에 깨어났다.

눈을 크게 뜨고 소리가 난 방향을 바라보자, 보석 같은 푸른 눈이 모니카를 다정하게 바라보고 있었다.

모니카는 속으로 비명을 지르며 침대에서 우당탕탕 굴러떨어졌다.

바닥을 기는 모니카의 머리를 스친 건 '별을 읽는 마녀' 메리 하비의 예언이었다.

'지금의 모니카는 연애운 절호조! 근사한 남성분과 뜨거~운 밤을 보낼지도!'

자신이 설마 남성분과 뜨거~운 밤이라는 걸 보냈나.

모니카는 바닥에 이마를 문지르면서 떨리는 목소리로 말했다.

"처처처."

"처?"

"처형, 인가요⋯⋯?"

당장에라도 죽을 것 같은 모니카의 얼굴을 본 펠릭스는 상반신을 침대 위에서 일으키고는 목을 울리면서 웃었다. 그 상반신은 아무것도 입지 않은 알몸이다.

모니카는 무엄하게도 그 가슴팍에 뺨을 비비적대고 말았다. 이건 목이 날아가더라도 불평할 수 없다.

"너는 귀여운 아기 고양이가 침대에 들어왔다고 그 아기 고양이를 죽일 거야?"

"네? 고양이요⋯⋯?"

모니카가 고개를 들면서 주변을 두리번거렸다. 그러나 실내에는 고양이가 없다.

자신의 뺨을 발바닥 젤리로 꾹꾹 눌렀던 고양이는 어디에 있지? 고개를 갸웃한 모니카를 펠릭스가 즐겁게 바라봤다.

"어젯밤에 넌 와인을 마시더니 갑자기 옷을 벗어 던지고 그대로 잠들었어."

그제야 모니카는 자신이 속옷 차림인 걸 깨달았다. 어쩐지 춥다 했다.

"그 차림이면 춥지 않아?"

"아, 네. 흉한 모습이라 죄송합니다. 바로 입겠…… 어라?"

목에 위화감이 들어서 손가락으로 만져 보니 가느다란 사슬 같은 감촉이 났다. 그대로 시선을 아래로 내리자 가슴팍에 작은 황록색 돌이 아침햇살을 반사하며 반짝반짝 빛나고 있었다.

모니카가 곤혹스러운 얼굴로 펠릭스를 보자, 펠릭스는 무릎을 세워 턱을 괴고는 눈을 가늘게 떴다.

"역시 네 눈과 색이 비슷하네. 잘 어울려."

"저기, 이건……?"

"너는 액세서리를 받아도 순순히 기뻐하지 않는다고 했지."

모니카는 미안함을 숨기지 않고 곤란한 표정으로 살짝 끄덕였다.

솔직한 모니카의 태도를 본 펠릭스가 조금 쓸쓸한 듯이 웃었다.

"그 목걸이를 차기에는 아직 이르다고 생각한다면 꾸미기 상급자라는 게 되었을 때 착용해 줘."

모니카는 목걸이를 내려다봤다. 금색의 얇은 사슬 끝에 흔들리는 건 새끼손가락의 손톱보다 조금 큰 올리브그린색 돌. 미약한 금색을 띤 밝은 녹색을 보니 아마 페리도트이리라.

소박하고 귀여운 디자인은 분명 모니카의 성격을 고려해서 골랐을 것이다.

액세서리에 익숙하지 않은 모니카는 허둥지둥 펠릭스를 올려다봤다.

"저기, 이 방값도, 책값도 내 주셨는데, 이 이상은……."

이 이상 뭔가 받는 건 너무나도 미안하다.

펜던트를 벗어서 돌려주려고 목 뒤편에 있는 잠금쇠로 손을 뻗었다. 그러나 이런 물건에 익숙하지 않아서 푸는 법을 알 수 없었다.

모니카가 서툴게 손을 움직이자, 펠릭스가 침대에서 내려와 모니카의 손을 위에서 잡았다.

손이 닿은 순간, 모니카의 몸이 움찔하고 굳었다.

모니카는 아버지의 물건인 의학서나 인체 모형을 보며 자라왔기에 알몸을 보거나 보이는 건 딱히 아무렇지도 않았다.

그러나 사람과 접촉하는 건 무섭다. 아버지가 죽은 뒤에 모니카를 데려온 삼촌이 가한 폭력이 떠올라서 무의식적으로 몸이 굳는다.

모니카가 추위와는 다른 이유로 몸을 떨자, 펠릭스는 목걸이를 풀려던 모니카의 손을 내렸다.

"한 가지, 본심을 말해 줄까."

"……?"

펠릭스가 모니카의 얼굴을 들여다봤다. 아름다운 푸른 눈이 곤란한 표정을 지은 모니카를 비췄다.

"나는 너를 이 마을에서 발견했을 때, 네가 나의 목숨을 노리는 자객으로 의심했어."

모니카의 온몸에서 핏기가 가셨다.

펠릭스는 새파랗게 떨리는 모니카의 차가운 손을 자기 목에 대고는 위에서 살짝 눌렀다.

이래서야 마치 모니카가 펠릭스의 목을 조르는 것 같지 않은가. 펠릭스의 손은 그걸 재촉하는 것 같았다.

그것이 모니카에게는 매우 무섭게 느껴졌다.

"호위도 없이 몰래 놀러 왔으니까 암살하려면 절호의 기회잖아?"

"저, 저는, 그런 짓은……!"

모니카가 즉시 부정하자, 펠릭스는 "응. 아니라는 건 알아."라고 바로 수긍했다.

펠릭스는 모니카의 손을 홱 뗐다.

"너는 암살자 같은 게 아니야. 죽이려고 했다면 벌써 실행했을 테니까."

"…………."

"적이라고는 생각하지 않지만 아군이라기엔 너무 미덥지 못해. 그러니까 너는 재미있는 펫이라고 생각하기로 했어."

"페, 펫?! 펫⋯⋯?!"

모니카가 충격을 받자, 펠릭스가 찡긋 윙크했다.

"지금은 같은 비밀을 공유하는 밤놀이 동료야."

"펫이라니⋯⋯ 펫이라니이⋯⋯."

"아기 다람쥐 호칭은 이미 그만뒀잖아?"

"어, 어제 했잖아요!"

"그랬었나?"

"했었, 어, 요!"

모니카가 웬일로 강하게 주장하자, 펠릭스는 놀리는 것처럼 키득거리며 웃었다. 그 웃음 하나로 얼버무리려는 느낌이 왠지 치사했다.

"있잖아. 그거 알아? 너는 나에게 거래를 제안할 수도 있었어. 밤놀이를 나온 게 들키기 싫으면 내 말을 들으라면서."

"그, 저기⋯⋯ 제가 아이크에게 바라는 건, 아무것도 없어서요."

예전에 펠릭스가 체스 승부를 걸어왔을 때 아기 다람쥐라고 부르는 걸 그만두라고 하긴 했다. 그리고 이름으로 부르는 건 포기하고 받아들였으니 이 이상 모니카가 펠릭스에게 바라는 건 아무것도 없었다.

"저는 당신에게 받고 싶은 것이나 해 줬으면 하는 게 아무것도 없어요⋯⋯ 정말로, 아무것도 없어요."

모니카가 당혹스럽다는 듯이 목에 걸린 펜던트를 만지자, 펠릭스는 조금 눈썹을 내리며 수긍했다.

"그래. 그건 요 몇 달을 함께 보내면서 잘 알았어. 너는 나에게 아무것도 기대하지 않아……. 그게 마음 편하기도 하고 조금 쓸쓸하기도 하지만."

펠릭스의 손가락이 모니카의 목을 채색하는 금색 사슬을 매만졌다.

언제나 장갑에 덮여 있던 하얀 손은 악기 연주에 어울리게 섬세했지만 분명히 근육이 있는 남자의 손이었다.

"이 목걸이는 너를 위해 선물하는 게 아니야. 나의 자기만족…… 나를 위한 선물이야."

펠릭스가 무슨 말을 하는 건지 모르겠다.

모니카가 갈피를 못 잡자, 펠릭스는 자조하듯이 미소를 지으면서 페리도트를 손끝으로 잡고 살짝 당겼다.

얇은 사슬이 모니카의 피부에 아주 조금 파고들었다.

"형태가 남는 선물—— 특히 몸에 착용하는 물건은 사람의 마음을 붙들어 놓기에 좋잖아?"

물건으로 사람의 마음을 붙들어 놓는다. 그야말로 오만한 귀족이 할 법한 말이다.

그런데도 어째서 이 사람은 이렇게나 쓸쓸한 표정을 짓는 걸까.

펠릭스의 아름다운 손끝이 페리도트를 들었다. 아름다운 모양의 입술이 모니카의 눈 색과 아주 닮은 올리브그린색 보석에 입을 맞췄다.

"너만은 함께 놀았던 아이크를 기억해 줘."

그 광경은 옆에서 보면 하룻밤을 함께 보낸 남녀가 흐트러진 모습으로 아침 햇살 속에서 서로 사랑을 맹세하는 것처럼 보일지도 모른다.

그러나 모니카는 자신의 눈앞에 있는 금색 속눈썹을 내려다보면서 조용히 생각했다.

──분명 이제 아이크와 밤놀이를 할 수 없겠지.

그렇기에 아이크는 모니카에게 지나칠 정도로 많은 선물을 줬다. 아이크라는 청년과의 추억을 조금이나마 더 남기기 위해서.

펠릭스가 페리도트에서 손을 뗐다.

모니카의 창백한 피부를 채색하는 페리도트는 창문에서 들어오는 아침햇살을 받아 초원의 색으로 반짝였다.

평소에는 갈색으로 보이는 모니카의 눈 역시, 밝은 곳에서는 녹색이 조금 짙어졌다.

"페리도트는 어두운 밤의 희미한 불빛에도 아름답게 빛나. 네가 착용하면 바로 널 찾을 수 있을 거야."

평소의 모니카라면 얼굴이 새파래져서 "찾지 않아도 괜찮아요."라고 생각했으리라.

그러나 지금은 '아이크'를 함부로 부정해서 상처를 주고 싶지 않았다.

그래서 모니카는 어색하게나마 열심히 할 말을 찾았다.

"아이크."

"응?"

"밤놀이…… 놀랄 일이 많이 있었지만, 즐거웠어요."

"응……."

분명 앞으로 모니카가 스스로 이 목걸이를 걸 일은 없다.

그래도 지금만큼은 목걸이를 풀면 펠릭스가 슬퍼할 것 같았기에, 모니카는 잠금쇠에 손을 가져가려다 말았다.

모니카는 느릿느릿 일어나서 소파 위에 개어 놓은 옷을 들었다.

어제 산 책이 음료나 음식과 멀리 떨어진 채 모니카의 옷위에 제대로 놓여있는 게 묘하게 기뻤다.

모니카가 옷을 갈아입는데, 펠릭스가 뭔가 떠올랐는지 등을 바라보며 말했다.

"그러고 보니 어제부터 신경 쓰였는데 그 등에 있는 오래된 흉터는 어떻게 된 거야?"

"흉터가, 있나요?"

"응. 특히 어깨 주변에."

마침 실내에 커다란 거울이 있어서 모니카는 조금 몸을 틀고 자기 등을 봤다.

분명히 등에는 피부가 부풀어 오른 흉터나 멍이 몇 군데 남아있었다. 모두 삼촌의 폭력으로 인한 흔적이다.

"그건 케르벡 백작가에서 생긴 거야?"

펠릭스의 말을 듣자, 모니카는 황급히 고개를 가로저었다.

지금의 모니카는 케르벡 백작가의 골칫거리라는 설정이지만 아무리 그래도 학대 의혹까지 나오다니 이자벨이나 그쪽 사람들에게 미안했다.

"다, 당치도 않아요! 케르백 백작가 분들은 정말로 잘 대해 주세요! 이 흉터는 좀 더 예전에 생긴 거라⋯⋯."

"그 흉터를 깨끗하게 없애고 싶다고 생각한 적은 없어?"

"아뇨, 딱히⋯⋯."

이건 진심에서 나온 말이었다.

딱히 지금 아픈 것도 아니고 등에 오랜 흉터가 있다고 해서 생활에 지장이 생기는 것도 아니다.

모니카는 흉터가 추하다고 생각하지 않지만, 펠릭스에게 여성의 몸에 흉터가 있는 건 간과할 수 없는 일이리라.

문득 모니카는 눈치챘다. 펠릭스의 몸에도 옆구리에 오므라든 흉터가 있었다. 완벽하게 균형 잡힌 몸은 피부가 매끄럽고 아름다워서 옆구리의 흉터가 더더욱 눈에 띄었다.

"아이크는⋯⋯ 그 옆구리의 흉터를 지우고 싶은가요?"

모니카가 조심스럽게 묻자, 펠릭스는 자신의 흉터로 시선을 내리고는 부드럽게 고개를 내저었다.

"아니. 이건 필요한 흉터니까."

모니카는 그 말이 무슨 뜻인지 몰랐지만 깊게 파고들면 안 될 것 같아서 묵묵히 옷을 갈아입었다.

* * *

마담 카산드라의 저택을 나온 것은 무척 이른 시간이었지만, 가게 여자들이 거의 총출동해서 펠릭스와 모니카를 배웅했다.

특히 이것저것 돌봐주던 도리스는 펠릭스의 뺨에 열렬한 키스를 퍼부은 뒤에 모니카에게 손짓하고 귓속말했다.

"먹을 것이 곤란하면 언제든 우리 가게에 와. 내가 돌봐줄 테니까."

"가, 감사합니다……."

"그리고 나리가 약한 곳은 ——니까. 확실히 기억해 둬."

그건 기억해도 도움이 되지 않을 것 같았다.

모니카는 애매하게 웃으며 도리스에게 고개를 끄덕였다.

가게 여자들의 배웅을 받은 두 사람은 마담 카산드라의 저택을 나와서 마차가 서 있는 곳으로 향했다.

펠릭스는 함께 마차에 태워 주겠다고 말했지만, 모니카는 린과 합류할 약속을 했기에 정중하게 사양했다.

"오늘은 평소처럼 수업이 있는 날인데…… 늦지 않겠어?"

"네, 넷!"

왜냐하면 린의 힘을 빌리면 여유롭게 날아갈 수 있으니까. 마차보다 훨씬 빨리 학원에 돌아갈 수 있다.

"여러모로, 감사했습니다!"

펠릭스가 사 준 책을 가슴에 품은 모니카가 고개를 숙이자, 펠릭스는 언제나 학원에서 보여 주는 부드럽고 붙임성 있는 미소를 지었다.

그것은 어딘가 장난스러운 아이크의 웃음이 아니다. 모두에게 사랑받는 왕족의 웃음이다.

(아이크와 보내는 시간은, 끝났구나······.)

여기 있는 사람은 이 나라의 제2왕자 펠릭스 아크 리디르. 고귀하고도 먼 존재다.

"그럼 또 보자."

"네."

펠릭스가 올라타자 마차가 달렸다.

마차 소리가 들리지 않을 때까지 모니카는 그 자리에 남아서 마차를 배웅했다.

그리고 천천히 교회 쪽을 향해 걸어가는데 잠시 뒤에 하늘에서 작은 노란 새── 린이 내려와 모니카의 어깨에 앉았다. 아무래도 상공에서 모니카를 지켜보던 모양이다.

"제2왕자의 호위 수고하셨습니다."

"네, 네······."

그걸 호위라고 불러도 되나? 모니카는 몰래 쓴웃음을 지었다.

왜냐하면 모니카는 도중부터 호위 임무를 잊고 즐기고 말았다.

금화 두 닢짜리 책과 페리도트 펜던트가 펠릭스의 변덕으로 준 선물이라고 해도 모니카에게는 분명 잊을 수 없는 추억이다.

모니카가 그런 생각을 하자, 작은 새로 변한 린이 모니카의 귓가에 속삭였다.

"지금부터 '침묵의 마녀' 님을 세렌디아 학원까지 보내드리려고 합니다만, 그 전에 한 가지 안 좋은 보고가 있습니다."

"네……?"

모니카의 몸이 굳자, 린이 조용히 말했다.

"유진 피트먼을 가장해서 체스 대회에 침입했었던 인물이……."

* * *

"음독자살……이라고요."

루이스가 낮은 목소리로 중얼거리자, 맞은편에 앉은 간수장이 새파란 얼굴로 한 번 끄덕였다.

'별을 읽는 마녀'의 저택에서 돌아온 루이스에게 사랑하는 아내가 내민 것은 막 당도한 보고서였다.

그 내용은 세렌디아 학원에 침입한 가짜 피트먼이 숨기고 있던 독으로 자살했다는 것이었다.

이렇게 루이스는 귀가하자마자 바로 구치소까지 비행 마술로 이동하여, 지금은 밤이니까 아침에 다시 와 달라는 잠꼬대를 지껄이는 문지기를 조금 닦달해서 책임자를 불러낸 참이었다.

간수장 말로는 점심 늦게 순회하던 간수가 이변을 눈치챘을 때는 이미 그 죄수의 목숨이 끊어졌다고 한다.

(생각할 수 있는 가능성은 두 가지.)

투옥된 그 남자가 모종의 수단으로 독을 가져와 자살했든가, 혹은 누군가가 입막음하려고 살해했거나.

루이스는 후자일 가능성이 높다고 생각하면서 지하에 안치된 시체를 확인했다.

바닥에 누워있는 그 시체는 20대 중반 정도의 남자였다.

미네르바 교사 유진 피트먼과 똑같은 그 얼굴은 화장이나 변장 같은 게 아니었다고 한다. 그건 투옥된 시점에서 조사가 끝났다.

입고 있는 건 간소한 죄수복. 루이스는 그 옷의 상태가 신경 쓰였다.

"간수장. 이 옷, 사망 직후에 벗기거나 했습니까?"

"아뇨. 딱히 그러지는 않았습니다. 발견 당시 그대로라고 생각합니다만."

그럼 이상하다. 루이스는 눈살을 찌푸렸다.

죄수복을 입은 모습이 너무 엉성했다. 아랫도리는 앞뒤를 거꾸로 입었고 허리까지 올리지도 않았다.

(마치 사후에 누군가가 입힌 것 같은데.)

한 가지 가능성이 떠오른 루이스가 간수장에게 물었다.

"진짜 유진 피트먼의 시체는 아직 발견되지 않았겠죠?"

간수장이 수긍하는 걸 본 루이스는 확신했다.

"이 시체는 진짜 유진 피트먼입니다."

"네?"

"아마 얼음 마술로 시체의 부패를 막고 있었겠죠."

눈치가 없는 간수장에게 날카롭게 번뜩이는 시선을 보낸
루이스는 질문 하나를 던졌다.

"오늘, 업자 같은 외부인이 드나든 적은 없습니까?"

"그, 그리고 보니 죄수에게 식량을 전하러 온 업자가……."

"그 업자가 한패입니다. 아마 그 공범이 진짜 피트먼의 시
체를 감옥 안으로 옮기고 가짜 피트먼이 자살했다고 위장
해서 밖으로 도망치게 한 겁니다."

* * *

이른 아침의 콜랩튼 마을은 아직 어제 축제의 여운이 여
기저기에 남아서 거리에는 술병을 품에 안고 자는 주정뱅
이의 모습도 있었다.

아침에 어제 연 포장마차를 정리하는 사람이나, 가게 앞
을 청소하거나 등을 떼어내는 사람도 꽤 있었다.

바르톨로메우스는 평소보다 사람이 많은 아침 거리에서
다른 이의 눈을 신경 쓰면서 몰래 이동하고 있었다.

어제 고대 마도구 '별을 자아내는 미라'의 절도 의혹으로
붙잡힌 바르톨로메우스는 식전회장에 감금되었지만 숨겨
둔 공구를 사용해서 화려하게 탈주했다.

(아아, 나 참 끔찍한 꼴을 겪었어……. 사정 청취 같은 걸
받을까 보냐!)

지금 당장 이 마을을 떠나고 싶었지만 딱 하나 마음에 걸

리는 게 있었다.

그것은 어제 의식을 잃은 사이에 멍하니 봤던 광경.

밤하늘에 떨어진 자신을 부드럽게 받아 낸 바람과 그걸 조종하는 메이드복 차림의 미인. 그 메이드는 영창 같은 걸 하지 않았다. 그런데도 놀랄 만큼 정확하게 바람을 조종했다.

그리고 마지막에는 바르톨로메우스를 안고 영창도 없이 하늘을 날았다.

다람쥐 귀 후드 차림의 꼬마와 했던 대화는 잘 안 들렸지만 단어 하나는 어렴풋이 들렸다.

그것은――'침묵의 마녀'.

(즉, 그 미인 메이드가 '침묵의 마녀'였던 건가!)

바르톨로메우스는 자신을 공주님 안기로 안았던 메이드의 아름다운 얼굴을 떠올리고는 감격한 표정으로 옷의 가슴팍을 움켜쥐고 아침놀이 진 하늘을 올려다봤다.

"와아~ 곤란한데. 두근거림이 멈추지 않아…… 내 심장에 확 다가와 버렸다고……."

고대 마도구 절도범 취급을 받는 지금, 당장에라도 다른 나라로 튀고 싶었지만 이곳 리디르 왕국에 눌러앉을 이유가 생기고 말았다. 반한 여자가 있다면 꼬드기는 게 남자다.

자자, 그럼 어떻게 '침묵의 마녀'에게 접근할까…… 그렇게 향후 계획을 세우는데 전방에서 찾아온 젊은 남자와 여자 2인조가 그 앞에서 발을 멈췄다.

자신을 붙잡으러 온 추격자인가 해서 황급히 몸을 돌리려던 바르톨로메우스에게 젊은 여자가 말했다.

"해결사 바르톨로메우스죠. 당신에게 의뢰할 게 있습니다."

"뭐라고오?"

바르톨로메우스는 발을 멈추고 2인조를 다시 관찰했다.

여자는 10대 후반 정도일까. 검은 머리를 턱 근처까지 가지런히 기르고 날카로운 눈과 늠름해 보이는 눈썹을 한 여자다.

남자는 짧은 갈색 머리의 20대 남자. 어디에나 있을 법한 기억에 안 남는 수수한 얼굴이다.

두 사람 모두 입고 있는 건 흔한 여행 복장이다. 어딜 봐도 어제 축제에 참가한 관광객으로 보였지만 바르톨로메우스의 감은 이 녀석들이 견실한 자들이 아니라고 말했다.

"미안하지만 나는 한동안 바빠. 일이라면 다른 데를 알아보지 않겠어?"

바르톨로메우스가 휙휙 손을 흔들자, 여자는 조용히 거리를 좁히며 작은 목소리로 속삭였다.

그 말은 리디르 왕국어가 아니었다. 바르톨로메우스의 고향—— 제국의 언어다.

"'유명한 마도구 장인의 자제이면서도 스승에게 폭력을 휘둘러 고향에서 쫓겨났다던데요. 바르톨로메우스 바르.'"

"——?!"

바르톨로메우스가 안색을 바꾸자, 늠름한 눈썹의 여자가 성큼성큼 다가왔다. 뒷걸음질 치던 바르톨로메우스는 어느

새 좁은 골목에 들어와 있었다.

이윽고 그 등이 벽에 닿자, 여자가 발을 멈췄다. 그리고 품에서 종이 한 장을 꺼내서 내밀었다.

"서둘러 만들어 줬으면 하는 게 있어요."

종이에 적힌 것은 어느 학교의 교복이었다. 옷만이 아니라 신발이나 장식까지 세밀하게 기재되어 있다.

그 장식 핀의 문장을 본 바르톨로메우스는 눈을 뒤집었다.

빛의 정령왕 세렌디네의 석장에 백합꽃의 관. 그 문장을 가진 학교라면, 단 하나.

"세렌디아 학원의 교복이잖아! 이봐, 너희들. 뭘 저지를 셈이야."

"그 질문에는 대답할 수 없습니다. 당신은 그냥 의뢰받은 걸 만들기만 하면 돼요."

헛소리하지 말라고. 바르톨로메우스는 속으로 욕설을 내뱉었다.

세렌디아 학원 관련 일에서 뜨거운 맛을 봤던 참이다.

(게다가 재단사가 아니라 나에게 의뢰해서 교복을 만든다는 건 멀쩡한 용도로 쓰려는 게 아니잖아…….)

자신이 만든 물건을 어떻게 쓰든 알 바가 아니지만, 세렌디아 학원과 관련된 일은 위험하다.

바르톨로메우스는 갈등 끝에 한심한 얼굴로 헤실헤실 미소를 지었다. 그리고 더더욱 미덥지 못한 목소리로 말했다.

"아니이~ 이런 큰일은 나한테는 무리야, 무리. 너도 알다시피 나는 그냥 기술자 나부랭이야. 복식 전문가가 아니라고. 하물며 신발이나 장식까지 만들기는 도저히……."

"장인 시절에 당신이 특히 우수하다고 평가받은 점은 폭넓은 분야의 기술에 자세하다는 점과 작업 속도였다고 하던데요."

바르톨로메우스가 입을 우물거리자 여자는 가죽 주머니를 내밀었다.

언뜻 봐도 무거워 보이는 주머니 입구로 보이는 대금화를 본 바르톨로메우스는 무심코 군침을 삼켰다.

"이게 선금입니다."

"이게 선금, 이라고오……?!"

어느새 바르톨로메우스의 손은 가죽 주머니를 받고 있었다.

리디르 왕국에 머물면서 '침묵의 마녀'에게 구애하려면 돈은 얼마든지 필요하다. 좋은 여자에게 선물을 주려면 아무튼 돈이 필요하니까.

(이만큼 있으면 꽃도 드레스도 마음껏 선물할 수 있어! 기다려라, '침묵의 마녀'!)

바르톨로메우스는 헤벌쭉하면서 메이드복을 입은 미녀를 생각했다.

기분 좋게 떠나는 바르톨로메우스의 뒷모습을 바라보던 2인조 중 한쪽── 수수한 얼굴의 남자가 킬킬거리면서 웃었다. 그 얼굴은 부자연스럽게 일그러졌다.

"아아, 안 되지. 아직 얼굴이 안정되지 않았나 봐. 용화를 하면 피부가 무너지기 쉬워서 문제라니까."

남자는 졸인 벌꿀처럼 끈적한 목소리로 중얼거리더니 일그러진 얼굴을 손으로 문질렀다. 피부는 부자연스럽게 일그러지더니 광대뼈에 붙으며 안정됐다.

"그나저나 굉장히 쓰기 편리한 남자를 발견했네, 하이디. 탈옥을 도와준 것도 그렇고 파트너가 우수해서 다행이야."

"송구합니다. 유안."

늠름한 눈썹의 소녀── 하이디의 목소리는 딱딱했지만 아주 약간 입가가 풀어져 있었다.

하이디는 유안의 파트너이자 제자이기도 하다. 첩보원의 지식과 전투 기술 모두 유안이 가르쳤다.

세렌디아 학원에 침입한 죄로 붙잡혔던 유안의 탈옥을 도운 것은 하이디였다.

"자, 일할 준비를 진행할까. 이번에는 실수했지만 세렌디아 학원의 내부 구조는 대부분 파악했고 제2왕자에게 접근할 방법도 알아냈어……. 그리고 제2왕자에게 우수한 호위가 붙어있다는 것도 말이야."

"용화한 유안을 일격에 해치운 마술사 말인가요?"

"그래, 맞아."

유안은 눈을 감고 자신이 쓰러졌을 때를 떠올렸다.

미네르바의 학생 버니 존스에게 정체가 들켜서 입을 막으려고 했을 때 한 여학생이 다가왔다. 그 여학생이 비명을 지르면 귀찮아지기에 물의 구체 결계에 가뒀는데 어째서인지 결계가 파괴되면서 유안은 약점인 미간을 공격당해 의식을 잃었다.

이후에 정신을 차리니 이미 감옥 안이었다.

유안은 그때 상황을 반복해서 생각하고는 하나의 결론에 이르렀다.

(그 무식하게 체스를 잘 두던 계집…… 모니카 노튼에게는 뭔가 있어.)

세렌디아 학원 학원제에 잠입하려면 아마 그 계집이 제일 방해가 되리라. 그런 예감이 든 유안은 몸을 떨면서 입술을 초승달처럼 끌어올리고 웃었다.

고개를 젖히고 달콤한 목소리로 진심으로 즐겁다는 듯이.

"후후, 아하, 아하하하하!"

"즐거워 보이네요. 유안."

"응. 그래. 즐거워. 두근거려. 그게 말이지? 굉장히 자극적인 비밀의 냄새가 나거든."

유안은 사냥감을 앞에 둔 고양이 같은 얼굴로 끈적하게 혀를 핥았다.

웃는 바람에 얼굴 피부가 당겨져서 마치 점토처럼 다시 형태가 변했다.

"비밀을 폭로하는 게 내 일이니까. 펠릭스 아크 리디르의 비밀도, 모니카 노튼의 비밀도, 전~부 내가 폭로하겠어."

* * *

모니카가 린의 고속 비행으로 세렌디아 학원 여자 기숙사의 다락방으로 돌아오자, 사역마 네로가 모니카에게 엉덩이를 보이고 침대 밑의 작은 틈새에 들어가 있었다.

"저, 저기. 네로……?"

대답 대신 검은 꼬리가 찰싹 바닥을 두드렸다. 토라졌다는 신호다.

"정말이지, 네로도 참……."

모니카가 곤란한 듯 중얼거리자, 네로는 꼬리로 찰싹찰싹 바닥을 두드리며 말했다.

"이 몸을 내버려 두고 밤놀이를 나간 것도 모자라 아침에 돌아오냐."

"그~게……."

우왕좌왕하는 모니카 옆에서 여기까지 바래다준 린이 익숙한 메이드 차림으로 입을 열었다.

"네. '침묵의 마녀' 님은 미소년을 거느리고 주지육림의 연회를 만끽하신 뒤, 미남과 함께 창관에서 하룻밤을 보내셨다고 합니다."

"린 씨이이?!"

오해를 부르는 말을 듣고 모니카가 눈을 뒤집자, 네로가 침대 밑에서 뛰쳐나와 앞발로 모니카의 무릎을 때렸다.

"잘못 봤어! 모니카 이 헤픈 녀석!"

"헤픈 녀석?!"

"모니카 이 박정한 녀석! 에이브럼을 본받아!"

"에이브럼 씨가 누군데?!"

네로는 킁킁 거칠게 콧김을 뿜으면서 모포 아래에서 책한 권을 끄집어냈다. 그것은 네로가 좋아하는 모험 소설이다. 작가의 이름은 더스틴 귄터.

'더스틴 귄터는 최고야!'라면서 네로가 자주 입에 담는이름이다.

네로는 재주 좋게 앞발로 페이지를 넘겨서 등장인물 소개페이지를 탁탁 두드렸다.

"에이브럼은 말이지. 주인공 바솔로뮤의 친구로 굉장히의리가 두텁고 좋은 녀석이라고. 미녀의 유혹을 받아도'나에게 우정은 사랑보다 더한 보물이야.'라고 말하며 미녀의 유혹에 지지 않고 바솔로뮤와의 우정을 관철한다니까!"

"에이브럼…… 바솔로뮤……?"

모니카는 그 소설을 읽은 적이 없지만, 등장인물의 이름을 어딘가에서 들은 적이 있었다. 그것도 꽤 최근에.

── '바솔로뮤 알렉산더의 모험'이네. 저 이야기 좋지. 뭐니 뭐니 해도 주인공의 이름이 좋아.

──지금 나는 신작 소설에서 어리석은 남자가 무대 여배우를 사랑하게 된 장면을 쓰고 있어. 주인공의 친구인 에이브럼은 여배우 캐서린을 애타게 사랑하면서 틈만 나면 이

렇게 말하지. '다시 한번 이 눈으로 그 사람의 연기를 보고 싶어.' 지금의 너 그 자체로군…….

축제의 연극. 그리고 포터 고서점의 점장이 쓰던 소설.

그것이 네로의 애독서였다.

(설마 아버지의 친구가…… 포터 씨가 소설가 더스틴 귄터였다니…….)

깜짝 놀란 모니카 앞에서, 네로는 에이브럼이 얼마나 의리와 인정이 두터운 인물인지 줄줄이 떠들었다.

네로를 위해 우정으로 살아가던 에이브럼 씨가 여배우에게 푹 빠진다는 전개는 말하지 말자. 모니카는 그렇게 결심하면서 책상 서랍의 자물쇠를 열었다.

열쇠 달린 서랍장에 넣어둔 것은 아버지의 유품인 커피포트와 예전에 라나에게 받은 편지다.

모니카는 그곳에 가져온 책과 페리도트 목걸이를 넣었다.

(밤놀이 즐거웠어요. 아이크.)

처음 생긴 밤놀이 동료를 생각하던 모니카는 살며시 서랍장을 닫았다.

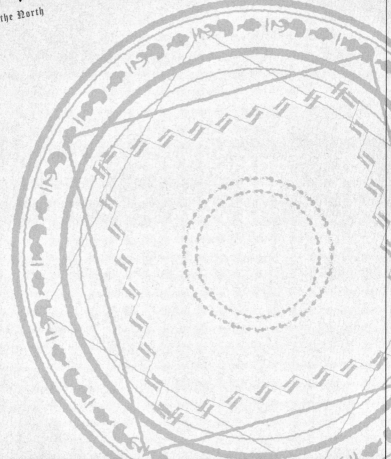

[시크릿 에피소드]

북쪽 땅에서

In the North

마차를 타고 리디르 왕국 북부 베랑제 산 인근에 도착한 루이스는 비행 마술로 두둥실 날아올랐다. 루이스의 목적지는 이 산속에 있다.

린이 있다면 왕도에서 비행 마술로 날아왔겠지만, 지금 린은 '침묵의 마녀'가 대출 중이다. 그래서 루이스는 여기 올 때까지 마차를 써야 했다.

루이스는 비행 마술이 특기지만 마력 소비가 심한 마술이기에 장거리 이동은 할 수 없다. 마차가 가지 못하는 산길에서만 쓰는 게 맞다.

지팡이에 걸터앉아서 로브와 땋은 머리를 휘날리며 하늘을 날던 루이스는 아래쪽에 펼쳐진 경치로 시선을 돌렸다.

베랑제 산은 주변이 눈에 덮여 하얗게 물들었다. 왕도 쪽은 아직 차가운 바람이 부는 정도지만 이 지역에서는 이미 눈이 내리기 시작했다.

루이스는 비행 마술을 쓰면서 냉기를 차단하는 결계를 쳤다. 비행 마술과 결계를 동시에 유지하는 것은 상당한 마력을 소비하지만 루이스에게 망설임은 없었다. 추운 게 싫으니까.

이윽고 산속의 조금 탁 트인 토지에 낡은 수도원이 보였다. 이곳이 루이스의 목적지다.

리셔우드 수도원. 왕도에서 멀리 떨어진 산속에 있는 이 수도원에 의탁하는 건 대부분 사정이 있는 여성이다.

남편의 학대에서 도망친 자, 정치적으로 추방된 자, 남에게 못 말할 사정을 품은 자——.

루이스가 용건이 있는 사람도 그런 사정을 가진 인물이었다.

목적지인 수도원 앞에는 한 젊은 수녀가 삽을 들고 열심히 눈을 치우고 있었다.

루이스는 조금 떨어진 곳에 내려서 걸어갈까 잠시 망설였다. 비행 마술은 쓸 수 있는 사람이 적어서 목격하면 매우 놀라는 이가 있기 때문이다.

그렇게 잠시 망설였지만 결국 귀찮아서 그대로 젊은 수녀 눈앞에 착지했다.

루이스가 의자 대신으로 삼던 지팡이를 손에 들고 발끝부터 조용히 땅에 내려서자 눈이 살랑살랑 모래처럼 내려왔다.

눈을 치우던 수녀는 놀라지도 않고 "어머." 하고 짧게 내뱉었다.

루이스는 그 수녀의 얼굴을 확인하고 자연스럽게 납득했다.

"비행 마술을 보고도 안 놀라다니 배짱 두둑한 수녀구나 싶었는데 당신입니까."

"그러게. 회전하면서 지면에 격돌할 기세로 내려왔을 때의 놀라움에 비하면 귀여운 수준이었어."

그렇게 말하며 삽을 발밑의 눈에 푹 꽂은 것은 브라이트

백작 영애── 케이시 그로브였다.

* * *

수도원의 책임자인 노령의 수녀는 케이시에게 루이스의 안내를 명하고 자신은 얽히고 싶지 않다는 듯이 예배당에 들어갔다.

속세와 떨어져서 살아가는 그녀들에게 외부에서 온 방문자── 하물며 남자인 루이스는 환영할 손님이 아니라는 뜻이리라.

그건 케이시도 마찬가지였기에 루이스를 응접실로 안내하고는 차도 내지 않고 이야기부터 꺼냈다.

"그래서 나한테 무슨 용건인데? 할 말은 거의 다 했는데."

케이시가 쌀쌀맞은 태도로 묻자, 루이스는 어른의 여유로 가득한 미소로 답했다.

"당신에게 확인하고 싶은 게 있어서요."

"그 암살 미수 사건에 우리 저택 사람은 관여하지 않았어. 나와 아버지가 멋대로 저지른 거야."

"적어도 당신은 그렇게 생각했겠죠."

의미심장한 루이스의 말을 듣고 케이시가 입가를 꿈틀거렸다.

루이스는 품에서 꾸러미를 꺼내더니 안에 든 걸 테이블 위에 살며시 펼쳤다. 천에 감겨 있던 것은 크고 작은 다양한 붉은 돌 잔해다.

"이게 뭔지는 아시겠죠?"

"내가 사용한 '나염'의 잔해잖아……."

루이스는 대답하는 대신 방긋 웃고는 말을 이었다.

"당신의 아버님은 이걸 여행하는 행상인에게서 샀다고 주장했지만 말이죠. 나는 랜들 왕국 측 사람이 당신의 아버님에게 '나염'을 줬다고 생각합니다."

"랜들 사람들이 아버지를 부추겼다고 말하려는 거야?"

"'나염'이 얼마나 비싼지 아십니까? 실례지만 유복하다고는 말하기 힘든 브라이트 백작이 살 물건은 아닙니다."

브라이트 백작은 좀 더 싸게 드는 방법이 얼마든지 있는데 왜 '나염'을 고른 걸까?

누군가가 브라이트 백작에게 '나염'을 건네며 부추겼다고 생각하는 게 타당하다.

케이시는 험악한 표정으로 입술을 깨물고는 아버지가 불리해지는 발언을 하지 않게 필사적으로 동요를 감췄다. 그 모습을 보면 케이시도 어렴풋이 그 가능성을 생각했을 것이다.

그 기특한 모습을 바라보던 루이스는 붉은 돌 조각을 하나 들어서 빛에 비췄다.

"이 '나염'에 쓴 건 순도가 아주 높은 루비입니다. 전문가에게 감정시켰더니 틀림없이 글로켄에서 캐낸 거라더군요."

"글로켄?"

"모르십니까? 제국 남동부에 있는 광산입니다. 채굴량은 그리 많지 않지만 마도구 재료로 쓰기에 최적인 고품질의 루비가 나오죠……. 다만 제국은 이 광산에서 채굴되는 광석을 거의 수출하지 않는지라 시장에서 입수하기는 곤란하죠."

루이스는 툭 소리를 내며 붉은 돌을 테이블에 돌려놨다. 그 소리가 조용한 수도원에서 무척 크게 들렸다.

루이스는 외알 안경 안에서 눈을 가늘게 뜨고 케이시를 바라봤다.

"브라이트 백작이 당신에게 넘겨준 '나염'은 제국제입니다. 이게 무슨 뜻인지 아시겠습니까?"

그 말을 듣고 케이시는 바로 얼굴이 새파래졌다. 똑똑한 소녀다.

그 한마디를 듣고 무시무시한 가능성을 눈치챈 것이다.

브라이트 백작에게 '나염'을 넘긴 것이 랜들 사람이라고 가정하면 그 사람은 대체 어디서 제국제 '나염'을 입수했느냐는 이야기가 나온다.

그렇다면 하나의 가설이 떠오른다.

"랜들 왕국과 제국이 뒤에서 손을 잡았을 수도 있습니다."

루이스의 의심을 더 강하게 만든 것은 체스 대회의 침입자가 육체 조작 마술을 썼다는 보고였다.

육체를 변질시키거나 강화하고 상처를 치료하는 마술. 리디르 왕국은 그런 육체에 간섭하는 마술 전반을 금하고 있다. 모두 심각한 마력 중독의 원인이기 때문이다.

그러나 세계적으로 유일하게 육체 조작 마술을 해금한 나라가 있다. 그게 리디르 왕국의 이웃나라, 슈바르가르트 제국.

체스 대회의 침입자는 제국 사람만 쓸 수 있는 육체 조작 마술을 사용했다.

암살 미수 사건에 사용된 '나염'은 제국제였다.

이 두 가지 사건이 연결되어 있을 가능성은 적지 않았다.

만약 루이스의 상상대로라면 앞으로 리디르 왕국과 제국—랜들 왕국 연합군이 전쟁을 벌일 가능성도 있었다.

케이시도 드디어 그것을 알아챈 것이리라.

케이시는 무릎 위로 주먹을 움켜쥐고는 고개를 숙이면서 입을 열었다.

"내가 아는 한 친가에 제국 사람으로 보이는 자가 드나드는 건 한 번도 못 봤어. 드나들던 건 모두 나도 이름을 아는 랜들의 귀족뿐이야."

"아버님이 제국에서 온 편지를 꺼낸 적도 없습니까?"

"없어."

"그렇습니까."

여기서 제국과의 연결고리에 관한 증언을 얻으면 좋았겠지만 그리 쉽게 흘러가지는 않을 모양이다.

만약 제국과 랜들이 연결됐을 경우, 압도적인 국력을 가진 제국이 주종 관계에서 우위에 선다는 건 명백하다. 랜들의 말단 귀족은 자국과 제국의 연결고리를 모를 수도 있다.

만약을 생각하면 끝도 없지만 제국의 그림자는 항상 의식하는 게 좋으리라.

"아무래도 당신에게서 얻을 정보는 없어 보이는군요. 차 한 잔도 내 주지 않으려는 모양이니 바로 떠나겠습니다."

루이스가 의자에서 일어서자, 케이시가 기다리라며 말을 걸었다.

루이스는 별로 흥미 없어 보이는 눈빛으로 케이시를 봤다. 루이스는 몹시 바빠서 쓸데없는 시간을 할애하는 걸 싫어한다. 하물며 이 소녀와 이 이상 의미 있는 이야기를 할 것 같지도 않았다.

"모니카는 건강해?"

아니나 다를까 케이시의 입에서 나온 건 루이스에게는 무 가치한 이야기였다.

"날씨 이야기보다도 더 상관없는 화제군요. 최근에도 자 객과 일전을 벌인 모양이지만 팔팔합니다."

자객과 일전을 벌였다는 말에 케이시가 숨을 삼켰다.

"솔직히 아직도 믿을 수가 없어. 모니카가 칠현인이라 니…… 평범한 여자아이로 보였는데."

"'침묵의 마녀'가 평범한 여자아이라고?"

루이스는 무심코 실소했다.

케이시는 모니카가 무영창 마술을 쓰는 모습을 보고도 여 전히 깨닫지 못했다.

루이스는 다시 의자에 앉아 잔혹할 만큼 아름다운 조소를 지었다.

"당신은 반년 전에 있었던 워건의 흑룡 사건을 아십니까?"

"그래. 케르벡의 워건 산맥에 나타난 흑룡을 '침묵의 마녀'가…… 모니카가 쫓아냈잖아."

케르백과 케이시의 고향은 비교적 가깝기에 남 일은 아니었으리라.

흑룡은 백성에게 절망을 주는 존재다. 흑룡이 내뿜는 흑염은 방어 결계조차도 불태우는 이형의 불꽃이다.

용 토벌에 뛰어난 루이스조차도 토벌이 쉽지 않다.

"'침묵의 마녀'님을 흑룡 토벌에 부른 건 나였는데 말이죠. 그 계집은 콧물을 흘리면서 울고불며 무섭다고 난리였습니다."

케이시는 잔혹한 행위를 태연하게 고백한 루이스에게 어이없다는 시선을 보냈다.

"그게 일반적이잖아. 누구나 흑룡은 무서워해."

"그렇게 생각하겠죠? 네. 나에게도 어느 정도 공포심은 있습니다. 하지만 '침묵의 마녀' 모니카 에버렛이 정말로 무서워하던 게 뭐라고 생각하십니까?"

루이스는 시선을 내리고 용 토벌에 모니카를 끌고 갔던 날을 떠올렸다.

그때, 모니카는 울고불고 난리를 치면서 루이스에게 이렇게 말했다.

"'용기사단이 무서워. 모르는 사람이 많아서 무서워.' ……그 계집은 흑룡 같은 건 조금도 무서워하지 않았습니다. 칠현인 '침묵의 마녀'가 무서워한 건 토벌에 따라온 용기사단── 즉, 사람 쪽이었던 겁니다.”

* * *

워건의 흑룡 토벌을 위해 파견된 용기사단과 합류했을 때, 모니카는 토할 것 같은 표정을 지었다── 아니, 이미 몰래 몇 번 토한 모양이다.

안색은 창백을 넘어서서 흙빛이었다. 깊게 눌러쓴 후드 속에서 움푹 파인 동그란 눈은 바쁘게 좌우로 움직였고 사람을 보자 히이익, 하고 자지러지는 소리를 내면서 사람이 적은 곳을 찾아 우왕좌왕 방황하듯 걸었다.

원래부터 대인공포증이 심했지만, 모니카의 경우 특히 덩치가 크고 목소리가 큰 남성이 거북했다. 그리고 용기사단은 그런 사람들의 모임이다. 그랬으니 모니카의 공포심은 정점에 달했으리라.

결국 작전회의가 시작되기 전, 모니카는 나무 뒤에 웅크려서 중얼중얼 숫자를 읊고 있었다.

이래서야 작전회의에 데려갔다가는 거품을 물고 졸도할 것 같아서 루이스는 남몰래 체념했다. 그러나 다행히도 모니카는 작전회의 동안 물건처럼 가만히 있었다.

모니카치고는 잘했다. 괴성을 지르거나 졸도하는 것보다는 나았다.

“동기님. 아까 회의 말입니다만…….”

회의가 끝나고 루이스는 모니카에게 말을 걸었다.

모니카는 딱히 루이스를 잘 따르는 건 아니지만 여기에서 유일한 지인이었기에 어느 정도 멀쩡하게 대화할 수 있었다.

루이스도 그걸 알기에 모니카와의 정보 공유는 자신의 역할이라고 판단했다.

"당신과 동행해서 워건 산맥에 들어갈 용기사단의 단원 목록을 만들었습니다. 이걸 머리에 넣어두고……."

"필요 없, 어요."

모니카는 어딘가 공허한 무표정으로 루이스가 내민 목록을 바라봤다. 그리고 힘없이 고개를 내저었다.

루이스는 그 무기질적인 목소리를 꺼림칙하게 느끼고 불안을 떨쳐 내려는 듯이 조소했다.

"어라라, 그렇게 도망치던 주제에 벌써 단원을 기억하셨습니까?"

"네. 간단, 해요……."

루이스는 그때 모니카가 지은 표정을 아마 평생 잊지 못하리라.

입가에는 웃으려다가 실패한 듯한 매우 일그러진 미소를 띠었다. 굳은 뺨은 공포 때문에 경련하면서도 앳된 모습이 남은 동그란 눈은 어딘가 황홀해 보였다.

"사람이 숫자라고 생각하면, 기억하기도 쉽고, 무섭지 않으니, 까요."

루이스는 할 말을 잃었다.

지금 모니카의 눈에는 사람 같은 게 비치지 않는다. 그곳에 있는 숫자만을 보고 있다――. 어쩌면 눈앞에 있는 자신도 모니카에게는 숫자로 보이는 걸까.

"8918727158…… 저기, 단장님에게, 전해 주세요."

놀랍게도 용기사단 단장을 숫자로 부른 모니카는 선언했다.

"워건 산맥에, 저 혼자 들어갈게요. 호위는, 필요 없어요."

"예?"

"금방, 끝날, 테니까요."

그 선언대로 '침묵의 마녀' 모니카 에버렛은 단독으로 워건 산맥에 들어가 워건의 흑룡을 격파했다.

흑룡을 주인으로 섬기며 모였던 익룡 무리도 단숨에 격추하면서 작전을 끝냈다.

* * *

"무서운 사람은 숫자로 만들면 무섭지 않다……. 참으로 웃음이 나오는 이야기 아닙니까?"

루이스가 비아냥대듯 웃으면서 말하는 동안에도 케이시는 입술을 앙다문 채 침묵했다.

그런 케이시에게 루이스는 안쓰러운 시선을 보냈다.

"그 계집은 마음속 깊이 인간을 무서워하고 싫어합니다. 그렇기에 얼마든지 무자비해질 수 있죠. 당신이 생각하는 것 이상으로 뒤틀렸고 무감정한 마녀입니다."

그래서 루이스는 제2왕자 호위 임무의 협력자로 모니카를 고른 것이다.

"그 계집에게 멀쩡한 정 같은 건 기대하지 않는 게 좋아요."

루이스가 냉소하면서 말하자, 케이시는 난폭하게 의자를 끌며 일어섰다.

그리고 거친 발소리를 내며 방을 나갔다가 바로 찻잔과 작은 꾸러미를 들고 돌아왔다.

케이시는 루이스 앞에 찻잔을 턱 올려놓고는 종이 꾸러미를 떠넘겼다.

"줄까 망설였는데 당신의 말을 듣고 결심했어. 이걸 모니카에게 줘. 내가 줬다고 안 말해도 되니까."

루이스는 "실례."라고 한마디 양해를 구하고 나서 종이 꾸러미에 든 것을 들여다보고 눈을 동그랗게 떴다.

케이시는 날카로운 눈으로 루이스를 노려봤다. 루이스의 말을 듣고 어지간히도 화가 치솟은 모양이다.

('침묵의 마녀'를 미워하는 게 오히려 편할 것을.)

어리석고 정에 무른 계집이다.

루이스는 몰래 한숨을 내쉬고 종이 꾸러미를 품에 넣었다.

그리고 우아한 동작으로 차를 홀짝이면서 말했다.

"이 차 한 잔 대접받은 정도의 일은 해드리도록 하죠. 그런데 설탕이나 잼은 없습니까?"

지금까지의 등장인물

Characters of the Silent Witch

모니카 에버렛

칠현인 중 한 명인 '침묵의 마녀'.
이번에 경사스럽게도 밤놀이에 데뷔해 불량아 칭호를 받았다.
옛 성은 레인.
에버렛은 양어머니의 성이다.

루이스 밀러

칠현인 중 한 명인 '결계의 마술사'.
'별을 자아내는 미라'에 "나는 신혼이고 아내만 바라보는 사람이라서요."라고 100번 정도 말했다.
빨리 집에 돌아가 아내와 느긋하게 보내고 싶은 근면한 사람.

네로

모니카의 사역마.
화려한 의상은 소설 삽화를 참고해서 노력했다.
노력했지만, 실은 안감이 없어서 나풀거렸다.
역시 평소의 로브가 제일이라고 생각해서 금방 되돌렸다.

린즈벨피드

루이스와 계약한 바람의 상위 정령.
이번에 '내 여자한테 손대지 마라.'와 '공주님 안기'를 실제로 해볼 수 있어서 대단히 만족했다.
다음에는 벽을 쿵 두드리는 그것에 도전하고 싶다.

펠릭스 아크 리디르

리디르 왕국 제2왕자. 세렌디아 학원 학생회장.
'침묵의 마녀'의 열성팬으로, 밤이면 밤마다 기숙사를 빠져나가 밤놀이를 즐기며 '침묵의 마녀'의 논문을 모으고 있었다.

메리 하비

칠현인 중 한 명인 '별을 읽는 마녀'.
리디르 왕국 제일의 예언자.
현 칠현인 중에서 가장 재임 시기가 긴 연령 미상의 미녀.
젊음의 비결은 좋아하는 걸 마음껏 사랑하기.

시릴 애슐리

하이온 후작 영식(양자). 학생회 부회장.
살이 붙지 않는 마른 체질이라는 걸 몰래 신경 쓰고 있다.
모니카가 빌린 자신의 겉옷을 입었을 때, 너무나도 헐렁해서 그 체격차에 굉장히 놀랐다.

Characters ^{Secrets of the Silent Witch}

엘리엇
하워드

더즈비 백작 영식.
학생회 서기.
신분 계급에 고집하
고 있었지만, 생각이
변해가고 있다.
벤저민과는 유년기부
터 알고 지냈다.
서로 체스와 바이올
린을 가르친 사이.

닐
크레이
메이우드

메이우드 남작 영식.
학생회 서무.
유년기부터 아버지에
게 단련 받아서 보드
게임 전반에 강하다.
어째서 올해도 체스
수업을 선택하지 않
았는지 모두가 궁금
해한다.

브리짓
그레이엄

셰일베리 후작 영애.
학생회 서기.
학원 3대 미인 중 한
명으로 꼽히는 미모
의 영애.
글씨가 무척 아름다
워서, 그녀가 쓴 초대
장을 받은 사람은 모
두 웃는 얼굴이 된다.

라나
콜레트

콜레트 남작 영애.
모니카의 친구.
입과 성격이 안 좋은
안경을 쓴 남자에게는
생각하는 바가 있어
서, 그런 남자에게는
평소보다 30%는 더
신랄함이 늘어난다.

이자벨
노튼

케르벡 백작 영애. 모니카의 임무 협력자. 사실은 체스 대회 응원을 나가고 싶었지만, 모니카를 괴롭히는 악역 영애가 응원하러 가는 건 부자연스럽기에 참았다. 너무 분해서 울었다.

클로디아
애슐리

하이온 후작 영애. 시릴의 의붓여동생이자 닐의 약혼자. 체스 실력이 상당해서, 모 음악가는 그녀의 체스를 "오오…… 멸망해 가는 세계의 레퀴엠 같아."라고 평했다.

글렌
더들리

세렌디아 학원 고등과 2학년. 고깃집 아들. 언젠가 멋있게 "체크메이트."를 말하고 싶은 나이. 닐과 시릴이 끈기 있게 가르쳐줘서 말의 명칭은 익혔다. 나머지는 잊었다.

벤저민
몰딩

세렌디아 학원 고등과 3학년. 궁중 음악가의 아들로, 그 역시 이미 몇몇 곡을 만들었다. 일족이 모두 예술가 기질이며 낭만가. 기분과 지갑 속 내용물의 변화가 극심하다.

Characters Secrets of the Silent Witch

케이시
그로브

브라이트 백작 영애. 현재는 속세에서 떨어진 산속 수도원에서 눈을 치우거나 밭을 경작하거나 빵을 굽는 등 수도원의 생활 수준 향상에 공헌하고 있다.

버니
존스

앰버드 백작 영식. 마술사 양성기관 미네르바의 학생. 모니카의 재능을 보고 마음이 꺾여서 일그러진 집착을 품었다. 안경은 조금 큰 편이 위엄이 있다고 생각한다.

후기

'사일런트 위치' 3권을 구매해 주셔서 진심으로 감사드립니다.

1권의 서적판을 집필할 무렵부터 모니카에게 웹 연재 때는 없었던 새로운 일에 도전하게 만들고 싶었습니다.

그래서 모니카가 새로운 것에 도전하는 3권입니다.

이번에는 평소보다 모니카의 비명과 괴성이 가득했습니다만, 그녀의 도전과 성장을 지켜봐 주시면 감사하겠습니다.

후지미 난나 선생님. 이번에도 아름다운 일러스트를 그려 주셔서 감사합니다. 언제나 정교하고 미려한 일러스트의 박력에 숨을 삼키게 됩니다. 이야기 속 세상의 분위기가 전해지는 일러스트가 정말로 근사합니다.

타나 토비 선생님. 늘 세심하게 만화를 그려 주셔서 감사합니다. 캐릭터의 표정, 자세 등 모든 면에서 '그 캐릭터다움'이 꽉꽉 담겨서 굉장히 기쁩니다.

끝으로 본작을 구매해 주신 독자님께 진심으로 감사 인사를 드립니다.

4권에서는 드디어 학원제가 시작됩니다. 학원제에서 모니카가 분투하는 모습을 기대해 주세요.

이소라 마츠리

사일런트 위치 -침묵의 마녀의 비밀- III

2023년 02월 15일 제1판 인쇄
2023년 02월 20일 제1판 발행

지음 이소라 마츠리
일러스트 후지미 난나

번역 이경인

발행 영상출판미디어(주)
등록번호 제 2002-000003호
주소 21315 인천광역시 부평구 부평대로 283 A동 702호
전화 032-505-2973(代)

ISBN 979-11-380-2361-0
ISBN 979-11-380-1204-1 (세트)

SILENT · WITCH Vol.3 CHINMOKU NO MAJO NO KAKUSHIGOTO
©Matsuri Isora, Nanna Fujimi 2022
First published in Japan in 2022 by KADOKAWA CORPORATION, Tokyo.
Korean translation rights arranged with KADOKAWA CORPORATION, Tokyo.

구매 시 파손된 도서는 구매처에서 교환하실 수 있습니다.
기타 불편사항, 문의사항이 있으신 독자님께서는 노블엔진 홈페이지
[http://novelengine.com] 에서 Q&A 게시판을 이용해 주시기 바랍니다.

녹왕의 방패와 한겨울의 나라

1~2

방패로 환생한 내가 눈을 뜬 곳은
일 년 내내 눈이 내리는 어느 왕국의 보물 창고.
하지만 휘황찬란한 보물이 즐비한 가운데,
나는 '지저분한 방패' 소리만 듣고 아무도 거들떠보지 않았다.
그러한 나에게 손을 내밀어 준 사람은 나처럼 고독했던 마음씨 착한 어린 왕자.
'나와 함께 살아가 줘.' 라는 부탁에 나는 응했다. ──"내가 평생 지켜줄게!"
하지만 내게는 어떤 비밀이 숨겨져 있는 것 같은데──?!

푸니짱 지음 / 히하라 요우 일러스트

힘들게 현자로 전직했더니 레벨1로 게임 세계에 다이브?!
머리는 어른, 몸은 꼬마! 귀여운 현자님의 이세계 분투기!

꼬마 현자님, Lv.1부터 이세계에서 열심히 삽니다!
1~2

내 이름은 쿠죠 유리, 열아홉 살!
VRMMO 〈엘리시아 온라인〉을 플레이 중, 겨우겨우 염원했던 현자로 전직했어!
그런데 전직 퀘스트를 마치고 '진정한 엘리시아로 가겠습니까?'라는 선택지가 떠서
얼떨결에 승락했더니, 게임 속 세계로 들어왔어!
그런데 외모는 아바타와 똑같은 어린아이(8세)?! 게다가 레벨은 1이라고?
흐에에에엥~ 대체 어쩌다가 이렇게 된 거야아아아!
정신까지 어려진 꼬마 현자님, 이세계에서 어떻게든 잘 살아 보겠습니다!

아야토 유메 지음 / 타케하나 노트 일러스트

영상출판
미디어㈜